LE CUPCAKE CAFÉ SOUS LA NEIGE

DU MÊME AUTEUR
CHEZ POCKET

LA PETITE BOULANGERIE DU BOUT DU MONDE
UNE SAISON À LA PETITE BOULANGERIE
NOËL À LA PETITE BOULANGERIE
—
RENDEZ-VOUS AU CUPCAKE CAFÉ
LE CUPCAKE CAFÉ SOUS LA NEIGE
—
UNE SAISON AU BORD DE L'EAU

JENNY COLGAN

LE CUPCAKE CAFÉ SOUS LA NEIGE

Traduit de l'anglais
par Anne Rémond

EDITIONS | PRISMA

Titre de l'édition originale :
CHRISTMAS AT THE CUPCAKE CAFÉ

MIXTE
Papier issu de sources responsables
FSC® C003309
FSC www.fsc.org

Pocket, une marque d'Univers Poche,
est un éditeur qui s'engage pour la préservation de l'environnement et qui utilise du papier fabriqué à partir de bois provenant de forêts gérées de manière responsable.

Composition et mise en pages
Nord Compo à Villeneuve-d'Ascq

ISBN : 978-2-266-29260-3
Dépôt légal : novembre 2019

À tous ceux qui laissent toujours un biscuit
pour le père Noël (et une carotte pour ses rennes).

Avant-propos

Chers lecteurs,

Bien que *Rendez-vous au Cupcake Café* soit loin d'être mon premier roman, j'ai eu plus de mal à le laisser derrière moi que les précédents. Comme il s'agissait de l'un des livres les plus longs que j'ai écrits, je me suis réellement attachée aux personnages. Je suis passée en mode Noël peu après sa parution (j'adore cette période de l'année !) et, en préparant mes gâteaux pour les fêtes, je me suis fait cette réflexion – vous allez sûrement me prendre pour une idiote – : « Je me demande bien comment Izzy ferait ses gâteaux… » C'est ainsi qu'est né ce roman.

Par ailleurs, si vous aimez cuisiner, vous trouverez dans ce livre quelques recettes parfaites pour Noël. J'ai repris du premier tome (ne criez pas à l'arnaque !) les conseils brillants du blog The Caked Crusader pour préparer des cupcakes, utiles si vous débutez en la matière.

C'est étrange, car, même si j'aime lire des suites, il y a quelques petites choses qui me dérangent parfois ;

c'est pourquoi j'ai essayé d'éviter d'écrire ce genre de paragraphes :

Jane entra dans la pièce.

— Bonjour Jane ! dit Peter. Comment vas-tu depuis que tu as été la seule survivante d'un naufrage, que tu es devenue cannibale, puis qu'un dauphin t'a ramenée chez toi sur son dos, avant d'épouser l'amour de ta vie, qui en fin de compte n'était pas ton frère ?

— Très bien, répondit Jane.

J'ai aussi évité l'excès inverse, qui demande au lecteur de faire l'effort de tout se rappeler (comme si nous n'étions pas déjà suffisamment occupés !) :

— C'est pire que les Bermudes ici ! cracha Jane, en jetant sa prothèse de jambe à travers la pièce.

Ainsi, je vous propose un bref récapitulatif, en souhaitant la bienvenue à mes nouveaux lecteurs !

Izzy Randall, après avoir perdu son emploi dans une entreprise immobilière, a consacré sa prime de licenciement à l'ouverture du *Cupcake Café* à Stoke Newington – un quartier cosmopolite de Londres, où règne une ambiance de village. Comme Izzy a toujours adoré faire des gâteaux, inspirée par son grand-père, Joe, qui tenait une boulangerie-pâtisserie à Manchester, elle a décidé d'en faire son métier.

Elle a engagé Pearl McGregor, qui élève Louis quasiment toute seule (même si le père de l'enfant, Benjamin Kmbota, leur rend visite de temps en temps), ainsi que Caroline, qui est en pleine procédure de divorce d'avec son riche mari. Après avoir rompu avec son petit ami Graeme, qui travaillait aussi dans l'immobilier – un homme horrible –, Izzy a commencé à fréquenter Austin Tyler, banquier dans le quartier. Celui-ci s'occupe de son jeune frère, Darny, depuis le décès de leurs parents. Austin a reçu une offre d'emploi outre-Atlantique, mais ce projet a pris du retard (il s'est écoulé plus d'un an depuis le premier tome, si tant est que cette précision ait un sens). Désormais, Louis a quatre ans et est en petite section, Darny a onze ans et est en sixième. La meilleure amie d'Izzy, Helena, qui est infirmière, a eu un bébé avec son petit ami médecin, Ashok.

Voilà, vous avez toutes les clés !

Je remercie chaleureusement BBC Books et Delia Smith pour m'avoir autorisée à reproduire sa recette, ainsi que The Little Loaf pour la recette du chapitre 15. Pour d'autres recettes, rendez-vous sur le site : thelittleloaf.wordpress.com.

N'hésitez pas à me laisser un message sur Facebook (jennycolganbooks) ou Twitter (@jennycolgan) si vous testez les recettes. Je vous souhaite le plus merveilleux des Noëls.

Amicalement,

Jenny

Note de l'auteur

J'ai testé avec succès toutes les recettes du roman, dont pour beaucoup à plusieurs reprises et avec gourmandise ! Si vous avez le temps de préparer votre gâteau de Noël au moins quatre semaines à l'avance, il en sera plus savoureux !

Notez que les « cookies d'altitude » vous paraîtront extrêmement sucrés sur la terre ferme.

Assis sous le gui
(Un gui vert tendre de féerie),
La dernière bougie presque consumée,
Tous les danseurs ensommeillés partis,
Avec une seule bougie allumée,
Et des ombres partout tapies :
Quelqu'un vint pour m'embrasser.

Walter de la Mare,
Le Gui (*Mistletoe*)

Chapitre 1

Pain d'épice

Cette recette ne permet pas de confectionner un bonhomme en pain d'épice, pour lequel il vaut mieux réaliser un biscuit afin d'obtenir un résultat croquant. Vous ne pourrez pas non plus créer une maison en pain d'épice, à moins que vous n'ayez beaucoup de temps devant vous et – disons-le à voix basse – que vous ne soyez un frimeur qui préfère l'apparence au goût. Non, il s'agit ici d'un pain d'épice traditionnel moelleux. Sa préparation nécessite peu de temps et vous serez ravi du résultat.
NB : huilez le récipient avant de le remplir de mélasse. Vous risquez sinon de vous fâcher avec votre lave-vaisselle !

- 50 g de sucre blanc
- 50 g de cassonade
- 120 g de beurre, à température ambiante
- 1 œuf
- 180 ml de mélasse
- 300 g de farine
- 1 c. à c. de levure chimique

- 1 c. à s. de cannelle en poudre
- 1 c. à s. de gingembre en poudre (ou un peu plus selon votre goût)
- ½ c. à c. de clous de girofle moulus (personnellement, je jette un clou dans la pâte, car cela porte chance)
- ½ c. à c. de sel
- 60 ml d'eau chaude

Préchauffez le four à 175 °C (thermostat 5-6). Graissez un moule à cake ou carré.
Fouettez le sucre, la cassonade et le beurre (au robot si vous le souhaitez), puis ajoutez l'œuf et la mélasse.
Mélangez les épices, la levure, la farine et le sel. Incorporez-les à la première préparation. Ajoutez l'eau, puis versez la pâte dans le moule. Faites cuire au four durant 45 minutes.
Vous pouvez saupoudrer votre délicieux pain d'épice de sucre glace, le recouvrir d'un glaçage, ou le déguster tout simplement nature. Servez des parts généreuses aux gens que vous aimez.

*

Des arômes de cannelle, d'orange et de gingembre embaumaient l'air, avec de fortes notes de café en arrière-plan. À l'extérieur, la pluie martelait les grandes baies de la façade vert Provence du *Cupcake Café*, ce café niché dans une courte impasse aux pierres grises, aux côtés d'une quincaillerie et d'un arbre protégé par une petite grille. Nu, celui-ci paraissait gelé dans cet après-midi glacial.

En sortant du four des cupcakes à la purée de châtaigne, décorés de minuscules feuilles vertes, Izzy huma ce parfum de bonheur et se demanda s'il était trop tôt pour diffuser des chants de Noël. Le temps avait été anormalement doux durant la majeure partie du mois de novembre, mais l'hiver commençait véritablement à prendre ses aises.

À leur arrivée, les clients paraissaient battus et meurtris par le vent et déversaient leur parapluie dans le porte-parapluies à l'entrée (un si grand nombre d'entre eux avaient été oubliés que Pearl avait suggéré que, en cas de difficultés financières, elles pourraient toujours se reconvertir dans la vente de parapluies d'occasion) ; puis ils s'arrêtaient à mi-chemin pour se débattre avec leur veste, tandis que de chauds effluves leur chatouillaient les narines. Leur effet était visible, comme l'avait constaté Izzy : les épaules des clients, voûtées par la pluie, se déroulaient lentement dans l'atmosphère chaleureuse du café, leur visage tendu et anxieux de Londoniens se détendait et un sourire se dessinait sur leurs lèvres à mesure qu'ils s'approchaient de la vitrine vintage renfermant les douceurs du jour – une multitude de cupcakes surmontés d'une succulente crème au beurre. Les parfums changeaient chaque semaine au gré de l'humeur d'Izzy, ou bien parce qu'on lui avait recommandé un fournisseur pour se procurer les meilleures gousses de vanille de Londres, qu'elle avait bénéficié d'une promotion sur le cynorrhodon, ou eu envie de s'amuser en confectionnant des meringues à la noisette. La gigantesque machine à café orange sifflait dans le fond (sa couleur détonnait totalement avec les vert pâle, les gris clair et les motifs floraux de la boutique, mais Izzy l'avait eue au rabais et elle fonctionnait à merveille). La petite cheminée au gaz flamboyait joyeusement (Izzy aurait préféré un vrai feu de bois, mais c'était interdit). Des journaux étaient enroulés autour d'une baguette de bois, et des livres posés sur les étagères. Il y avait aussi le wifi, de petits coins douillets où se blottir, ainsi qu'une grande table où les mamans pouvaient s'installer avec leur poussette, sans entraver le passage.

Le sourire aux lèvres, les clients prenaient leur temps pour se décider. Izzy aimait énumérer les diverses gourmandises à la carte, présenter leurs ingrédients : les fraises dont elle faisait un coulis aux beaux jours pour parfumer les tartelettes, les myrtilles entières qu'elle aimait fourrer au cœur des cupcakes aux fruits d'été. Ou, comme en ce moment, elle se plaisait à faire sentir aux clients sa nouvelle fournée au girofle. Pearl, pour sa part, préférait laisser les gens choisir par eux-mêmes. Toutes les deux s'assuraient que Caroline ait suffisamment dormi, car elle avait sinon légèrement tendance à s'impatienter et à commenter le nombre de calories de chaque pâtisserie. Ce qui contrariait fortement Izzy.

— Interdit de prononcer le mot en « c » dans ma boutique ! disait-elle. Les clients ne viennent pas ici pour culpabiliser. Ils ont envie de se détendre, de faire une pause, de passer un bon moment avec leurs amis. Ils n'ont pas besoin de t'entendre leur faire des remarques sur les graisses saturées.

— J'essaie seulement de rendre service. L'économie se porte mal. Je sais combien d'impôts mon ex-mari parvient à éviter de payer. Il n'y aura bientôt plus d'argent pour la Sécurité sociale, c'est tout ce que je dis.

*

Pearl remonta de la cuisine située au sous-sol avec un nouveau plateau de petits bonshommes en pain d'épice. La première fournée avait été engloutie en quelques secondes par des enfants qui sortaient de l'école. Ils avaient été enchantés par le petit nœud papillon et le visage effrayé des biscuits. Pearl remarqua qu'Izzy semblait un peu rêveuse tandis qu'elle servait deux roulés à la cannelle et un café crème fumant à un homme bedonnant, qui portait un manteau rouge et une longue barbe blanche.

— N'y songe même pas, la mit en garde Pearl.

— De quoi tu parles ? demanda Izzy d'un air coupable.

— Commencer tout le tralala de Noël. Ce monsieur n'est pas le père Noël.

— Je pourrais très bien être le père Noël, protesta le vieil homme. Qu'est-ce que vous en savez ?

— Vous auriez autre chose à faire que de boire un café, lui rétorqua Pearl, avant de reporter son attention sur sa patronne.

Les yeux d'Izzy se posèrent mélancoliquement sur le bocal de sucres d'orge, qui avait fait mystérieusement son apparition près de la caisse.

— On est en novembre ! s'exclama Pearl. On vient tout juste d'arrêter les cupcakes d'Halloween, tu te souviens ? Et ne me force pas à te rappeler le temps qu'il m'a fallu pour retirer toutes ces fausses toiles d'araignées.

— On aurait peut-être dû les laisser, cela aurait fait de la fausse neige…

— Non. C'est ridicule. Ces fêtes tirent tellement en longueur que tout le monde en a marre, et puis c'est totalement exagéré et déplacé.

— Quelle rabat-joie !

Pearl ne se départit pas de son humeur maussade.

— En plus, c'est une année difficile pour tout le monde, ajouta Caroline. J'ai dit à Hermia que le poney devrait peut-être partir si son père ne se secouait pas un peu.

— Partir où ? l'interrogea Pearl.

— Vers des prairies verdoyantes. Pendant ce temps, lui va à Antigua. Antigua ! Est-ce que moi, il m'a emmenée à Antigua ? Non. Tu sais comment c'est là-bas…

— Et comment je le saurais ?

Izzy voulut intervenir. Caroline était une employée compétente et efficace, mais elle manquait assurément de sensibilité depuis que son mari l'avait quittée. Il cherchait actuellement une parade pour ne plus lui verser de pension alimentaire. Caroline n'avait jamais véritablement connu autre chose qu'une vie très aisée. Elle semblait toujours considérer le fait de devoir travailler et de fréquenter des gens normaux comme une nouveauté pittoresque.

— La dernière semaine de novembre est toute proche, tenta Izzy. Partout ailleurs, il y a des tasses rouges, des bonnets de père Noël et des chants de Noël. Franchement, il ne faut pas rester à Londres si l'on veut échapper à Noël. Il n'y a pas de meilleure ville au monde où le fêter, et je veux que nous soyons de la partie.

— Ho, ho, ho ! tonna l'homme bedonnant à la barbe blanche.

Elles le dévisagèrent, puis échangèrent des regards.

— Arrête ça ! dit Pearl à Izzy.

— Mais non !

Izzy était très enthousiaste à l'idée de fêter Noël cette année ; il y avait tant de choses à célébrer. Le *Cupcake Café* ne ferait pas d'elles des femmes riches, mais elles gardaient la tête hors de l'eau. Sa meilleure amie Helena et son compagnon Ashok devaient se joindre à eux pour Noël, avec Chadani Imelda, leur petite fille d'un an, très remuante. La mère d'Izzy, Marian, serait peut-être présente également. La dernière fois qu'Izzy avait eu de ses nouvelles, en septembre, elle vivait sur une île grecque, où elle gagnait assez bien sa vie en enseignant le yoga à des femmes qui s'imaginaient dans le film *Mamma Mia*. Marian était anticonformiste, ce qui faisait d'elle une personne romantique, mais pas nécessairement une mère très fiable.

Bien entendu, Austin serait là aussi, le petit ami très mignon et tête en l'air d'Izzy, avec ses chaussettes dépareillées et son regard intense. Il avait des cheveux bouclés et des yeux verts, dissimulés derrière des lunettes d'écaille qu'il avait souvent tendance à enlever et remettre sur son nez quand il était en pleine réflexion. Le cœur d'Izzy bondissait dans sa poitrine dès qu'elle pensait à lui.

La clochette de la porte tinta, pour laisser entrer un nouveau flot de clients : de jeunes femmes venues faire une pause après leurs premiers achats de Noël. Leurs sacs débordaient de guirlandes et de décorations artisanales, achetées dans de petites boutiques indépendantes de la jolie artère du quartier. Leurs joues rosies et leurs cheveux mouillés indiquaient qu'elles apportaient le froid avec elles, dans une débauche d'anoraks secoués et d'écharpes déroulées. *Pourquoi ne mettrait-on pas juste une petite guirlande électrique au-dessus du percolateur ?* songea Izzy. *Noël à Londres... Le meilleur au monde !*

*

Noël à New York, pensa Austin, en regardant tout autour de lui, ébloui. C'était vraiment quelque chose ; aussi spectaculaire qu'on le prétendait. Les premières neiges tombaient, et toutes les vitrines étaient illuminées et parées de décors luxueux et foisonnants. Devant la salle du Radio City Music Hall, où se jouait le spectacle de danse des Rockettes, se dressait un sapin de plusieurs mètres ; Austin eut l'impression d'avoir été propulsé dans un film des années cinquante.

Il adorait cette ville, c'était incontestable. Elle lui donnait le sentiment d'être un enfant, même si sa présence à New York était motivée par des affaires d'adultes. C'était tellement excitant. Sa banque l'avait envoyé aux États-Unis pour un « exercice d'échange d'idées », après que le bureau américain avait demandé une personne calme et pas l'un de ces « illuminés ». Celui-ci, semblait-il, en avait assez de ses banquiers fous et téméraires et désirait une personne avec la tête sur les épaules, afin d'insuffler une certaine cohésion. Austin manquait d'organisation et était un brin impatient avec la paperasse, mais il octroyait rarement des prêts qui tournaient mal ; il était doué pour distinguer les gens sur lesquels il était intéressant de parier (Izzy en faisait partie, assurément) de ceux qui venaient débiter des chimères et le dernier jargon à la mode. Il était un élément fiable dans l'univers de la finance, qui paraissait de plus en plus touché par la folie.

*

Izzy l'avait aidé à faire sa valise, car il risquait inévitablement de mélanger les paires de chaussettes. Elle avait déposé un baiser sur son front.

— Tu reviendras de New York avec plein de techniques incroyables, et tout le monde devra te faire des courbettes. Ils feront de toi le roi de la banque.

— Je ne crois pas qu'il y ait un roi. Enfin, peut-être que si. Je n'ai pas encore eu l'occasion d'atteindre ces sommets prestigieux. S'il y en a un, je veux une énorme couronne.

— Et un sceptre. Pour donner des fessées.

— C'est à cela que ça sert ?

— Je ne vois pas l'intérêt d'être roi si on ne peut pas donner de fessées, fit remarquer Izzy.

— Tu as toujours raison. J'exigerai aussi une fausse hermine.

Izzy pinça doucement le nez d'Austin.

— Quel roi sage et bienveillant tu fais. Regarde-moi ! Je n'en reviens pas d'être là à plier tes chaussettes. J'ai l'impression de t'envoyer au pensionnat.

— Oh, et tu seras une pionne très sévère ? dit Austin d'un ton taquin.

— Tu es obsédé par la fessée aujourd'hui, ou quoi ? J'ai dû attendre tout ce temps pour découvrir ton petit côté pervers ?

— C'est toi qui as commencé, coquine !

*

Izzy avait conduit Austin à l'aéroport.

— Ce sera quasiment Noël quand tu rentreras !

Austin lui sourit.

— Tu es sûre que ça ne te dérange pas si on fait comme l'année dernière ? Franchement ?

— Franchement ? Franchement, de toute ma vie, je n'ai pas connu de meilleur Noël que celui de l'année dernière.

*

Izzy disait vrai. La première fois que sa mère était partie – ou, du moins, la première fois dont elle en avait le souvenir, sans que ce soit confus dans sa tête –, elle avait sept ans. Elle écrivait sa lettre au père Noël, en prêtant particulièrement attention à son orthographe.

Sa mère y avait jeté un coup d'œil par-dessus son épaule. Elle traversait l'une de ses mauvaises passes, ce qui impliquait en général d'abondantes lamentations à propos du climat de Manchester, de la nuit qui tombait tôt et de ces maudites feuilles mortes. Izzy et son grand-père, Joe, avaient échangé des regards tandis que Marian faisait les cent pas, tel un lion en cage, avant de s'arrêter pour examiner la liste d'Izzy.

— « Ma propre poche » ? Mais qu'est-ce que ça veut dire ?

Marian ne s'intéressait pas du tout à la pâtisserie et très peu à la nourriture, à moins qu'il ne s'agisse de haricots mungo ou de tofu (qui ne se trouvaient pas aisément dans le Manchester des années quatre-vingt), ou de toute autre lubie dont elle avait eu vent dans les bulletins mal polycopiés sur les modes de vie alternatifs auxquels elle était abonnée.

— Une poche à douille, avait expliqué patiemment Izzy. Grampa ne me laisse pas utiliser la sienne.

— Elle est trop grande pour toi et tu n'arrêtes pas de la déchirer, avait grommelé Joe, avant d'adresser un clin d'œil à sa petite-fille pour lui signifier qu'il n'était pas réellement fâché. Mais ton nappage au caramel était plutôt réussi, ma puce.

Izzy avait souri avec fierté.

Marian avait jeté un autre coup d'œil à la lettre.

— Des maniques Mon petit poney… Je ne crois pas, ma chérie, que cela existe.

— C'est un tort, rétorqua Izzy.

— Un cul-de-poule rose… Une Girl's World… Qu'est-ce que c'est ?

— C'est une tête de poupée qu'on maquille.

Izzy avait entendu les autres filles de sa classe en parler. Elles l'avaient toutes commandée au père Noël. Pas une seule de ses camarades n'avait demandé un cul-de-poule. Elle avait donc décidé de suivre leur exemple.

— Maquiller une tête en plastique ? s'était étonnée Marian, qui avait une peau parfaite et ne s'était jamais maquillée de sa vie. Pour quoi faire ? Lui donner l'air d'une traînée ?

Izzy avait fait non de la tête, en rougissant un peu.

— Les femmes n'ont pas besoin de maquillage, avait affirmé Marian. Ça sert uniquement à satisfaire les hommes. Tu es très bien comme tu es, tu comprends ? C'est ce qu'il y a là-dedans qui compte, avait-elle déclaré en tapotant vivement la tempe d'Izzy. Mais quel pays de tarés ! Vendre du maquillage à des gamines, vous imaginez ?

— Je ne vois pas où est le mal, avait commenté doucement Grampa Joe. Au moins, c'est un jouet. Les autres choses sur sa liste ne sont que des outils de travail.

— Mon Dieu, cela fait beaucoup de cadeaux. Tout ce commerce autour de Noël est révoltant. Cela me rend dingue. Tout le monde se gave, se rend malade, s'évertue à avoir l'air d'une famille parfaite, alors que nous savons tous que c'est un pur mensonge, que nous vivons sous le joug de Thatcher, que la bombe pourrait exploser à tout moment…

Joe avait lancé un regard réprobateur à Marian. Izzy était très perturbée lorsque sa mère se mettait à parler de bombes, de l'emmener au campement de protestation de Greenham Common, ou la forçait à porter son badge antinucléaire à l'école. Puis il s'était remis calmement à beurrer le pain qui accompagnait leur potage de navet (Marian insistait pour manger des légumes très simples ; Joe, quant à lui, se chargeait de la ration en sucres et en glucides. C'était un régime équilibré, entre ces deux extrêmes).

En fin de compte, Izzy n'avait même pas envoyé sa lettre au père Noël, ne l'avait pas signée de son nom, dans lequel un grand cœur remplaçait à cette époque le point du « I », comme le faisaient toutes ses amies.

Deux jours plus tard, Marian était partie, laissant un mot derrière elle.

> Ma chérie, j'ai besoin de soleil sur mon visage, je vais étouffer sinon. Je voulais t'emmener avec moi, mais, d'après Joe, tu as moins besoin de soleil que d'aller à l'école. Comme j'ai arrêté les cours à quatorze ans, je n'en saisis pas bien l'intérêt, mais mieux vaut faire pour le moment ce que dit ton grand-père. Passe un très joli Noël, ma puce. On se revoit bientôt.

À côté de la carte se trouvait une tête de poupée toute neuve, dans son emballage étincelant.

Des années plus tard, Izzy avait compris que ce cadeau avait dû coûter à sa mère – non pas financièrement –, mais elle ne l'avait pas saisi à l'époque. Malgré les efforts de son grand-père pour qu'elle s'intéresse à ce jeu, elle avait laissé la boîte intacte dans un coin de sa chambre et n'y joua pas.

Le matin de Noël, ils s'étaient levés tôt, Joe par longue habitude, Izzy par excitation, quand bien même elle savait que ses camarades retrouveraient à leur réveil leur maman, et leur papa aussi sans doute. Voir sa petite-fille faire comme si elle n'était pas affectée avait brisé le cœur de Joe. Il avait été peiné également lorsqu'elle avait déballé son cul-de-poule flambant neuf, son adorable petit fouet, tous à taille d'enfant, et tous les plus petits moules qu'il avait pu trouver.

Ils s'étaient rendus à la messe de Noël, où ils avaient salué leurs nombreux amis et voisins. Joe avait encore eu le cœur brisé en constatant qu'une part d'Izzy ne s'en préoccupait sincèrement pas ; que, malgré son jeune âge, elle était déjà habituée à être abandonnée par la personne qui devrait normalement être la plus présente dans sa vie.

De retour à la maison, ils avaient préparé des crêpes ensemble. Izzy avait levé ses yeux brillants vers son grand-père lorsqu'elle avait retourné une crêpe dans la poêle.

— Joyeux Noël, ma puce, lui avait-il dit, en plantant un doux baiser sur sa tête. Joyeux Noël.

*

De son côté, Austin aussi avait des raisons de détester Noël. Il n'avait jamais vraiment pris la peine de le fêter depuis celui qui avait suivi le décès de ses parents. Ce jour-là, le très jeune Darny n'avait pas pleuré, n'avait pas hurlé, ne s'était pas plaint, il était simplement resté assis en silence à fixer, perplexe, le nombre ridicule de cadeaux offerts par toutes leurs connaissances, entassés dans un coin de la pièce. Il n'avait pas eu envie d'en ouvrir un seul. Austin ne lui en avait pas voulu. Ils avaient fini par débrancher le téléphone après qu'Austin eut refusé d'innombrables invitations (tout le monde téléphonait pour leur roucouler des borborygmes compatissants, c'était insupportable) et ils étaient retournés au lit pour regarder *Transformers* sur l'ordinateur, tout en grignotant des chips. Curieusement, le spectacle de robots-machines absurdes et gigantesques fracassant tout sur leur passage était ce qui se rapprochait le plus de leur humeur. Depuis, à chaque Noël, ils faisaient quelque chose de similaire.

Cependant, l'an passé, Izzy et Austin venaient de se rencontrer, ils étaient collés l'un à l'autre, et cette période avait été palpitante. Il avait réfléchi pendant une éternité aux cadeaux à offrir à Izzy, qui avait été absolument ravie : une robe de soirée de sa petite boutique vintage préférée de Stoke Newington et une paire de chaussures chics avec lesquelles elle avait du mal à marcher. Étonnamment, ce n'était pas tant le fait que ce soient des cadeaux d'Austin qui lui avait plu, mais ce qu'ils représentaient : sortir le soir, s'amuser, ce qui était difficile avec un travail aussi prenant.

— Je pensais que tu m'offrirais un tablier, avait dit Izzy, tout en essayant la robe bleue, qui donnait à ses yeux une vive teinte bleu-vert et lui seyait à merveille. Ou un robot ou quelque chose dans le genre. C'est toujours ce que les gens m'offrent ! Encore une boîte à gâteaux et j'en fais mon commerce !

Et au fond du sac se trouvait une paire – petite, mais parfaite – de boucles d'oreilles en diamant qu'Austin avait pu acheter grâce à sa prime (il avait été le seul employé de toute la banque à en recevoir une cette année-là). Izzy avait écarquillé les yeux et en était restée bouche bée. Depuis lors, il ne s'était pas écoulé un jour sans qu'elle les porte.

Quant à Darny, ils l'avaient affreusement gâté, Austin de jeux et Izzy de livres. Tous les trois avaient regardé la télévision en pyjama, mangé du saumon fumé et bu du champagne à 11 heures. Le temps était trop exécrable pour envisager de mettre le nez dehors. En outre, Izzy avait préparé un fabuleux repas. Elle avait… elle avait fait en sorte que tout soit parfait. Qu'ils passent un bon moment ; que ce soit leur Noël à eux. Elle n'avait pas cherché à réaliser une belle décoration, à les forcer à jouer à des jeux de société, à porter des chapeaux de cotillon ridicules, à aller à la messe ou faire de longues promenades, comme l'auraient fait les tantes des garçons. Elle comprenait et respectait parfaitement leur droit de regarder *Transformers* toute la journée en pyjama et elle avait partagé de bon cœur ce moment avec eux.

— Je suis impatient d'être à Noël, déclara Austin à l'aéroport. J'aurais aimé que tu viennes à New York avec moi.

— Un jour, répondit Izzy, qui mourait d'envie de visiter cette ville. Vas-y, sois malin, mets-leur-en plein la vue, et après tu reviens aussitôt à la maison.

*

Voilà comment Austin se trouvait en plein cœur de Manhattan, Darny étant resté à Londres auprès d'Izzy. Un an plus tôt, l'idée de confier son frère de onze ans têtu, très intelligent et rusé comme un renard à qui que ce soit d'autre qu'une unité d'intervention et une équipe de vétérinaires armés de fléchettes tranquillisantes lui aurait semblé de la pure folie. Darny avait été renvoyé d'école en école et faisait tourner son grand frère en bourrique depuis le décès accidentel de leurs parents. Austin avait aussitôt renoncé à ses études et accepté un poste de banquier, afin qu'ils conservent un toit au-dessus de leur tête et que son frère ne lui soit pas retiré par les services sociaux, ou une foule de tantes bien intentionnées. En retour, Darny ne s'était pas montré particulièrement reconnaissant.

Pourtant, après avoir eu un comportement franchement exécrable avec toutes les petites amies d'Austin (elles avaient fait les yeux doux à Darny et été toutes mièvres envers le beau et grand Austin, ce qui donnait envie à son petit frère de vomir), il s'était réellement pris d'affection pour Izzy. En réalité, si Austin avait été attiré par elle au début, c'était notamment parce que Darny l'avait beaucoup appréciée – en plus de ses grands yeux, de sa bouche pulpeuse et de son rire spontané. Austin pensa à leur vie dans la petite maison qui avait été – il fallait le reconnaître – un peu une porcherie quand les deux frères vivaient seuls, mais qui, sous les auspices d'Izzy, était devenue douillette et accueillante, et il eut soudain l'envie de lui téléphoner. Il était en chemin pour une réunion (il avait décidé de marcher, car il craignait de s'égarer dans le métro). Il regarda sa montre : 11 heures. Il était donc 16 heures à Londres. Cela valait le coup d'essayer.

— Salut.

— Salut, dit Izzy, qui montait péniblement les marches, chargée de sacs de cinq kilos de café éthiopien finement moulu.

Même si des clients faisaient la queue pour leur remontant de l'après-midi, ou leur goûter à la sortie de l'école, Izzy était toujours ravie d'avoir des nouvelles d'Austin.

— Quoi de neuf ? lui demanda-t-elle.

— Est-ce que, par hasard, tu serais en train de t'enfiler du pudding de Noël ? la taquina Austin. Tu ne veux pas qu'une seule miette parte à la poubelle !

— Mais non ! protesta Izzy, outrée, tout en déposant le café sur le comptoir. Bonjour, que puis-je vous servir ?

— Avez-vous du gâteau de Noël ?

Izzy se tourna vers Pearl en haussant les sourcils.

— Pas encore. Apparemment, le petit Jésus se met à pleurer si on fête Noël dix secondes avant le début officiel de l'Avent.

— Ah, dommage.

— Je ne vous le fais pas dire.

— N'insulte pas mes croyances s'il te plaît, s'offusqua Pearl.

— Bon, me voilà mis en attente à New York, alors que la communication coûte les yeux de la tête, déplora Austin.

— Excuse-moi, mon chéri, dit Izzy pendant que le client quelque peu déçu désigna du doigt un cupcake couronné d'une cerise (*sa déception disparaîtra*, pensa Izzy, *aussitôt qu'il découvrira les cerises confites à l'intérieur*). Alors, c'est comment New York ?

— Oh, c'est génial ! s'exclama Austin. Carrément génial. Il y a des lumières partout, il y a une patinoire au pied du Rockefeller Center… Tu sais, c'est cet immense building. Il y a beaucoup de patineurs et ils se débrouillent très bien. Et puis, il y a de la musique à tous les coins de rue, et les illuminations de Central Park sont incroyables. On peut faire le tour en calèche, avec une couverture sur les jambes et un bouquet de gui… Ouah, c'est tout simplement génial, extraordinaire !

— Oh, vraiment… Zut alors. Pff, j'aurais vraiment aimé être là-bas avec toi. Arrête de t'amuser sans moi ! (Une pensée frappa Izzy.) Est-ce que c'est vraiment génial ? Est-ce qu'ils sont tous super gentils avec toi ? Ils ne vont pas te proposer un poste, quand même ?

Elle se sentit soudain prise de panique : il allait mettre les voiles et déménager. Quand Izzy évoquerait plus tard cette idée à Helena, sa meilleure amie, celle-ci s'arrêterait d'allaiter le temps d'une minute, avant de protester que c'était ridicule. La vie était belle pour Helena, aux côtés d'Ashok qui se hâtait de satisfaire le moindre de ses désirs et qui rayonnait du bonheur d'avoir à son bras une femme aussi magnifique, avec ses longs cheveux roux, sa poitrine opulente et sa façon de rabaisser les autres, « ces mortels insignifiants ». Izzy n'avait pas autant d'assurance, pour sa part.

— Non, la rassura Austin. Ils me font simplement visiter la ville, on échange quelques idées, ce genre de choses.

Il estima préférable de ne pas raconter à Izzy qu'une personne des services administratifs lui avait demandé si c'était vrai que la moitié des succursales londoniennes devaient fermer. Il y avait plus de rumeurs infondées dans la finance qu'au cercle de couture du *Cupcake Café*, ce qui n'était pas peu dire.

Izzy tenta d'empêcher son esprit de s'emballer. Et s'ils voulaient d'Austin ? Que ferait-elle du café ? Elle ne pouvait pas l'abandonner. Elle ne pouvait pas laisser tomber le fruit d'aussi durs efforts. Mais si

Austin était tombé amoureux de l'incroyable et fantastique Grosse Pomme, et comme elle était amoureuse d'Austin… Bon. Elle était dans le pétrin. Non. Elle devait chasser ces idées stupides.

Izzy repensa à leurs au revoir plutôt émouvants à l'aéroport. Heathrow, qui n'avait aucun scrupule concernant la date de l'Avent, avait décoré son gigantesque terminal de longues guirlandes violettes et d'immenses sapins argentés.

— On se croirait dans ce film, *Love Actually*, avait-elle murmuré à Austin, qui paraissait plutôt fringant avec l'élégante écharpe verte qu'elle lui avait offerte.

— Non. Tous les gamins sont mignons dans ce film.

Darny, un peu à l'écart, boudait. Ses cheveux formaient exactement le même épi que ceux de son grand frère.

— Ne fais pas ce truc. C'est dégoûtant.

— De quoi, ça ? demanda Austin, tout en blottissant sa tête dans le cou d'Izzy jusqu'à ce qu'elle pousse de petits cris.

— Oui, ce truc, répondit Darny. Ça a un effet désastreux sur le développement de ma personnalité. Je suis traumatisé à vie.

Austin jeta un coup d'œil à Izzy.

— Mais cela en vaut la peine, dit-il, et elle lui retourna un sourire radieux.

Izzy avait observé la grande silhouette d'Austin disparaître dans la foule au contrôle d'identité, puis se retourner une dernière fois pour leur adresser joyeusement un signe de la main. Elle avait eu envie de crier au monde entier : « C'est mon homme ! Là-bas !

C'est lui ! Il est à moi ! Il m'aime et tout et tout ! » Elle s'était ensuite tournée vers Darny.

— Toi et moi, on va être en tête à tête pendant une semaine, avait-elle affirmé gaiement.

C'était peu conventionnel de tomber amoureuse d'un homme qui avait déjà quelqu'un dans sa vie, mais Darny et elle s'entendaient plutôt bien.

— Je suis très triste, déclara l'adolescent, qui ne paraissait pas le moins du monde ému. Est-ce que tu peux m'acheter un muffin ?

— Je tiens beaucoup trop à toi pour te laisser manger des muffins d'aéroport. On rentre à la maison et je te prépare quelque chose.

— Est-ce que je pourrai me servir du robot ?

— Oui, répondit Izzy, avant d'ajouter, prise d'un doute : C'est bien pour faire des gâteaux, n'est-ce pas ?

— Hmm, hmm, nia Darny.

*

Izzy aurait cru qu'Austin n'aurait qu'une seule envie : rentrer à la maison. À New York, tout le monde vociférait, marchait d'un pas pressé et criait à longueur de journée « J'achète, j'achète, je vends, je vends », non ? Cette vie ne plairait pas du tout à Austin, Izzy en était convaincue. Il était d'un tempérament si calme. Il vérifierait quelques points, rencontrerait quelques personnes, puis ils reprendraient tous leur train-train. L'an passé, sa banque avait menacé de l'envoyer à l'étranger, mais, avec le contexte économique, ce projet ne s'était pas concrétisé, ce qui convenait bien à Izzy en fin de compte. Aussi était-elle légèrement contrariée d'entendre le ton si enjoué d'Austin.

— Ça paraît génial, dit-elle, sans grand enthousiasme. Londres est superbe aussi. Toute la ville est sur son trente et un avec les illuminations, les décorations, les vitrines. Enfin, toute la ville sauf nous.

Pearl toussota, nullement décontenancée.

— Ah oui, fit Austin. Oh, mais ouah, il faut que tu voies ça. Les gratte-ciel ont des lumières rouges aux vitres, le sol est recouvert de neige… C'est tout simplement magique.

Izzy ramassa une pile d'assiettes tachées de chocolat et des tasses qui venaient d'être posées sur le comptoir à côté d'elle.

— Magique…, répéta-t-elle.

*

Austin fronça les sourcils après avoir raccroché. Izzy n'avait pas été exubérante comme à son habitude. Il mit cela sur le compte du décalage horaire. Ils n'étaient pas sur la même longueur d'onde. Il devrait rappeler plus tard de toute façon, pour discuter avec Darny. Mais son petit frère, à l'aube de l'adolescence, risquait soit de répondre aux questions par un grognement ou, pire encore, par un haussement d'épaules invisible, soit de reprocher à Austin de travailler dans la finance et d'être de ce fait responsable de la fin du monde, d'une catastrophe apocalyptique universelle et du mal en général. Austin regrettait vivement de l'avoir laissé lire *Hunger Games*.

Darny ne s'était absolument pas montré plus indulgent après qu'Austin lui avait expliqué qu'il devait travailler pour payer la considérable quantité de nourriture qu'il ingurgitait et les nouvelles baskets pour ses pieds de géant. Darny avait simplement marmonné qu'Izzy achetait du café équitable, ce qui faisait d'elle en quelque sorte une gentille capitaliste. Izzy avait adressé un clin d'œil à Austin et tenté de faire comprendre à Darny qu'elle n'aurait pas pu ouvrir sa boutique sans l'aide de son grand frère ; Darny mit alors un terme à la conversation en faisant fortement claquer sa langue et en voûtant ses petites épaules. Les sept années à venir, se disait parfois Austin, promettaient d'être difficiles.

*

La clochette du *Cupcake Café* tinta et Louis, le fils de quatre ans de Pearl, accourut, suivi de son meilleur ami, le « Grand Louis ». Le Grand Louis était beaucoup plus petit que Louis, mais ils l'appelaient ainsi car il était entré à l'école plus tôt et il y avait un autre garçonnet prénommé Louis mais qui était plus petit. Louis avait expliqué tout cela avec moult détails à Pearl un soir, durant la quasi-totalité de leur trajet dans le bus 73.

Pearl avait cherché à quitter sa cité du sud de Londres pour le nord, afin de se rapprocher de son travail et de l'excellente et très prisée école de Louis (elle avait utilisé l'adresse du *Cupcake Café*, ce qui, avait-elle confié à son pasteur, la mettait mal à l'aise. En lui tapotant la main, il lui avait répondu que les voies du Seigneur étaient impénétrables et qu'il avait entendu dire que William Patten était une école formidable). La situation était compliquée cependant : la mère de Pearl, qui vivait avec eux, détestait l'idée de déménager et Ben, le père de Louis, n'habitait pas avec eux mais leur rendait régulièrement visite, ce à quoi Pearl n'avait pas du tout envie de mettre un terme. Aussi, même si le trajet entre son travail et son appartement était long, elle n'avait pas de meilleure solution pour le moment.

La maman du Grand Louis récupérait tous les jours les garçons à l'école – un immense service pour lequel elle était récompensée en café et en beignets. Pearl s'écarta du comptoir et s'accroupit pour accueillir Louis dans ses bras. Ce n'était pas bon pour ses genoux, mais, un jour viendrait, Dieu seul savait quand, où son fils ne voudrait plus lui faire un gros câlin, lui planter un gros bisou humide sur la joue et lui raconter sa journée et où il ne verrait plus sa maman comme la meilleure personne au monde – ce qu'elle était aux yeux de Louis, bien entendu. Pearl ne s'en lasserait jamais.

— Bonjour, mon cœur !

Même si la maman du Grand Louis ressentait probablement la même chose pour son petit garçon (cela ne faisait aucun doute à vrai dire), Pearl ne pouvait jamais s'empêcher de penser que les pommettes lisses de Louis, ses longs cils noirs, ses douces anglaises, son petit ventre rebondi et son sourire facile étaient peut-être les plus belles choses qu'elle ait jamais vues de sa vie. Même aux yeux de personnes extérieures neutres, Louis était un enfant très mignon.

Louis prit une mine soucieuse en sortant un dessin de son sac à dos Cars : un grand papillon, avec de grosses taches de peinture, des gommettes argentées sur la tête et des antennes en fil de fer.

— Maman !!! Les *pillons* sont des *inzectes* ! Tu le savais ???

— Euh, oui, je crois que je le savais. Tu ne te souviens pas du livre sur le papillon qui a très faim ?

— C'est des chenilles. Les chenilles sont des *inzectes* avec des pattes, mais c'est aussi des papillons. C'est comme le pain grillé, ajouta pensivement Louis.

— Comment ça, comme le pain grillé ?

— Il y a le pain, et il y a le pain grillé. C'est deux choses différentes. *Z'ai* faim !

— *Z'ai* faim ! hurla le Grand Louis, soudain inquiet d'avoir raté quelque chose.

— Et voilà pour vous deux, dit Izzy, en leur apportant des tranches de cake grillées et deux tasses de lait.

Laisser tous les jours des enfants de quatre ans sans surveillance dans un café n'était pas très bon pour leur santé ; ainsi, tous gardaient un œil sur eux, et en particulier sur Louis qui avait hérité de la morphologie de sa mère. Il adorait s'installer avec un client pour papoter à propos de pelleteuses (n'importe quelle personne faisait l'affaire, mais il avait une préférence pour le facteur, Doti), avec une belle noisette de crème au beurre au bout de ses doigts potelés.

— Maman ? fit Louis. C'est Noël ?

— Pas encore. Quand ce sera l'Avent, nous commencerons à ouvrir toutes les petites cases du calendrier jusqu'à la naissance de Jésus. Ce jour-là, ce sera Noël.

— À l'école, tout le monde dit que c'est Noël. Nous avons un grand sapin dans notre classe et Mlle Sangita nous a expliqué que c'est le moment pour *fafête*.

— *Fafête* ?

— Oui.

— En effet, c'est une période idéale pour faire la fête. Mais le moment venu. On est encore en novembre. On vient de ranger les feux d'artifice et les décorations d'Halloween, tu te souviens ? Les costumes et les gros pétards qui font peur ?

Louis regarda ses pieds, tout en se mordillant la lèvre.

— Moi, j'ai pas peur des feux d'artifice, dit-il à voix basse.

Incontestablement, il avait eu une peur bleue des feux d'artifice. Même s'il avait bien profité des bonbons d'Halloween, les déguisements de fantômes et de vampires (notamment, ceux des grands garçons de sa cité avec leurs masques de *Scream*, qui fonçaient sur leur vélo en criant) lui avaient paru assez déplaisants. Mlle Sangita avait fait remarquer à Pearl que Louis était un peu sensible. Pearl avait grimacé et rétorqué qu'elle entendait sûrement par là qu'il n'était pas un malotru comme tous les autres enfants. La maîtresse avait gentiment souri et affirmé que cette attitude ne lui paraissait nullement nécessaire. Pearl, confuse, s'était alors souvenue que c'était une bonne école et qu'elle devait arrêter de toujours paniquer à propos de son fils.

Elle y repensa tandis qu'ils rentraient chez eux en bus et que Louis montrait du doigt tous les sapins de Noël et toutes les décorations devant chaque maison qu'ils passaient – et il y en avait beaucoup. Quand ils arrivèrent dans le centre de Londres où ils devaient prendre un autre bus, les yeux de Louis devinrent ronds comme des billes devant les vitrines des grands magasins de part et d'autre de la cascade d'illuminations de Regent Street : *Hamleys* avec ses nombreux animaux féeriques animés dans un paysage boisé, ou encore *John Lewis* avec ses vitrines qui semblaient déborder de tous les objets inimaginables. Les trottoirs étaient bondés de badauds excités en quête de bonnes affaires, venus s'imprégner de l'ambiance de Noël. Déjà, des pubs et des restaurants, ornés de guirlandes criardes et affichant des menus de fête, regorgeaient de joyeux convives. Pearl soupira. Elle ne pouvait le nier. Noël approchait.

*

Seulement, l'année avait été tellement difficile. Pas pour elle – la boutique marchait bien et Izzy avait été plus que gentille en la promouvant responsable, en la rémunérant autant qu'elle le pouvait et en se montrant flexible dans l'intérêt de Louis. Pearl avait même pu, pour la première fois de sa vie, mettre un peu de sous de côté ; pour commencer, peut-être, à réfléchir à l'avenir, en s'installant plus près de la boutique et de l'école de Louis, loin de la cité. Non pas que ce soit une cité peu recommandable. Ce n'était pas la pire, loin de là. Mais elle aimerait vivre dans un petit appartement qui ne ressemblerait pas trait pour trait aux autres, qu'elle pourrait décorer à son goût et où elle aurait une chambre pour sa mère. Ce serait agréable.

Très agréable même. Et, brièvement, ce projet avait paru possible.

Avant que Ben ne soit touché par la récession économique…

Si Pearl avait eu une page Facebook (ce qui n'était pas le cas, car elle n'avait pas Internet), son statut amoureux avec Benjamin aurait été « C'est compliqué ». Ben était un très bel homme, ils étaient sortis ensemble, elle était tombée enceinte et, quand bien même de toute évidence elle n'échangerait Louis pour rien au monde (il était ce qui lui était arrivé de mieux dans la vie), Ben n'avait jamais vécu avec eux et allait et venait dans leur vie bien plus qu'elle ne l'aurait voulu. Le souci, c'était que Louis le vénérait totalement, pensait que son papa – grand, beau et musclé – était un super-héros, qui rendait visite à sa famille entre deux missions top secrètes. Pearl ne supportait pas l'idée de faire éclater sa bulle de bonheur ; il criait de joie dès qu'il apercevait son père et, le temps d'un instant, ils formaient comme une vraie famille. Elle était coincée. Elle ne pouvait pas aller de l'avant. Ce n'était pas juste envers Louis. Les choses avaient commencé à aller mieux pour Ben également, avec des missions de travail plus régulières… sauf ces six derniers mois.

Les chantiers dans le bâtiment s'étaient taris, du jour au lendemain. Il avait eu du travail sur le site olympique, mais c'était comme si tous les entrepreneurs d'Europe avaient débarqué à Londres et la concurrence était devenue féroce. Ailleurs, les opportunités étaient tout aussi rares. Les gens repoussaient leurs projets de déménagement, d'extension ou de rénovation tant qu'ils ne savaient pas ce que leur réservait l'avenir :

perdraient-ils leur travail ? Leur nombre d'heures serait-il réduit ou leur salaire diminué ? Leur pension de retraite serait-elle ridicule, ou leurs économies deviendraient-elles dérisoires à cause de l'inflation ? Pearl galérait alors qu'elle n'avait qu'une chambre ; parfois, pensait-elle en regardant la pluie tomber, elle se demandait comment les gens faisaient pour chauffer d'aussi grandes maisons. Payer sa facture d'électricité était, pour elle, un travail à part entière.

Ce n'était pas la faute de Benjamin, en aucun cas. Il cherchait du travail, tentait tout, mais il n'y avait tout simplement rien pour lui. Et comme il avait eu quelques problèmes avec le service des allocations par le passé, il touchait le strict minimum légal.

Pearl le connaissait trop bien. Il était facilement influençable, mais c'était un homme fier. Un travailleur assidu quand il avait un emploi, mais quand il était au chômage… Enfin. Beaucoup de ses amis étaient mêlés à des histoires louches et elle préférait qu'il en reste à l'écart.

De ce fait, elle l'aidait de temps en temps, et de plus en plus souvent ; elle ne savait pas comment cela se terminerait. Benjamin détestait l'idée d'accepter de l'argent, de devoir quémander comme un chien auprès d'une femme. Ainsi, leurs rares sorties, les rares fois où ils allaient au restaurant, les rares nuits où il restait dormir chez elle (cela tuait Pearl de l'admettre, mais il était le plus bel homme qu'elle ait jamais vu) étaient de moins en moins fréquentes. Ce n'était pas plaisant d'emmener sa femme dîner quand c'était elle qui devait payer la note.

La situation commençait à être critique financièrement pour Pearl. Mais Benjamin était tellement bon envers leur fils. Il jouait avec Louis des heures durant, était sincèrement impressionné par les gribouillis qu'il faisait à l'école, tapait dans le ballon avec lui sur le terrain vague, ou parlait à perdre haleine de pelleteuses et de grues. Pearl préférerait mourir de faim plutôt que de priver son fils de toutes ces choses.

Elle n'en arriverait pas à cet extrême. L'argent manquerait pour Noël cependant, c'était la réalité, et elle détestait que chaque vitrine décorée, chaque visage émerveillé le lui rappellent.

Chapitre 2

Carrés de Noël au chocolat et à la cerise

Ce gâteau sans cuisson est délicieux. Vous pouvez ajouter un soupçon de rhum si vous voulez lui donner un goût un peu plus festif, mais ne perdez pas de vue qu'il ne s'évaporera pas, puisqu'il n'y a pas de cuisson. ☺

- 275 g de beurre (j'utilise environ 200 g de beurre doux)
- 150 ml de *golden syrup* (2 grosses c. à s.)
- 225 g de chocolat noir de qualité
- 200 g de sablés ou de spéculoos (grossièrement écrasés)
- 200 g de petits-beurre (grossièrement écrasés)
- 125 g de fruits secs (noix, noix du Brésil, amandes ; facultatif)
- 125 g de cerises confites
- 1 sachet de Maltesers (ou toute autre friandise qui traîne dans vos placards)

Tapissez un moule de 15 cm de diamètre ou un moule à cake de 0,5 l de deux épaisseurs de papier sulfurisé (j'ai

utilisé un moule à cake en silicone, le papier sulfurisé est inutile dans ce cas).
Dans une casserole, faites fondre le beurre, le *golden syrup* et le chocolat à feu doux (cela m'a demandé un certain temps, car j'ai utilisé le plus petit feu de la gazinière). Veillez à prendre une casserole assez grande pour contenir tous les biscuits émiettés et les fruits. Remuez pour bien mélanger les ingrédients.
Ajoutez les biscuits, les Maltesers, les cerises confites et les fruits secs (selon votre goût). Mélangez bien. Cassez les biscuits en morceaux assez petits, adaptés à la taille du moule.
Transvasez la préparation dans le moule. Lissez la surface et appuyez sur le dessus avec un plat pour chasser les bulles d'air. Laissez la préparation refroidir et durcir : environ 2 heures au réfrigérateur ou 45 minutes au congélateur. Le plus long sera le mieux (ces gâteaux sont bien meilleurs le lendemain). Emballez-les de papier sulfurisé et conservez-les au réfrigérateur.
Décorez-les de houx. Ne comptez surtout pas les calories ! C'est un moment de plaisir.

*

Helena prit Chadani Imelda dans ses bras et lui adressa un sourire sombre et satisfait qui traduisait sa fierté. Elle l'habilla, en dépit de ses hurlements continus, d'une culotte à volants, d'un chemisier à volants, d'un tutu et d'un manteau à pompons, associés à des collants en dentelle ornés de petits pompons à l'arrière, des bottes fourrées rose bonbon avec de petites étoiles et un bonnet rose à pompons agrémentés de deux longs rubans. Étrangement, ses cheveux carotte détonnaient avec tout ce rose, mais Helena tenait absolument à montrer que Chadani était une fille.

— N'es-tu pas mignonne ? roucoula-t-elle.

Chadani lança à sa mère un regard féroce et tira d'un air rebelle sur son bonnet. En vain ; Helena l'avait déjà bien noué. Les mains d'un bébé d'un an ne faisaient pas le poids face aux nœuds d'une infirmière aguerrie des urgences. Helena était encore infirmière, comme elle ne cessait de le répéter à tout le monde. Elle exercerait de nouveau son métier. Dès qu'elle trouverait la nourrice ou la crèche idéale pour veiller sur Chadani Imelda. Jusque-là, personne ne s'était montré à la hauteur de ses attentes.

Dans un premier temps, Izzy avait cru que l'attitude surprotectrice d'Helena était une plaisanterie. Son amie était une femme si forte, sûre d'elle et indépendante ; comment était-ce possible ? Peut-être Helena elle-même était-elle surprise par ce comportement. Néanmoins, depuis le premier cri de Chadani Imelda, blottie entre les seins opulents de sa mère, après un accouchement rapide et extrêmement facile (Helena était arrivée à l'hôpital par ses propres moyens et avait expulsé le bébé en moins de quatre-vingt-dix minutes sans même un cachet d'aspirine, ce qui, d'après Izzy, n'améliorerait en rien son empathie auprès de ses patients), toute la vie d'Helena était désormais consacrée à sa fille.

La famille très aimante d'Ashok, une fois remise du choc qu'il ait un enfant hors mariage avec une rousse stupéfiante et franchement truculente, ne chercha nullement à détourner Helena de son nouveau but dans la vie. Ashok était le cadet d'une fratrie de six enfants, dont quatre filles, tous bruyants (d'où son indifférence à vivre avec une femme à fort caractère) ; tous avaient à cœur d'offrir leur aide, des conseils et des cadeaux pour le nouveau-né, leurs propres enfants étant grands.

Aussi, Chadani n'avait-elle jamais quitté la maison sans quelques épaisseurs supplémentaires, « au cas où », ni un biberon en plus pour qu'elle ne meure pas de faim. Tous les jouets imaginables encombraient l'ancien appartement d'Izzy, qu'Helena et Ashok avaient racheté. Son petit nid douillet était devenu petit, douillet et complètement masqué par les quantités colossales de plastique, les grenouillères qui séchaient et le grand tableau au mur sur lequel était inscrit « Princesse ». Izzy avait considéré celui-ci d'un air sceptique.

— Elle aura une grande estime de soi, avait insisté Helena. Je refuse que quiconque la maltraite.

— Personne ne te maltraite, avait rétorqué Izzy. Je suis certaine qu'elle va hériter ça de toi.

— On n'est jamais assez prudent.

Helena laissa Izzy se dégager un peu de place sur son ancien canapé en velours rouge, enfoui sous de petits tricots de créateur.

— Helena, l'étiquette dit « Nettoyage à sec uniquement », s'insurgea Izzy. D'accord, je n'ai pas d'enfant, mais…

Helena parut légèrement honteuse.

— Oui, je sais… Mais elle est si belle dans ces vêtements. Sérieusement, je suis surprise que personne ne l'ait encore kidnappée.

Izzy hocha la tête, comme souvent quand il était question de Chadani Imelda. C'était incontestable que la fille de sa meilleure amie était un bébé adorable. Mais elle était très bruyante, pleurnicheuse et exigeante. Izzy se disait parfois que Chadani Imelda serait sans doute plus à l'aise sans tous ces vêtements et que son comportement serait peut-être plus agréable si Helena, Ashok et au moins quatre autres proches ne volaient pas à son secours dès le moindre pleur.

— Bon, dit Helena d'un ton important. Donne-moi ton avis. Voici les tenues auxquelles j'ai pensé pour Noël. Regarde ce petit bonnet de renne, n'est-il pas trognon ? Il est à croquer !

Chadani attrapa le bois du renne et se mit à le mordre avec férocité.

— Et j'ai pensé à du velours rouge pour la messe.

— Depuis quand tu vas à la messe ?

— Je pense que tous les gens à l'église aimeraient voir un joli bébé pour Noël. C'est le principe, argua Helena.

— Euh, oui, le bébé Jésus, qui symbolise la lumière et l'espoir dans le monde. Pas n'importe quel bébé…

Le visage d'Helena se crispa.

— Même si, de toute évidence, Chadani Imelda est un bébé très, très spécial, ajouta Izzy. Et puis, elle a un an. Est-ce qu'on peut encore dire que c'est un bébé ?

Chadani avait rampé jusqu'à la télévision et sortait les DVD de *Baby Einstein* de l'étagère pour les jeter par terre. Helena l'ignorait totalement.

— Bien sûr !

— Et Ashok est sikh, précisa Izzy, inutilement.

— Nous irons aussi au temple pour Divali. Mais il faut vraiment se mettre sur son trente et un pour cette fête !

Izzy sourit. Elle avait envie d'ouvrir une bouteille de vin, mais elle se rappela qu'Helena ne buvait pas, car elle donnait toujours le sein quand sa fille le réclamait – à ce rythme, elle le ferait sûrement jusqu'en 2025.

— Enfin bref, reprit Helena, Chadani est…, et elle fit la liste des derniers exploits de sa fille, ce qui aurait pu, ou pas, inclure « éparpiller tous les DVD de *Baby Einstein* ».

Izzy perdit soudain l'envie de se confier à son amie. Autrefois, elles pouvaient discuter de tout, mais depuis l'arrivée de Chadani, Izzy avait l'impression qu'elles s'éloignaient l'une de l'autre, sans vraiment comprendre pourquoi. Helena avait rencontré un grand nombre de jeunes mamans autoritaires grâce à un site réunissant les « Mamans de Londres Nord », groupe qu'elle présidait en vertu de l'accouchement le plus naturel et de l'allaitement le plus long. Leurs discussions interminables et abrutissantes sur les nuits et le sevrage décidé par le bébé avaient laissé Izzy complètement de marbre. Même lorsqu'elle avait essayé de participer en racontant les dernières mésaventures de Darny (tous les enfants, semblait-il, devaient être soit parfaits, soit horribles, il n'y avait pas d'entre-deux possible ; de même, l'accouchement devait se passer comme une lettre à la poste, ou bien provoquer quasiment la mort de la mère et nécessiter une transfusion de cinq litres de sang), Helena avait regardé Izzy d'un air condescendant et lui avait rétorqué que les choses seraient différentes quand elle aurait son propre enfant.

Aussi, aborder le sujet de son petit ami qui lui manquait semblait un peu…

— Austin me manque, déclara soudain Izzy, pour faire au moins une tentative. Il est à New York. J'espère qu'il déteste cette ville.

Helena fixa son amie.

— Ashok est de garde. Je me lève quatre fois par nuit. Et quand il rentre, il veut que je m'arrange pour que le bébé ne fasse pas de bruit de la journée. Dans ce minuscule appartement merdique ! Non, mais sans blague !

Izzy se sentait toujours très possessive de cet appartement qu'elle adorait.

— Oh, ma pauvre, plaignit-elle timidement Helena, avant d'oser cette question, se sentant interrompue dans ses petits tracas : C'est normal que Chadani ne fasse pas encore ses nuits ?

— Oui, répliqua Helena d'un ton sec. Elle est très sensible.

Comme pour répondre elle-même, Chadani se hissa sur la grande pile de linge propre posée sur le canapé et retourna son gobelet de lait au-dessus des vêtements.

— Non ! hurla Helena. Non !!! Arrête ! Je viens de… Chadani ! Cette attitude ne me plaît pas ! Je ne te critique pas en tant qu'être humain, ni en tant que déesse. Mais ce comportement, en cet instant précis…

Chadani toisa Helena, le gobelet résolument renversé, comme si elle menait une expérience.

Izzy décida de ne pas insister davantage avec son problème de petit ami.

— Je vais y aller…

Alors qu'elle s'éloignait, elle entendit Helena :

— Chadani Imelda, je serais très contente si tu me donnais ce verre. Très contente. Fais plaisir à maman et donne-moi ce verre. Donne ce verre maintenant, Chadani. Donne le verre à maman.

Chapitre 3

Quel que soit l'avis de Pearl, Izzy décréta en arrivant chez elle qu'il était temps de se lancer dans les gâteaux de Noël. Elle sortit d'énormes sachets de raisins secs (en se demandant, comme chaque année à cette époque, quelle était la différence entre les raisins de Corinthe et de Smyrne), ainsi que les cerises et zestes d'agrumes confits. Si elle ne commençait pas maintenant, le temps manquerait pour imbiber les gâteaux d'alcool et leur donner toute leur saveur.

Darny rentra de son heure d'étude. Izzy sursauta lorsqu'il ouvrit la porte ; il avait déjà l'air d'un adulte, du haut de ses onze ans. Bien entendu, il possédait son propre trousseau de clés depuis qu'il avait six ans.

— Salut ! cria-t-il.

Habituellement, il montait directement dans sa chambre pour jouer sur sa Xbox – à moins qu'Izzy ne prépare une petite gourmandise.

Le logement qu'Austin et Darny avaient hérité de leurs parents était une maison mitoyenne en briques rouges assez jolie, avec un grand séjour ouvert et une arrière-cuisine et, à l'étage, trois petites chambres.

Il y avait un jardinet à l'arrière, qui n'était en aucun cas assez grand pour jouer au football, au rugby, au handball, au volley-ball ou aux cow-boys ; cela n'avait toutefois pas empêché les deux frères d'essayer au fil des ans. Cinq années d'occupation des lieux par deux garçons, l'un petit et l'autre surmené et rêveur, avaient laissé la maison dans un état fâcheux, malgré les services d'une femme de ménage dépitée. Izzy essayait de la rénover par petites touches : une couche de peinture par-ci, de nouvelles dalles par-là. La maison se réaffirmait, même si Izzy avait conservé la plinthe sur laquelle un enfant de cinq ans avait dessiné à l'encre indélébile une longue procession de voitures de course.

— Mais pourquoi tu ne l'as pas arrêté ? avait-elle demandé à Austin.

— Bah, je trouvais ça plutôt réussi, avait-il répondu doucement. Il dessine bien ; regarde, toutes les roues sont placées correctement, et les détails…

Après avoir étudié le dessin, Izzy avait fini par le juger mignon. Elle avait laissé les voitures et nettoyé le reste, pour tenter de rafraîchir le tout.

Elle ne pouvait s'en empêcher. Inutile de consulter un psychologue pour se faire confirmer que ce caractère s'expliquait par l'instabilité de son enfance : sa mère était un électron libre, son père un gitan qu'elle n'avait jamais connu. La seule constante dans sa vie avait été son bien-aimé grand-père Joe, dont la boulangerie-pâtisserie avait toujours constitué un refuge chaleureux et douillet à ses yeux. Depuis, elle tentait de reproduire cette sensation confortable où qu'elle soit.

Avant Austin, Helena avait dit un jour à Izzy qu'elle cherchait à plaire aux gens. Celle-ci lui avait rétorqué qu'il n'y avait pas de mal à cela. Et Helena de faire remarquer que tous ses petits amis avaient été d'horribles profiteurs. Mais Izzy était incapable de vivre comme Helena, au gré de ses envies tout en faisant fi des conséquences. Depuis, elle avait rencontré Austin, qui appréciait qu'Izzy veuille lui faire plaisir… Certes, les garçons s'étaient plaints au début à propos de la maison : « Qui a besoin de rideaux ? s'était offusqué Darny. C'est une invention bourgeoise (un mot dont il ne connaissait manifestement pas le sens), une histoire de honte et de fausse vie privée que l'État ne nous accorde même pas. » Izzy avait persévéré néanmoins et, petit à petit, la maison devenait chaleureuse avec ses fenêtres propres, sa nouvelle table de cuisine (l'ancienne servant dorénavant de bureau à Darny, en dépit de ses taches d'encre et de colle et ses trous suite à une partie de lancer de couteaux), avec sa banquette moelleuse recouverte de coussins (que Darny subtilisait constamment pour les utiliser comme cibles de tir), avec tout l'électroménager de cuisine d'Izzy (qu'elle achetait comme d'autres femmes achètent des chaussures) et ses lampes à l'éclairage plus doux que celui des ampoules nues (Austin avait protesté qu'on n'y voyait goutte jusqu'à ce qu'Izzy lui explique que cela créait une ambiance romantique, elle-même propice à des événements romantiques, ce qui le fit quelque peu changer d'avis). Les lieux avaient moins une allure de maison de correction que de maison, comme en ont les gens normaux, avait fait remarquer Izzy.

Austin avait maugréé de bon cœur – parce que c'était la réaction escomptée, mais aussi parce que cela correspondait exactement au discours tenu toutes ces années par ses tantes envahissantes : cet endroit avait besoin d'une touche féminine. Dans le passé, un grand nombre de femmes avaient promis d'y pourvoir et tenté de s'immiscer dans la vie des deux frères. Ils leur avaient même donné un nom : les « Oohh », à cause de leur air préoccupé et de leur façon de dire « Oohh » quand elles regardaient Darny comme s'il s'agissait d'un chiot abandonné. Austin détestait entendre ces « Oohh », car cela signifiait immanquablement que Darny allait faire ou dire quelque chose d'épouvantable.

Curieusement, avec Izzy, c'était différent. Elle ne disait pas « Oohh ». Elle écoutait. Et elle leur avait fait comprendre à tous les deux que retrouver le soir une maison chaleureuse et douillette pouvait en réalité être assez agréable, même si, en contrepartie, ils devaient faire leur lit, sortir la poubelle, utiliser des couverts, manger des fruits et légumes. D'accord, il y avait plus de coussins, de tapis et de bibelots, mais c'était le prix à payer, pensait Austin, pour toutes ces jolies choses – pour cette chose qui ressemblait à s'y méprendre au bonheur.

*

Darny retira son anorak et son sac à dos, éparpillant partout manuels, bonnet, écharpe, cartes Pokémon et petits bouts de plastique.

— Bonjour Darny, lui dit Izzy.

Il entra à pas de loup dans la cuisine.

— Qu'est-ce que tu prépares ? Je meurs de faim.

— Tu meurs toujours de faim. Mais tu ne peux pas manger ça par contre.

Darny inspecta les énormes plats.

— Qu'est-ce que tu cuisines ?

— Oh, ça, c'est la partie facile. Je fais mariner les fruits.

Darny huma la bouteille qu'elle versait généreusement sur la préparation.

— Pouah ! C'est quoi ce truc ?

— Du cognac.

— Est-ce que je peux…

— Non, répondit Izzy sans la moindre hésitation.

— Allez, juste pour goûter. En France, ils laissent les enfants boire du vin à table.

— Et ils mangent du cheval et sont infidèles en amour. Quand nous déciderons d'être français, Darny, je ne manquerai pas de te le faire savoir.

Darny se renfrogna.

— Du coup, qu'est-ce qu'il y a à manger ?

— Prends des bananes, et je t'ai préparé une tartine avec des fruits. Et il y a des lasagnes dans le four.

— Une tartine avec des fruits ? Je n'en reviens pas que tu sois pâtissière et que tout ce à quoi j'aie droit, c'est une tartine avec des morceaux de fruits.

— Eh bien, dans ce cas, apprends à faire des gâteaux.

— Ouais, jamais de la vie. C'est pour les filles.

— Tu as peur ?

— Non !

— Mon grand-père préparait des centaines de glands par jour jusqu'à ses soixante-dix ans.

Darny pouffa.

— Qu'est-ce qu'il y a de drôle ?

— Glands. C'est vulgaire.

Izzy y réfléchit un instant.

— C'est vrai, finit-elle par reconnaître. Cela étant dit, les hommes font de merveilleux pâtissiers. Ou du moins peuvent l'être.

Darny avait déjà englouti la tartine et pelait une banane. Il jeta un coup d'œil au téléphone.

— J'attends son appel, déclara Izzy. Il ne devrait pas tarder.

— Je m'en moque, répondit aussitôt Darny. Il a sans doute une réunion stupide.

Il regarda par la porte-fenêtre qui donnait sur la cour sombre. Il aperçut leur reflet dans la vitre. La maison paraissait agréable et chaleureuse. Il refusait de l'admettre, mais il aimait vivre avec Izzy. C'était sympa. Elle n'était pas… Elle n'était pas sa mère ou quelque chose dans le genre. Hors de question ! Mais comparé aux femmes gnangnan qu'Austin avait amenées à la maison ces dernières années, elle était bien, pensait-il. Et maintenant qu'elle était là, c'était un peu comme s'ils avaient une jolie maison comme ses copains, et tout se passait pas trop mal. Ce qui n'était pas arrivé depuis très longtemps. Alors, pourquoi son imbécile de frère était-il parti aux États-Unis ?

— Tu connais les écoles américaines, non ? demanda Darny d'un ton faussement désinvolte, en essayant de chaparder discrètement quelques raisins secs dans le saladier.

Izzy lui donna une petite tape sur la main avec sa cuillère en bois.

— Oui.

En réalité, elle, n'était jamais allée aux États-Unis, ce qui ne l'aidait pas à apaiser les craintes de Darny.

— Est-ce qu'ils ont… Est-ce que c'est vrai qu'ils ont beaucoup de pistolets et d'armes à l'école ? finit-il par demander.

— Non, répondit Izzy, qui aurait aimé afficher une plus grande certitude. Je suis sûre que non. Absolument pas.

Darny eut un rictus de mépris.

— Et est-ce qu'ils chantent tout le temps ?

— Je n'en sais rien. Je n'en ai aucune idée.

Le téléphone sonna.

*

— Désolé, s'excusa Austin. La réunion a traîné en longueur. Ils voulaient que je rencontre quelques personnes et que je fasse un saut au conseil d'administration…

— Ouah, fit Izzy. Tu les as clairement impressionnés.

— Je n'en sais rien. Je crois seulement qu'ils aiment m'écouter parler.

— Ne sois pas modeste, rétorqua Izzy, d'un ton joyeux, mais avec un léger tremblement dans la voix. Bien sûr qu'ils t'adorent. Pourquoi est-ce qu'ils ne t'adoreraient pas ? Tu es génial.

Austin perçut l'émotion dans la voix d'Izzy et se maudit intérieurement. Il n'avait pas voulu réfléchir, ni même envisager les implications d'un poste à New York – perspective qui semblait d'ailleurs de plus en plus se profiler. Pas seulement un poste ; une vraie carrière ; une occasion extraordinaire. Étant donné la situation actuelle de la finance, il était chanceux déjà d'avoir un travail, alors si on lui offrait en plus une carrière prestigieuse… Et l'idée de gagner pour une fois une belle somme d'argent, et non trois francs six sous… Izzy avait son café bien entendu, mais c'était loin d'être une affaire lucrative. Et puis, ce serait plaisant pour tous les deux d'avoir de beaux projets… Comme partir en vacances… Peut-être même… Enfin. Il n'avait pas envie de penser à l'étape suivante. C'était un peu trop loin dans l'avenir. Mais tout de même. Cela semblait être la suite logique, se dit-il fermement. Peu importait de quoi était fait l'avenir, il paraissait sensé de se constituer un petit pécule, un petit matelas. Pour être à l'abri. Ensemble.

— Ils sont très sympas…, concéda-t-il. Comment ça se passe au collège pour Darny ?

Izzy n'avait pas envie de lui raconter qu'elle avait vu Darny dans la cour de récréation se faire fermement raccompagner au portail par un enseignant. Elle essayait de ne pas trop s'impliquer dans tout ce qui avait trait à l'école, même si elle s'inquiétait presque autant qu'Austin pour Darny, l'enfant le plus jeune de sa classe, et le seul orphelin.

— Hmm, hmm, fit-elle.

— Qu'est-ce que tu fais ?

— Un gâteau de Noël. Ça sent super bon !

— Ça schlingue, bouda Darny en direction du téléphone sur haut-parleur. Et elle ne veut pas que je goûte.

— Parce que tu as dit que ça schlinguait, répliqua Izzy sans conteste. Et ça doit faire vingt degrés en alcool, donc tu ne peux pas en prendre.

— Austin me laisserait en manger.

— C'est faux, lança la voix du combiné.

— Quand nous serons représentés proportionnellement, objecta Darny, j'aurai mon mot à dire.

— Si tu obtiens le droit de vote des adolescents, je raccroche, l'avertit Austin.

— Non, ne fais pas ça, se plaignit Izzy.

Il y eut un blanc lorsque Darny fit un geste grossier en direction du téléphone, puis il maugréa quelque chose sur la tournure que prendrait le monde quand les adolescents auraient le droit de vote. Il attrapa quelques bananes et disparut à l'étage.

— Est-ce qu'il est parti ? finit par demander Austin.

— Ouais. En fait, il a plutôt l'air de bonne humeur ce soir. Peut-être que ça ne s'est pas si mal passé que ça au collège.

— Oh, tant mieux. Merci, Izzy. Je ne pensais vraiment pas que la puberté allait faire son arrivée aussi tôt.

— Oh, ce n'est pas encore trop terrible. Il nous adresse toujours la parole. À mon avis, ce sera bientôt terminé. Mais bon, ses baskets…

— Je sais, déclara Austin en plissant le nez. J'ai commencé à ne plus prêter attention à leur odeur avant de te rencontrer.

— Hmm…

Il y eut un autre blanc. Ces silences ne leur ressemblaient pas du tout. Habituellement, leurs conversations étaient interminables. Austin lui racontait ce qui se passait à la banque ; Izzy lui parlait de clients étranges ou du dernier sujet de querelle entre Caroline et Pearl. Mais ses journées n'avaient pas changé, alors que, pour lui, la vie semblait prendre des contours très différents.

Izzy se creusa la cervelle pour trouver quelque chose à raconter à Austin, mais sans succès. En comparaison avec New York, sa journée avait été banale : contacter les fournisseurs de sucre, tenter de convaincre Pearl de la laisser accrocher des guirlandes de Noël. Et le reste du temps… Eh bien, elle ne pouvait pas l'avouer à Austin, car cela serait en quelque sorte injuste envers lui, comme si elle lui reprochait d'être parti, ou si elle devenait l'une de ces horribles femmes collantes qui pleuraient toujours leur chéri et qu'Izzy refusait résolument d'être. Ainsi, elle ne pouvait pas lui confier que tout ce qui occupait son esprit était combien il lui manquait, combien elle désirait qu'il rentre à la maison et combien elle redoutait qu'il déracine leur vie au moment précis où, pour la première fois depuis des années, elle avait le sentiment d'avoir trouvé son havre de paix.

Aussi resta-t-elle muette.

— Alors quoi de neuf ? l'interrogea Austin, perplexe.

Faire parler Izzy était rarement un souci. La faire taire pendant un match de cricket était en général bien plus difficile.

— Oh, rien du tout. La routine.

Izzy sentit son visage prendre feu à mesure que le silence se prolongeait entre eux. Austin, qui patientait pour traverser une route à quatre voies, sans trop savoir de quel côté arrivaient les voitures, ne décela aucune subtilité émotionnelle dans la voix d'Izzy. Il pensa qu'elle devait lui en vouloir de lui avoir confié Darny.

— Tu sais, tante Jessica serait ravie de s'occuper de Darny…

— Quoi ? s'étrangla Izzy, exaspérée. Il n'y a aucun problème entre Darny et moi. Il va bien. Ne t'inquiète pas pour nous.

— Je ne suis pas inquiet, affirma Austin, lorsqu'un taxi jaune le klaxonna furieusement pour avoir eu l'audace d'hésiter avant de traverser. Je disais ça comme ça. Tu sais que tu as cette solution de secours.

— Je rentre à la maison tous les soirs après le travail et je réussis à vérifier ses devoirs et à lui préparer le dîner. Je pense que je gère. Je ne crois pas avoir besoin de solution de secours, si ?

— Non, non, tu t'en sors à merveille. (Austin se demanda quand cette conversation avait commencé à déraper.) Pardon. Je ne voulais pas…

Son téléphone bipa, il avait un autre appel.

— Écoute, je dois te laisser. Je te rappelle plus tard.

— Je serai couchée, dit Izzy, d'un ton plus froissé que son intention. On se parlera demain plutôt.

— D'accord… Très bien.

*

Izzy se sentit anormalement frustrée après avoir raccroché. Austin et elle n'avaient pas du tout réussi à discuter sérieusement, et elle n'avait aucune idée de ce qu'il faisait, ni de la façon dont se déroulait son séjour. Elle avait seulement la nette sensation qu'il passait un très bon moment.

Elle se dit que c'était stupide, qu'elle faisait tout un drame de rien du tout. Elle se faisait du souci inutilement. Son dernier petit ami était très distant d'un point de vue émotionnel et il l'avait traitée comme une moins-que-rien ; aussi, cette nouvelle relation lui semblait-elle parfois très difficile à gérer. Elle ne pouvait rien dire à Graeme, sinon il se fermait comme une huître ;

elle était consciente qu'Austin était très différent, mais elle ne savait pas très bien jusqu'où elle pouvait aller. Les hommes – non, pas seulement les hommes, tout le monde – fuient face à la dépendance affective. Elle n'avait pas envie de paraître en manque d'affection. Elle voulait être chaleureuse, décontractée, joviale ; elle voulait rappeler à Austin qu'ils formaient un foyer aimant, et ne pas être sur la défensive et acariâtre.

Izzy soupira et regarda les fruits qu'elle mélangeait.

— Non, dit-elle, en se sentant un peu gênée et idiote. Tu ne peux pas avoir des pensées négatives quand tu prépares un gâteau de Noël. Ça porte malheur. Darny ! hurla-t-elle dans les escaliers. Est-ce que tu veux venir jeter une pièce de vingt pence dans la pâte ?

— Je peux prendre une pièce de deux livres plutôt ?

— Non !!!

*

Austin soupira. Il ne voulait pas tracasser Izzy, mais parfois elle s'inquiétait d'un rien. Il avait été convoqué au collège peu de temps avant son départ pour les États-Unis. Kirsty Dubose, la directrice de l'école primaire, s'était toujours montrée très indulgente avec Darny, à cause de son passé. D'autant plus qu'elle avait le béguin pour Austin, mais lui ne s'était jamais aperçu de rien. Mme Baedeker, la principale du collège, n'avait pas autant de scrupules. En outre, le comportement de Darny était réellement affligeant.

— Nous envisageons ce qu'on pourrait appeler une « dernière chance », avait aboyé Mme Baedeker à Austin, qui avait parfois du mal à se souvenir qu'il était censé se comporter en adulte dans un établissement scolaire.

— Parce qu'il a répondu à un prof ?

— Pour ses insubordinations répétées qui perturbent la classe.

Austin avait esquissé un sourire.

— Ce n'est pas drôle. Darny empêche les autres élèves d'apprendre. Et laissez-moi vous dire une chose : il est peut-être intelligent, vif, cultivé et tout le reste, et peut-être qu'il s'en sortira très bien dans la vie. (Mme Baedeker appuya son propos en faisant claquer sa paume sur son bureau.) Mais il y a de nombreux enfants dans ce collège qui ne possèdent pas les qualités de Darny et qui ont besoin d'une bonne éducation, de leçons structurées, de discipline. Votre frère perturbe les cours. Ce comportement n'est pas correct, et je ne le tolère pas dans mon établissement.

Ce discours avait cloué le bec d'Austin. Le soir même, il avait énergiquement rapporté l'argument de Mme Baedeker à Darny. Avec tout autant de vigueur, ce dernier avait protesté que les examens étaient une perte de temps pour tout le monde, alors quelle importance ; que ses camarades de classe essayaient de le brûler à chaque récréation, il s'agissait par conséquent de vengeance légitime ; enfin, que développer un esprit critique était un aspect important de l'éducation. Izzy s'était tapie dans la cuisine où elle avait préparé une quiche au haddock.

C'était difficile pour Austin de s'inquiéter simultanément pour Izzy et Darny. Ses pensées en cet instant précis étaient tournées vers son frère, alors que celles d'Izzy étaient accaparées par Austin.

Chapitre 4

Le gâteau de Noël parfait

« Je ne m'excuse aucunement pour ce qui suit », écrivit Izzy dans son livre de recettes à l'attention du personnel qu'elle engagerait un jour, comme elle aimait à le penser. C'était une tradition lancée par son grand-père et qu'elle désirait résolument poursuivre. Elle avait conservé toutes ses recettes manuscrites et ses amis lui avaient fait le cadeau de les relier dans un livre. Elle ne s'autorisait jamais à penser qu'un jour, peut-être, elle aurait une fille à qui le transmettre. De toute façon, pensa-t-elle, si elle avait une fille, celle-ci ressemblerait sans doute à Marian et ne mangerait que des pousses de soja, ferait le tour du monde, enverrait de mystérieuses cartes postales et interromprait les conversations Skype à la connexion hésitante par de longues histoires alambiquées à propos de gens qu'Izzy ne connaissait pas. Enfin bref…

J'ai tendance à modifier la plupart des recettes pour les adapter à mon goût, dans l'espoir qu'elles plairont aussi à mes clients. Je ne raffole pas des desserts trop délicats ou sophistiqués, et je sais que les recettes américaines seront sans doute trop sucrées pour le palais des Anglais, tandis que les recettes françaises ne le seront sans doute pas assez. Toutefois, cette recette n'est pas concernée par ces considérations. Il s'agit de l'une de ces recettes qu'il est impossible d'améliorer. Certaines personnes font peut-être des desserts élaborés avec des oranges entières, des surprises cachées à l'intérieur ou des choses de ce genre, mais cette recette, telle quelle, est l'une des meilleures et des plus fiables qui aient jamais existé. Peu importe que vous n'ayez jamais fait de pâtisserie de votre vie. Vous pouvez réaliser un merveilleux gâteau de Noël, et ce grâce à la sacro-sainte chef anglaise Delia Smith.

Même si Delia n'est pas encore officiellement tout à fait une sainte – et heureusement pour nous elle est toujours des nôtres et bien portante –, ce sera, un jour, une simple formalité pour le Vatican. Personne n'a expliqué la cuisine avec autant de simplicité, et personne n'y est aussi bien parvenu qu'elle. Même si nous connaissons tous (nous ne citerons pas de noms) des chefs célèbres qui prétendent avoir préparé leur dîner en une demi-heure alors qu'il leur a fallu l'après-midi entier, émaillé de larmes, ou d'autres qui oublient complètement certains ingrédients parce qu'ils sont trop occupés à arranger leur coiffure, on peut immanquablement se fier à Delia, et cette recette en est une preuve supplémentaire. Suivez ses instructions à la lettre – pas plus, pas moins – et vous obtiendrez un délicieux gâteau de Noël. Sans parler de l'odeur qui embaumera votre cuisine. Idéalement, vous devriez le préparer fin novembre pour que les différentes saveurs infusent durant plusieurs semaines. Si je devais faire un seul changement, j'ajouterais un peu plus de cognac, mais je vous laisse libre d'en juger.

Gâteau de Noël classique
Par Delia Smith

Voici, sans aucune excuse, la recette d'un gâteau de Noël qui est publiée depuis 1978, qui a été confectionnée et appréciée par des milliers de personnes et qui est, avec le traditionnel pudding de Noël, l'une de mes recettes les plus populaires. Ce gâteau est gourmand, plutôt moelleux et de couleur sombre, aussi il ne plaira pas à ceux qui préfèrent une texture plus friable. Récemment, nous avons préparé ce gâteau pour des séances de dédicaces dans tout le pays et nous avons été assez surpris de constater qu'un grand nombre de gens achetaient mon livre après avoir goûté une bouchée !

- 450 g de raisins de Corinthe
- 175 g de raisins de Smyrne
- 175 g de raisins secs
- 50 g de cerises confites, rincées, séchées et finement émincées
- 50 g d'un mélange de zestes d'agrumes confits, finement émincés
- 3 c. à s. de cognac (plus quelques centilitres pour imbiber le gâteau)
- 225 g de farine
- ½ c. à c. rase de sel
- ¼ c. à c. rase de muscade fraîchement râpée

- ½ c. à c. rase d'un mélange quatre épices ou pour pain d'épice
- 225 g de beurre doux, à température ambiante
- 225 g de cassonade
- 4 gros œufs
- 50 g d'amandes, hachées (elles peuvent être non émondées)
- 2 c. à c. rases de mélasse noire
- Le zeste râpé d'un citron
- Le zeste râpé d'une orange
- 110 g d'amandes entières émondées (pour décorer si vous ne voulez pas de glaçage)

Il vous faudra également un moule rond de 20 cm de diamètre ou un moule carré de 18 cm, recouvert de papier cuisson. Entourez aussi l'extérieur du moule de papier cuisson par précaution.

Vous devez commencer le gâteau la veille de sa cuisson. Il vous suffit de peser les fruits secs et les fruits confits, de les mettre dans un saladier, d'ajouter le cognac et de bien mélanger. Recouvrez le saladier d'un torchon propre et laissez les fruits absorber l'alcool pendant 12 heures.

Le lendemain, préchauffez le four à 140 °C (thermostat 4-5). Puis préparez tous les ingrédients restants, en les cochant au fur et à mesure pour ne pas en oublier. Vous pourrez plus facilement mesurer la mélasse si vous faites tiédir le pot au bain-marie (après avoir ôté le couvercle).

Maintenant, commencez la préparation en tamisant la farine, le sel et les épices au-dessus d'un grand saladier ; tenez le chinois assez haut pour que la farine s'aère bien. Dans un autre grand saladier, fouettez le beurre pommade et la cassonade jusqu'à obtenir un mélange léger, clair et mousseux. Battez les œufs dans un bol et ajoutez-les une cuillère à la fois au mélange crémeux ; continuez de fouetter jusqu'à incorporation. Si vous ajoutez les œufs progressivement, vous éviterez les grumeaux. Si vous en avez tout de même, ne vous inquiétez pas, un gâteau avec d'aussi bons ingrédients sera forcément bon !

Une fois tous les œufs ajoutés, incorporez la farine et les épices, avec des mouvements délicats, sans fouetter (afin de ne pas chasser l'air). Puis incorporez les fruits qui ont mariné dans le cognac, les amandes, la mélasse et enfin les zestes râpés de citron et d'orange. Ensuite, à l'aide d'une cuillère en bois, versez la préparation dans le moule, lissez la surface avec le dos de la cuillère et, si vous n'avez pas l'intention de faire un glaçage, déposez délicatement les amandes émondées en cercles ou en carrés sur le dessus. Enfin, recouvrez le gâteau de deux épaisseurs de papier cuisson, percé au centre d'un trou de 2 cm de diamètre (pour protéger le gâteau pendant la longue cuisson).

Enfournez le gâteau sur le niveau le plus bas du four pendant 4 h 30 à 4 h 45. Parfois, 30 à 45 minutes supplémentaires peuvent être nécessaires, mais dans tous les cas, n'ouvrez pas le four avant que 4 heures ne se soient écoulées. Laissez tiédir le gâteau durant une demi-heure dans le moule, puis démoulez-le sur une grille et laissez-le refroidir. Une fois refroidi, imbibez-le d'alcool : percez le dessus et le dessous de petits trous à l'aide d'un cure-dents ou d'une petite baguette, puis versez quelques cuillères à café de cognac. Enveloppez le gâteau de film plastique, puis de papier aluminium, ou placez-le dans une boîte hermétique. Vous pouvez arroser le gâteau d'alcool de temps en temps, jusqu'à son glaçage ou sa dégustation.

*

Pearl regarda Izzy :

— Tu le fais exprès.

— Non, répondit Izzy. Le gâteau a besoin de temps pour s'imprégner des saveurs.

Tous ceux qui franchissaient la porte levaient le nez, reniflaient allégrement, puis se fendaient d'un sourire.

— Tu sais que tu peux acheter une bougie parfumée avec cette odeur, indiqua Caroline. Pour la bagatelle de cinquante livres.

Izzy et Pearl la dévisagèrent.

— Cinquante livres pour une bougie ? s'étrangla Pearl. Ma paroisse les vend trente pence.

— Oui, mais ce sont des bougies à offrir.

— Il y a des gens qui offrent des bougies ?

— Les gens chics, oui, répondit Caroline.

— Les gens chics offrent des cadeaux qui disent : « Tenez, je pense que votre maison empeste et que vous avez besoin de cette bougie qui pue pour arranger les choses » ?

— Taisez-vous, toutes les deux, protesta Izzy, qui alluma la bruyante machine à café afin de faire cesser leurs chamailleries.

Elle jeta un coup d'œil à la cheminée où elle avait suspendu une petite chaussette rouge pour Louis. Pearl suivit son regard.

— Tu accroches des décorations de Noël en douce ?

— Non, s'empressa de répondre Izzy. C'est seulement un reste de linge sale.

— Cette odeur… Ça met tout de suite dans l'ambiance de Noël, commenta la jeune cliente servie par Caroline.

Les yeux de la fillette à côté d'elle pétillèrent et devinrent ronds comme des billes.

— Papa Noël va venir ! s'écria-t-elle.

— Chut, fit Izzy. Je suis au courant, mais ne le dis à personne.

L'enfant sourit, en gardant les lèvres serrées, comme si Izzy et elle partageaient un secret. Pearl leva les yeux au ciel.

— Très bien. D'accord. Mets partout des guirlandes qui vont prendre la poussière et qui feront de cet endroit un vrai bazar que je devrais ranger. Commence aussi à passer ces stupides chants de Noël. Je te préviens, au bout d'un moment, *All I Want for Christmas* va me donner des envies de meurtre. Est-ce que tu veux en plus que je porte un bonnet de père Noël pendant cinq semaines ? Je pourrais peut-être accrocher quelques clochettes à ma taille, qui tinteront en permanence pendant un mois et demi. Est-ce que ça te va ?

— Pearl ! C'est juste pour s'amuser un peu.

— Cette année, mes décorations seront entièrement blanches, annonça Caroline d'un air songeur. De l'artisanat inuit. Elles ne scintillent pas, ni ne s'allument, mais c'est du marché équitable. Les enfants se plaignent, mais j'essaie de leur inculquer qu'un Noël raffiné est préférable à un Noël classique.

Izzy observa attentivement Pearl. Elle ne se vexait pas d'ordinaire.

— Sérieusement, tu vas bien ? lui demanda Izzy, inquiète d'avoir été trop accaparée par ses soucis avec Austin pour remarquer l'état de tension de Pearl.

— Ça va aller, répondit Pearl, penaude. Pardon. C'est juste que ça arrive si vite et qu'il y a tant de choses à faire…

Izzy hocha la tête.

— Mais ça va être sympa, non ? Louis a l'âge idéal pour les fêtes.

— Sauf que ça coûte cher. Lui acheter tous ces jouets…

— Louis est l'enfant le moins exigeant que je connaisse. Il ne va pas réclamer de jouets.

— Benjamin n'arrête pas de parler de lui acheter un garage et tout ce qu'il voit à la télé, et puis une tenue de football et d'autres trucs. Mais je n'ai même pas…

Izzy la fixa du regard.

— Pearl McGregor, tu es la femme la plus raisonnable que je connaisse. Je n'en reviens pas que tu parles de la sorte. La semaine dernière, Craig, le maçon, a demandé à Louis quelle était son équipe de football préférée et il a répondu « l'Olympique Poussin ».

Pearl laissa échapper un sourire.

— Il veut parler du Brésil.

— Il ne sait pas ce qu'il dit ! Il a quatre ans ! Ne te fais pas de souci ! Et puis…, ajouta Izzy en guise d'encouragement, plus nous faisons de jolies choses pour Noël, plus nous ferons de ventes et plus ta prime sera importante. Tu ne crois pas ?

Pearl haussa les épaules.

— Ça n'empêche que j'ai l'impression que les gens oublient pourquoi nous fêtons cette période de l'année.

— Est-ce que tu aimerais que je fasse une crèche en pain d'épice ? suggéra Izzy, en imaginant que Pearl ne la prendrait pas au sérieux (cette tâche délicate nécessiterait des heures de travail).

Sauf que Pearl répondit :

— Oui, je crois que ce serait joli. Est-ce qu'on pourrait la mettre dans la vitrine ?

*

Caroline non plus n'attendait pas Noël avec impatience. C'était au tour de Richard, son ex-mari, d'avoir les enfants. Comme elle l'avait clamé haut et fort, cela lui convenait parfaitement. Elle passerait la journée à se dorloter, en prenant un bain à remous et en commençant avec un peu d'avance une cure de détox, afin d'éviter ces horribles ballonnements de Noël.

Elle savait qu'elle était triste – et de mauvaise humeur, et sarcastique. Elle était consciente également que Pearl et Izzy étaient à peu près les seules personnes sur Terre capables de la supporter actuellement ; néanmoins, elle ne parvenait pas à montrer un autre visage. Initialement, Richard l'avait quittée pour une collègue, mais il était apparemment passé à autre chose et, malgré ses efforts, elle n'arrivait pas à trouver où il vivait, ni qui il fréquentait. Il la contactait uniquement par le biais de ses avocats. Avait-il rencontré quelqu'un d'autre ? Allait-il tomber amoureux, avoir des tas de bébés avec une autre femme et dilapider l'héritage d'Hermia et d'Achille ? L'entretien de la maison coûtait une fortune et les primes dans la finance étaient très réduites, tout le monde le savait. Vivre à Londres devenait impossible.

Au fond d'elle, la peur la rongeait, et elle s'en déchargeait sur les autres. Pearl et Izzy comprenaient et essayaient de leur mieux d'être conciliantes. Pearl avait déclaré à plusieurs reprises que supporter Caroline lui garantissait une place au paradis. Izzy aimait penser dans ses instants les plus rêveurs que si Austin et elle avaient des filles, leur adolescence ressemblerait à cela.

— Comment ça se passe pour ton petit ami canon à New York ? lui demanda Caroline pendant qu'elles affrontaient l'affluence du déjeuner (Pearl avait autorisé Izzy à changer la gamme des sandwichs pour proposer de la dinde, de la farce et de la sauce aux airelles – ils partaient comme des petits pains).

— Il va bien.

Au ton d'Izzy, Pearl et Caroline comprirent immédiatement que quelque chose n'allait pas.

— Oh, eh bien, tu connais New York, dit Caroline d'un ton supérieur.

— Non. Non, pas du tout. Je n'y suis jamais allée.

— Tu n'y es jamais allée ?

— Moi non plus, avoua Pearl. Et je n'ai pas non plus injecté de poison dans mon visage. C'est incroyable tout ce que les gens n'ont pas fait !

Caroline l'ignora.

— Oh, bah, la ville regorge de femmes fantastiques, très belles, et toutes en manque d'hommes. Ce qu'elles feraient pour un joli et grand banquier avec un accent britannique… Elles vont toutes se jeter sur lui comme des vautours.

Izzy parut choquée.

— C'est un fait que tu tiens de source sûre ? demanda Pearl. Ou tu l'as déduit de ce que tu vois à la télévision ?

— Oh non, mes chéries, je suis allée là-bas. À côté de ces femmes, je me suis sentie vraiment hideuse.

Caroline laissa échapper un rire aigu qui se voulait sans doute de l'autodérision et charmant, mais ce fut un échec total.

— Il rentre bientôt, affirma Izzy.

— À ta place, je n'y compterais pas trop, rétorqua Caroline. Elles vont lui sauter dessus en un rien de temps.

Cette discussion n'améliora aucunement l'humeur d'Izzy, même quand la dernière fournée de gâteaux de Noël qui cuisait dans le grand four professionnel embauma tout le quartier et rameuta un groupe de maçons qui travaillaient de l'autre côté de la rue. Originaires d'Ukraine, ils se partageaient habituellement une part de gâteau avec le peu d'argent qu'ils possédaient. Mais, sans se l'avouer entre elles, Izzy, Pearl et Caroline leur glissaient toujours discrètement un petit quelque chose en plus.

*

Austin ne pouvait pas nier que ce séjour était une révélation.

Merv Ferani, le président adjoint de Kingall Lowestein, l'une des plus grandes banques de Wall Street encore debout, le guidait entre les tables de la salle lambrissée, derrière la jolie silhouette de la serveuse la plus charmante qu'Austin ait jamais vue.

Enfin, elle n'était peut-être pas serveuse. À la réception, elle vérifiait les noms sur une liste, en se montrant impolie avec les clients, mais lorsque Merv était arrivé (il était très petit, très gros et portait des nœuds papillons extravagants), elle était devenue tout sourire, très joviale et avait dévisagé Austin d'une façon directe qu'il avait jugée troublante. Il n'était pas habitué à ce que des personnes d'une grande beauté soient gentilles avec lui. Davantage à ce que des gens assez ordinaires le prient de faire descendre son fils du bus.

Ils se faufilèrent entre les tables, où avaient pris place des personnes visiblement riches : des hommes vêtus de costumes chics et de chaussures pointues ; de superbes femmes, accompagnant parfois des hommes bien plus âgés et bien moins beaux qu'elles. Merv s'arrêta souvent pour serrer des mains, échanger des traits d'esprit qu'Austin ne saisissait pas ou tapoter l'épaule de quelqu'un. Il présenta Austin à une ou deux personnes (« Il est fraîchement arrivé de Londres »), qui hochaient la tête et lui demandaient s'il connaissait Untel chez Goldman Sachs ou Barclays ; il ne pouvait que répondre non d'un signe de tête et tâcher de ne pas révéler qu'il était en charge de prêts pour de petites entreprises, dans une toute petite succursale, dans le petit quartier de Stoke Newington.

Ils parvinrent enfin à leur table. Deux autres serveurs se précipitèrent pour avancer leur chaise et leur proposer de l'eau. Merv jeta un coup d'œil au passage au lourd menu gaufré, puis le posa sur le côté.

— Ah, et puis flûte. On s'approche des fêtes. J'adore les plats de Noël. Voyons s'ils en proposent déjà. Et une bouteille de vin rouge, de 2007 s'ils en ont. Vous prendrez la même chose ?

Merv haussa un sourcil en direction d'Austin, dont l'estomac se croyait toujours la nuit et qui par conséquent était plus que content d'approuver. Austin s'interrogea cependant : que se serait-il produit s'il avait commandé une salade verte ? Il aurait très probablement échoué au test.

Les assiettes étaient gigantesques. Austin se demanda quelle quantité il serait impoli de laisser.

— Alors, Austin, commença Merv, en piochant dans la corbeille à pain.

Après avoir atteint une certaine richesse et un certain statut social, on avait le droit de manger comme on l'entendait, pensa Austin. Les manières, c'était bon pour les petites gens.

*

Tout s'était passé très vite l'après-midi précédent. Austin était dans les bureaux de Kingall Lowestein et tout le rendait nerveux. Les lieux grouillaient de jeunes hommes élégants qui devaient avoir à peu près son âge, mais qui paraissaient plus soignés, plus musclés, plus charmants en quelque sorte ; ils étaient rasés de près, avaient le teint éclatant, les ongles polis, des costumes chics et des chaussures cirées (la seule fois où Austin était allé dans une salle de sport, c'était pour aller chercher Darny chez les scouts, qu'il avait fréquentés quelque temps avant de soutenir qu'être envoyé dans une organisation quasiment paramilitaire allait à l'encontre de ses droits). Quant aux femmes… Les femmes de New York étaient les spécimens les plus terrifiants qu'Austin ait jamais vus. Elles semblaient venir d'une autre planète. Elles avaient des jambes incroyablement musclées qui se terminaient par des talons aiguilles très fins, des coudes pointus, des visages anguleux, et elles se déplaçaient rapidement, à la manière d'insectes géants. Elles étaient belles, Austin ne pouvait le nier. Elles paraissaient simplement issues d'un autre monde. Cependant, toutes s'étaient tournées vers lui à son arrivée et s'étaient montrées très accueillantes. Austin n'était pas habitué à être observé par des femmes qui pouvaient sans nul doute se reconvertir dans le mannequinat après leur carrière dans la finance. C'était troublant.

Un autre Anglais, Kelvin, lui avait fait visiter les bureaux. Austin le connaissait déjà un peu depuis différentes formations qu'ils avaient suivies ensemble, lorsque la banque tentait encore obstinément de promouvoir Austin et que celui-ci tentait encore obstinément d'y résister. À cette époque, il considérait cet emploi comme une solution temporaire.

Kelvin avait perdu du poids, était plus élégant et paraissait différent, ce qui impressionna Austin. Il avait même adopté un étrange accent d'outre-Atlantique, mais Austin se garda bien de le lui faire remarquer.

— Alors, ça te plaît de vivre ici ?

Kelvin afficha un large sourire.

— Bah, on fait des heures de fou. Mais le mode de vie est… génial ! Les femmes, les bars, les fêtes… C'est un peu Noël toute l'année, mon vieux.

Austin n'avait aucune envie de ponctuer ses phrases par « mon vieux ».

— D'accord. Euh…

Kelvin baissa d'un ton.

— Tu sais, les hommes manquent ici. Dès que les femmes vont entendre ton accent, si tu en rajoutes un peu et que tu prétends connaître le prince William, elles vont toutes se jeter à tes pieds.

Austin fronça les sourcils.

— Mais, Kelvin, tu es né à Hackney Marshes.

— Ça reste Londres, non ?

Ils arrivèrent au service principal des opérations. Austin examina attentivement les lieux.

— C'est ici qu'opère la magie, frérot.

Austin n'avait qu'un seul frère, et il était presque aussi ennuyeux que Kelvin.

— Hmm, hmm, fit Austin.

Kelvin adressa ostensiblement un clin d'œil à l'une des filles, qui tapait férocement sur son clavier d'ordinateur tout en étant au téléphone. Elle parvenait en même temps à rejeter en arrière ses beaux et longs cheveux noirs, tout droit sortis d'une publicité pour shampooing. Le gigantesque *open space* était une ruche frénétique et fourmillante : des hommes, debout, hurlaient dans leur téléphone, les cours de la Bourse défilaient sur un écran LCD, des gens couraient dans tous les sens d'un air affairé avec un dossier sous le bras.

— Oui, c'est ici qu'opère la magie.

— Hmm, hmm, répéta Austin.

— Quel est le souci ? Tu n'es pas impressionné ?

— Pas vraiment, répondit Austin, un peu morose.

Il ne s'agissait que d'une visite de reconnaissance, et il lui apparaissait déjà évident qu'il ne se sentirait jamais à sa place ici. Aussi pouvait-il exprimer franchement le fond de sa pensée.

— Je n'en reviens pas que vous bossiez encore comme en 2007, affirma Austin en montrant du doigt un trader aux vêtements tape-à-l'œil qui braillait dans un téléphone. Voyons ! On a déjà essayé ce truc de crier et ça n'a pas fonctionné. C'est une vraie perte de temps. Je parie que personne ici ne comprend vraiment ce qu'est un instrument dérivé et pourquoi c'est une très mauvaise idée, à l'exception de trois analystes quantitatifs qui font une pause de cinq minutes dans leur partie de *World of Warcraft*. Les banques se voilent la face depuis des années. Ce n'est pas une stratégie durable, et nous le savons maintenant. Pourquoi l'argent ne circule pas correctement ? Afin d'aider les vraies entreprises, les vraies gens à mettre des projets sur pied et à les développer ? Parce que ce château de cartes s'est effondré. Au fait, joli costume, Kelvin.

Austin se retourna et s'apprêtait à partir, lorsqu'il s'aperçut qu'un petit homme au milieu de l'*open space*, avec un énorme nœud papillon et un cigare éteint, les observait attentivement.

— Vous, dit-il, en pointant Austin de son doigt boudiné. Vous déjeunez avec moi.

*

Voilà comment il s'était retrouvé assis à une table, avec six différentes sortes de pain que lui décrivait un jeune homme extrêmement beau. Austin se demanda où se cachaient tous ces gros Américains dont on entendait parler. Peut-être les bâtiments élancés de Manhattan et les pièces étriquées dissuadaient-ils d'être obèse.

— Deux aux olives et un au seigle, sauf s'il est encore chaud, commanda Merv, avant d'accorder toute son attention à Austin – ses yeux étaient petits et curieux. D'après Londres, vous êtes imprévisible. Jeune, en progression, incorruptible… Peut-être êtes-vous prêt à changer de poste tant qu'il est encore temps ?

— Euh… C'est très gentil de leur part.

— Ils disent aussi que vous êtes le seul de toute la société à ne jamais leur avoir fait perdre d'argent avec vos prêts.

Cette remarque fit sourire Austin. C'était un compliment plaisant à entendre. Il se fiait à son instinct pour accorder ses prêts, en se demandant si le client était prêt à s'investir pleinement et à quel point son projet lui tenait à cœur. Quand Izzy était entrée dans son bureau deux ans plus tôt environ, Austin avait su percevoir, au-delà de la nervosité, de l'angoisse et du manque total de préparation de la jeune femme, sa véritable personnalité ; elle était plus forte que ce qu'elle dégageait. Une telle force s'acquérait par une jeunesse hors du commun, comme il l'avait appris à ses dépens.

— Savez-vous combien mes traders m'ont fait perdre l'année dernière ? Ces empotés de la salle des marchés ?

Austin secoua la tête poliment.

— Environ dix-sept milliards de dollars.

Austin se demanda si, dans le contexte, cette somme représentait ou non beaucoup d'argent.

— Nous devons revenir aux bases, Austin, affirma Merv en leur resservant du vin rouge. Nous avons besoin de courtiers efficaces, honnêtes, à la réputation exemplaire. Il nous faut de la transparence. Nous devons agir avant que le peuple ne décide de nous jeter en prison, *capisce* ?

Austin opina du chef.

— Nous avons besoin de types comme vous… Qui font de plus petits prêts, des investissements plus prudents. Pas de tarés soûls qui seraient aux commandes d'un 747. Vous voyez ce que je veux dire ? Ces fouines qui tournent à la coke et qui ne vivent que pour glisser des billets dans la culotte des serveuses et s'acheter de foutus trampolines.

Austin était légèrement perdu, il sourit néanmoins.

— La finance durable ? tenta-t-il, en reprenant cette expression qui avait plu à sa direction londonienne.

— Oui. Exactement. Vous êtes marié ?

— Non…, répondit Austin, déconcerté par le changement de sujet.

— Des enfants ?

— Euh, je m'occupe de mon petit frère.

— Pourquoi ? Quel est son problème ?

— Il a onze ans.

Merv hocha la tête.

— Oh, l'un de mes gosses a onze ans aussi. Je l'ai eu avec Mme Ferani numéro deux. Il est paumé. D'un côté, il veut être acteur dans *Star Wars* et, de l'autre, il veut faire des courses d'IndyCar…

— Est-ce que c'est comme la formule 1 ?

— Alors je lui ai dit : « D'accord, tu peux avoir cette foutue voiture, mais ne la conduis pas en dehors du ranch. »

Le serveur arriva et commença à énumérer la liste extrêmement compliquée de plats du jour, si amicalement qu'Austin se demanda quelques instants s'ils étaient allés à l'école ensemble. Merv l'interrompit d'un geste de la main.

— C'est Noël, non ? Alors, apportez-nous quelque chose avec de la dinde. Et de la sauce aux airelles et toutes ces conneries. Et une autre bouteille de vin.

*

Avec son horloge biologique un peu déréglée en raison du décalage horaire et à cause de l'excellent vin (mais un peu corsé) du déjeuner, Austin sortit du restaurant d'un pas titubant à 16 heures. Une berline de luxe arriva silencieusement de nulle part pour récupérer Merv, qui ne semblait nullement affecté par l'alcool. Il proposa à Austin de le raccompagner, mais celui-ci refusa. Bien que l'air de New York lui glaçât complètement la gorge, il avait envie de marcher pour s'éclaircir un peu les idées et réfléchir.

— Bien sûr, déclara Merv. Mais vous faites partie de mon équipe maintenant, hein ?

Ils se serrèrent la main et Merv attira Austin contre lui pour lui donner une grande accolade. Ce fut extrêmement troublant.

Austin arriva à côté de l'hôtel *Plaza*, où s'étirait une longue file de chevaux et de calèches parées de clochettes le long de Central Park. Les chevaux, dont le souffle se condensait, avaient une couverture sur le dos. Austin voulut les prendre en photo avec son téléphone, puis se ravisa en se disant que Darny affirmerait sans doute qu'un tel geste constituait une atteinte aux droits des chevaux ou quelque chose dans le genre. En face du parc se trouvait le gigantesque magasin de jouets *FAO Schwarz*. Même Darny, soupçonna Austin, aurait aimé y faire un tour. Il se dirigea vers la cinquième avenue, parmi la foule de gens excités qui entraient et sortaient des grands magasins, dont *Barneys* et *Saks*. Les illuminations et les vitrines étaient presque trop imposantes, et la neige commençait à tomber. La chaleur et l'excitation de nouvelles têtes et de nouveaux lieux donna le tournis à Austin.

Un tout nouveau monde ? Vraiment ?

Il n'en avait pas parlé à Izzy de peur de la tracasser, mais il était fort probable que la succursale de Stoke Newington n'échappe pas à la prochaine vague de fermetures. Et faire le saut vertigineux de la finance locale à la finance mondiale… c'était quasiment du jamais vu. À l'origine, la banque aurait dû n'être qu'une solution de dépannage. Il savait qu'il était capable de plus, mais la vie était si compliquée… Offrir une vie stable à un enfant de quatre ans terrifié et perdu avait été sa priorité, à l'époque.

Maintenant, cependant… peut-être était-il temps pour Austin d'assumer ses ambitions ?

Il songea à Izzy. Elle lui avait souvent fait part de son désir d'aller à New York. Elle viendrait… Elle adorerait cette ville, n'est-ce pas ? Pas vrai ? Il pensa, la mort dans l'âme, à quel point elle était heureuse au *Cupcake Café* et à ses efforts pour en faire un lieu agréable et accueillant où les gens venaient s'accorder une pause ; elle avait appris à connaître les habitants du quartier et les habitués ; le café faisait dorénavant partie de Stoke Newington, comme s'il avait toujours été là. Austin eut un mauvais pressentiment.

Mais Izzy pourrait recommencer ! Peut-être pourrait-elle demander la *green card*, ce fameux titre de séjour, et démarrer une nouvelle belle entreprise ? C'étaient bien les Américains qui avaient inventé les cupcakes, non ? Deux femmes très grandes, qui discutaient bruyamment de leurs amoureux, bousculèrent Austin pour entrer dans la boutique *Chanel*. Il chassa l'idée qu'Izzy ne se sentirait pas du tout chez elle à New York. Qu'elle n'était peut-être pas assez forte et brusque pour cette ville. Il décida de lui acheter un cadeau. Un joli cadeau pour lui donner un aperçu de la magie de cet endroit.

L'esprit un peu embrumé, Austin fut surpris. Ce parfum… Au moment où il pensait à Izzy, il sentit soudain, comme sortie de nulle part, son odeur. Son odorat le mena vers une ruelle. Et là, à l'angle de la rue, il découvrit la petite boutique de cupcakes la plus adorable, charmante et parfaite qu'il ait vue de sa vie.

La façade du petit bâtiment rose était décorée de lampions blancs. D'autres lumières étaient visibles à l'intérieur, à travers la vitrine. Des canapés dépareillés (vert forêt et bordeaux) étaient disposés un peu partout et recouverts de plaids. Les murs, dont celui du fond était orné de rangées de sucres d'orge rouges et verts, et le sol étaient d'un acajou foncé. Ces arômes de café et de pâtisserie donnèrent à Austin le mal du pays. Il en eut presque les larmes aux yeux. Il poussa la porte, qui tinta comme celle d'Izzy.

— Bonjour ! lança une voix amicale derrière le comptoir. Que puis-je vous offrir ?

Chapitre 5

Cupcakes « *ours blancs* »

Ces gâteaux sont irrésistibles. Coupez de petits morceaux de réglisse pour former les yeux et le nez, et utilisez des pistoles de chocolat blanc pour les oreilles. Ou si, comme moi, vous n'aimez pas la réglisse, préférez des copeaux de chocolat. Essayez de ne pas être trop triste quand vous croquerez dans ces cupcakes ; soyons francs, si vous pouvez manger un ourson gélifié, vous pouvez manger un ours blanc à la noix de coco.

Pour les cupcakes

- 125 g de beurre doux, à température ambiante
- 125 g de sucre semoule
- 2 gros œufs, à température ambiante
- 125 g de farine tamisée, avec levure incorporée
- 2 c. à c. d'extrait de vanille
- 2 c. à c. de lait

Pour cette recette, il vous faut deux tailles différentes de moule à cupcakes, dont un avec des empreintes plus grandes.
Préchauffez le four à 190 °C (thermostat 6-7) et mettez des caissettes dans les empreintes du moule.
Travaillez en crème le beurre et le sucre. Ajoutez ensuite les œufs, la farine, la vanille et le lait et mélangez jusqu'à ce que la préparation s'écoule doucement de la cuillère (sinon, ajoutez un peu plus de lait).
Versez la pâte dans les caissettes et enfournez. Vérifiez la cuisson avec un couteau au bout de 12 minutes : si la lame ressort sèche, c'est prêt.

Pour le décor

- 125 g de beurre doux, à température ambiante
- 250 g de sucre glace, tamisé
- 1 c. à c. d'extrait de noix de coco
- Un peu de lait
- Noix de coco râpée
- Pépites de chocolat (des petites et des plus grosses)
- Pistoles de chocolat blanc

Fouettez le beurre et le sucre glace, puis ajoutez l'extrait de noix de coco et le lait jusqu'à obtenir un glaçage léger.
Étalez le glaçage sur un petit cupcake et un grand, puis assemblez-les, le petit correspondant à la tête de l'ours blanc. Roulez délicatement l'ours dans la noix de coco râpée.
Ajoutez les pépites de chocolat pour les yeux et le nez, puis les pistoles de chocolat blanc pour les oreilles – et le tour est joué !
Joyeux Noël !

*

— Alors comme ça, on joue à fond la carte de Noël, se résigna Pearl.

— Ce sont des ours blancs, se défendit Izzy. Il y a des ours blancs tous les jours de l'année, Pearl, pas seulement à Noël. Et puis de toute façon, on est le 1er décembre aujourd'hui ! C'est l'Avent ! C'est officiel ! Ta-da !

Izzy sortit de son sac en bandoulière sa plus belle pièce : un énorme calendrier de l'Avent. Il représentait un village enneigé, et les fenêtres éclairées des maisons correspondaient aux numéros du calendrier.

— Le premier enfant qui vient aura le droit d'ouvrir la case du jour. Louis ne compte pas.

Plongé dans un livre sur les grenouilles, le garçonnet leva les yeux.

— Est-ce que tu as un calendrier ? lui demanda Izzy.

Louis hocha la tête d'un air sérieux.

— Mamie m'en a offert un. J'ai du chocolat tous les jours ! Et papa m'en a donné un aussi.

Izzy se tourna vers Pearl.

— Ne me regarde pas comme ça, s'offusqua Pearl, qui avait des difficultés à surveiller le poids de son fils. Je leur ai dit à tous les deux. Je lui en ai retiré un des deux.

— Il est pour les enfants pauvres, annonça solennellement Louis. Les enfants très pauvres. J'ai gardé celui de Mamie, parce que je l'avais déjà ouvert.

— OK, très bien, dit Izzy. N'ouvre pas celui-là, si tu veux bien. Tu pourras ouvrir la grande case le jour du réveillon.

Louis étudia attentivement le calendrier.

— Izzy ! dit-il d'un ton paniqué. Y a plus de chocolat, Izzy !

— Il n'y a pas de chocolat dans tous les calendriers de l'Avent, Louis.

— Si ! Ils en ont tous ! À mon avis, y a eu un voleur.

— Bon, je suis ravie, parce que ça ne va pas être trop compliqué de te tenir à l'écart !

Izzy installa le calendrier sur le manteau de la cheminée. L'effet était très joli, mais celui-ci ne tenait pas debout.

— Hmm, je me demande comment le caler… Oh, je sais. Peut-être avec cette longue guirlande de houx que j'ai, comme par hasard, dans mon sac.

Pearl grommela.

— Bon, d'accord. J'ai compris où tu voulais en venir.

— Est-ce que vous savez d'où vient cette tradition du houx et du lierre ? demanda joyeusement Izzy.

— Du petit Jésus ! brailla Louis.

— Euh, oui. Mais des Romains aussi. Et la tradition du gui est encore plus ancienne, ça remonte aux druides et à leur fête du solstice d'hiver.

Pearl vendit six cupcakes ours blancs, sans faire de commentaire. Caroline arriva, ce qui permit à Izzy de retourner cuisiner au sous-sol. Son visage se décomposa lorsqu'elle aperçut le houx sur la cheminée.

— Oh. Tu as décidé de faire dans le rouge et le vert ?

— À Noël ? dit Izzy. Euh… Oui, aussi curieux que cela puisse paraître.

— Mais il existe tant de décorations plus distinguées ! Je pensais peut-être à un thème tout argenté, ou à ces sapins de Noël en plastique transparent ? C'est tellement classe.

— Si je voulais être classe, je n'achèterais pas mes vêtements par correspondance, ironisa Izzy. Je veux que le salon soit joli et accueillant, et non effrayant comme ces endroits guindés où on s'assoit sur des chaises abîmées, où tout le monde est blond, maigre, porte un chino et…

Izzy s'interrompit en se rendant compte qu'elle était en train de dresser le portrait exact de Caroline. Heureusement, Caroline, bien qu'elle n'ait pas un poil de graisse, avait le cuir épais.

— Nous n'entrerons jamais dans le *Guide du Londres très secret*, se lamenta cette dernière. Ils sélectionnent les boutiques cachées les plus chics de l'année pour les présenter dans un numéro spécial. Ils remettent un prix pour la plus belle décoration.

— Non, on n'y entrera pas, confirma Izzy. Je vais essayer de me faire à cette idée le plus stoïquement possible.

Caroline fit la moue.

— Tu ne veux pas au moins faire un effort ? Ils sortent un supplément en janvier.

— Le problème si nous figurons dans ce guide, ajouta Pearl, c'est que le salon sera rempli de gens qui te ressemblent. Et les gens qui te ressemblent sont mauvais pour les affaires : ils ne mangent pas assez de gâteaux !

— Oui, mais nous prenons moins de place. Donc nous serions plus nombreux. Et soyons réalistes, nous sommes prêts à payer une fortune pour un smoothie, d'autant plus s'il est vert.

Izzy sourit.

— Toujours pas convaincue. Nous ne gagnerons pas et je n'ai pas envie de passer des heures à faire ce machin stupide.

— Dommage, se désola Caroline. Cela pourrait te faire monter un peu en grade. En plus, il est temps que tu développes ton activité. C'est comme ça que mon salaud de mari a développé son entreprise. Enfin, je crois. Il en parlait souvent, mais je ne l'écoutais pas vraiment – la barbe !

— Je ne comprendrai jamais pourquoi vous vous êtes séparés tous les deux, murmura Pearl.

— Au moins moi, je n'étais pas une mère célibataire.

Heureusement, la clochette frémit et Helena entra, avec Chadani dans les bras. Elle avait une poussette gigantesque qui avait coûté à peu près autant qu'une petite voiture. Celle-ci était équipée de manchons, d'une capote, d'un couvre-jambes et d'un siège personnalisés, avec un motif à rayures de tigre roses et violettes. Ainsi, de loin, elle ressemblait, comme Austin l'avait fait remarquer – à voix basse –, à un petit monstre qui avait explosé après avoir dévoré un bébé. La poussette ne passait pas dans les escaliers de l'appartement d'Helena et d'Ashok, ni par la porte de la plupart des magasins, ni dans le coffre de leur Fiat ; aussi, Helena la laissait-elle régulièrement au milieu du trottoir (ce qui lui donnait encore plus des allures de monstre), où elle gênait le passage. Cela n'empêchait pas Helena de la recommander comme la Rolls des poussettes à tous ceux qui croisaient son chemin. Izzy était plutôt soulagée que la poussette n'entre pas dans sa boutique, mais elle avait dû insister pour qu'Helena l'attache au petit poirier de la cour, car elle la laissait toujours devant la porte, ce qui, un matin, avait fait trébucher quatre personnes (cette poussette possédait une cinquième roue vicieuse qui dépassait à l'avant et qui avait pour fonction principale de cogner les talons des gens aux passages pour piétons).

— Salut ! s'exclama joyeusement Izzy, qui se réjouit de ne pas avoir à séparer Pearl et Caroline. Bonjour, Chadani !

Chadani hurla et fit une grimace. Izzy regarda Helena dans les yeux.

— Rassure-moi : ce n'est pas de la vraie fourrure ?

Chadani était pratiquement dissimulée sous un énorme manteau de fourrure, avec une coiffe assortie et des bottes fourrées rose clair.

— Mais non ! Est-ce qu'elle n'est pas trop *mignooonne* ? La grand-tante d'Ashok veut lui percer les oreilles.

Izzy ne répondit rien et embrassa Chadani sur son petit nez. Derrière tous ces accoutrements, c'était un bébé très attachant.

Chadani sourit gaiement et pointa du doigt le plus gros cupcake du présentoir : une pâtisserie à la framboise avec un glaçage rose qu'Izzy, d'humeur fantasque, avait décoré de petites étoiles brillantes. Elles étaient vraiment très jolies, s'était-elle félicitée intérieurement.

— Ouah !!! cria Chadani.

— Vous en voulez un que vous vous partagerez ? proposa Izzy, tout en préparant un cappuccino pour Helena.

— Oh, Chadani n'aime pas trop partager. Elle est un peu jeune pour qu'on la force à le faire, tu ne crois pas ?

— C'est un très gros gâteau, fit remarquer Izzy.

— Oui. Tu n'aurais vraiment pas dû les faire aussi gros. Il faut aussi que tu penses aux enfants.

Izzy se retint de lever les yeux au ciel et alla faire cuire une nouvelle fournée de ses cupcakes en forme d'ours blancs. Puis elle décida de s'octroyer une petite pause (puisque Pearl et Caroline s'étaient brouillées, elles travaillaient toutes les deux très efficacement) et s'assit à côté d'Helena, qui feuilletait un catalogue de jouets. De son côté, Chadani ne fit qu'une bouchée de l'énorme cupcake, ce dont Izzy n'aurait pas cru capable un enfant d'un an.

— Alors ? commença Izzy.

— Est-ce que tu te rends compte que Chadani possède à peu près tous ces jouets ? Il faut vraiment qu'ils en inventent de nouveaux.

— Tu adores avoir une fille, n'est-ce pas ?

Helena afficha un sourire radieux.

— Euh, oui. C'est vrai. Et puis, de toute évidence, nous avons une enfant très particulière, tout le monde n'a pas cette chance. Mais oui. Dans l'ensemble. Enfin, c'est vrai que ça peut être… (Helena se tut.) Oui. C'est merveilleux. Donc, quand est-ce qu'Austin et toi, vous vous y mettez ?

Izzy se mordit la lèvre. Depuis qu'ils étaient ensemble… Enfin, tout le monde semblait penser que c'était la fin d'un conte de fées, un happy end ; il était une fois Austin et Izzy et, n'était-ce pas amusant, elle était tombée amoureuse de son conseiller financier – « Ha ha, je parie qu'elle ne sera jamais à sec », « On imagine où il fait ses dépôts »… Elle avait entendu toutes sortes de plaisanteries… Ils étaient ensemble depuis plus d'un an et tout le monde s'attendait à une annonce, ou du moins à ce qu'il se passe quelque chose. Mais Austin avait été pris par son travail et Izzy accaparée par sa boutique, le déménagement, et puis…

Un détail dans l'expression d'Izzy transperça le brouillard maternel d'Helena.

— Ça va entre vous deux, hein ? Il n'y a pas de problème ? Je refuse de croire qu'il y a un souci. Après tous ces crétins que tu as fréquentés, je ne permettrais pas qu'il t'arrive quelque chose. Tu n'as pas intérêt. Je suis sérieuse. Je menacerai Austin avec une arme. Je lui ferai une prise de catch. Je lui retirerai ses petites lunettes et les lui mettrai dans…

— Je suis certaine que ce n'est rien, l'interrompit Izzy. Je suis sûre qu'il est seulement… tu sais, un peu emballé par New York et occupé. C'est tout. Rien de grave.

La clochette de la porte retentit. Izzy leva le regard. C'était une livraison. Elle n'attendait pas de colis.

— Izzy Randall ? demanda le livreur en uniforme.

Izzy signa l'accusé de réception et fut ravie de constater que le paquet venait d'Austin.

— Ah, ah ! Regarde ! J'aurais dû me taire ! Regarde ! Il m'a envoyé un cadeau de New York !

Helena arbora un grand sourire pendant qu'Izzy arracha le scotch.

— Chouette ! Ne pense plus jamais du mal de lui ! Tu as besoin d'une relation comme celle que j'ai avec Ashok.

— Tu veux dire une relation où tu donnes des ordres à ton homme et où il s'agenouille pour embrasser le sol que tu foules ? Hmm, fit Izzy, tout sourires.

À l'intérieur du colis se trouvait une boîte d'un vert pomme, ceinte d'un ruban couleur pistache.

*

La fille de la boutique de cupcakes de New York se prénommait Kelly-Lee. Elle était très jolie, avec son nez retroussé, ses grands yeux gris et quelques petites taches de rousseur qui semblaient avoir été saupoudrées sur son visage comme du sucre glace. Ses cheveux épais et auburn étaient noués en une queue-de-cheval haute. Le polo rose de la boutique lui donnait un air séduisant, mais pas trop sexy.

Elle avait été si enthousiaste à l'idée de venir vivre à New York (dans le Queens, pour être précis), afin d'y terminer ses études. Elle avait du mal cependant à joindre les deux bouts. Tout était si cher. Elle avait espéré trouver un bon emploi dans un magazine sympa, comme le personnage d'*Ugly Betty*, dans une galerie d'art ou chez un photographe. Elle avait été un peu décontenancée en découvrant que ces emplois n'étaient pas bien rémunérés ; on attendait des gens qu'ils travaillent gratuitement (pouvoir s'acheter à manger ne semblait pas entrer en ligne de compte). Ainsi, les postes les plus intéressants étaient clairement réservés aux personnes aisées, ce qui révoltait Kelly-Lee.

Ce constat avait fait naître en elle un sentiment d'injustice dans une vie qui, jusqu'à présent, lui avait plutôt souri, puisqu'elle était jolie, intelligente et issue d'une famille heureuse du Wisconsin.

Aussi avait-elle accepté ce travail alimentaire, mais le temporaire durait depuis trois ans désormais et rien de bien ne paraissait lui arriver ; elle commençait sincèrement à être blasée. Et ce avant même de faire la connaissance des New-Yorkais. Elle avait été invitée au restaurant, bien entendu, par des hommes beaux, des hommes sexy, des hommes fous, des hommes gentils, et tous sans exception lui avaient demandé à la fin de la soirée si elle était partante pour une relation libre, ce que Kelly-Lee avait systématiquement refusé. Elle valait mieux que cela. Elle en était persuadée. Or, attendre devenait un peu fatigant. Sa colocataire, Alesha, lui disait qu'elle était idiote et coincée. Mais, depuis que Kelly-Lee avait remarqué à plusieurs reprises qu'Alesha était rentrée tôt le matin avec la même robe grise que la veille, elle n'accordait plus trop de crédit à ses propos. Au bout de deux ans, elle avait fini par changer d'avis. Sans surprise, les hommes qui disaient qu'ils la rappelleraient l'appelaient tout autant qu'avant : à savoir, pas du tout. Mais au moins, elle se réveillait de temps en temps avec quelqu'un dans son lit. Alesha lui avait adressé un sourire narquois et fait la remarque que Miss Pimbêche avait rabattu son caquet : il fallait embrasser beaucoup de crapauds avant de trouver le prince. Alesha était un jour partie vivre avec un homme et, depuis, Kelly-Lee se sentait plus seule que jamais.

Elle ne rencontrait pas beaucoup d'hommes à la boutique de cupcakes non plus. Enfin si, mais pas des hommes très intéressants : des gros, des gays, des maris qui achetaient un gâteau pour leur femme (c'étaient les pires, surtout s'ils étaient gentils. Imaginez un mari qui vous achète des gâteaux ! Kelly-Lee avait parfois du mal à trouver un homme qui acceptait seulement de lui payer un verre). Et d'autres qui, de toute évidence, espéraient se faire pardonner avec des cupcakes, ce qui, pour une femme, dépendait du fait qu'elle soit ou non au régime. Kelly-Lee, pour sa part, était en permanence au régime. Elle devait tester les nouvelles recettes de cupcakes en début de mois, mais elle veillait toujours à ne prendre qu'une bouchée de chaque et restait dix minutes supplémentaires à l'aquabike.

Sa mère voulait qu'elle rentre dans le Wisconsin pour les fêtes. Il y ferait moins dix degrés, il y aurait de la neige jusqu'aux fenêtres, et ses proches passeraient tout leur temps à radoter sur sa vie extraordinaire à la Grosse Pomme et à lui demander si c'était réellement comme à la télévision, avant de se fâcher à propos du mariage homosexuel. Sa mère ferait une remarque qui se voudrait conciliante : même si Kelly-Lee n'était pas encore mariée, si elle souhaitait ramener un garçon à la maison, ils pourraient sans doute fermer les yeux sur le fait qu'ils dorment dans le même lit. Et Kelly-Lee regarderait la photo d'elle en reine du bal de fin d'année (la plus grande fierté de sa vie) et aurait envie de crier. Elle soupira au moment précis où la clochette de la porte tinta. Elle s'efforça d'afficher son plus beau sourire.

— Que puis-je pour vous ?

Un étranger, pensa-t-elle. *Mignon, mais un peu décoiffé.*

— Euh, bonjour, fit Austin, en clignant des yeux et en retirant ses lunettes.

Ah, se dit Kelly-Lee en remarquant son accent. *Un Anglais. Donc sans doute un ivrogne. Il n'en reste pas moins mignon.* Elle jeta un coup d'œil automatique à l'annulaire de l'homme. *Pas d'alliance.*

— Vous avez envie d'une petite douceur ? demanda-t-elle d'un ton effronté.

Elle aimait les Anglais, on pouvait rire avec eux. Pas comme les Américains ; ils prenaient toujours tout au sérieux et parlaient sans cesse de leur petite personne.

Austin sourit.

— J'ai été attiré par l'odeur.

— Ça fait longtemps que vous êtes à New York ?

— Depuis deux jours. Mais j'ai l'impression d'être ici depuis une éternité.

— C'est déroutant au début, hein ? Quand je suis arrivée ici la première fois, je regardais tout le temps en l'air. J'ai même failli tomber dans une bouche d'égout.

— Oh non ! Enfin, cela aurait pu être pire. Une enclume géante aurait pu tomber du ciel.

— Vous voulez des cupcakes ?

— Oui, répondit Austin. Ma copine dirige une pâtisserie.

Ce mot, « copine », plut à Kelly-Lee. Il pouvait signifier n'importe quoi : « une fille que je viens de rencontrer », « quelqu'un que je connais comme ça », « ma future ex »… Cela ne voulait dire ni « fiancée », ni « femme ».

— Ah oui ? Laquelle ? demanda-t-elle d'un ton jovial.

— Oh, vous ne connaîtrez pas. C'est à Londres. En Angleterre, précisa-t-il inutilement.

Kelly-Lee sourit. *De mieux en mieux*, pensa-t-elle.

— Ah non. Alors comme ça, vous êtes ici et elle est là-bas ? Est-ce que vous allez être séparés longtemps ?

— Hmm… Je ne crois pas. Je n'espère pas. Vous savez comment c'est.

Kelly-Lee le savait en effet.

— Un café ?

Austin avait envie d'un café, pour s'éclaircir un peu les idées.

— Oui. Est-ce que ça vous plaît de tenir cette boutique ?

Kelly-Lee avait appris fort longtemps auparavant qu'une femme qui se plaignait était peu séduisante. Les hommes aimaient la joie de vivre et les filles heureuses.

— J'adore ! C'est génial ! L'odeur de la cannelle le matin ! La première tasse de café ! Tester toutes ces nouvelles saveurs extraordinaires.

— Est-ce que vous faites vous-même les pâtisseries ? s'enquit Austin.

Kelly-Lee fronça les sourcils. Elle avait toujours considéré que ne pas savoir allumer un four était la marque d'une New-Yorkaise sophistiquée.

— Euh, plus ou moins. Une camionnette les dépose, vous savez, à moitié préparés ? J'ai juste à les réchauffer. Comme les macaronis au fromage !

— Mais vous aimez préparer des gâteaux ?

— J'adore ça, sourit Kelly-Lee. Hé, vous savez, nous livrons.

— À Londres ?

— Bien sûr ! Nous avons une filiale là-bas. Je peux les appeler tout de suite, ce sera livré dans la demi-heure.

— Vraiment ? Ce serait génial !

Cette idée parut formidable à Austin. Visiblement, rien ne pourrait empêcher Izzy de venir à New York et de continuer de cuisiner ses pâtisseries si lui se voyait proposer un poste. Les boutiques de cupcakes ne manquaient pas.

Austin croqua dans un cupcake au chocolat et à la vanille que Kelly-Lee lui avait servi. Il n'avait pas protesté, même si, après le déjeuner dont il sortait tout juste, il n'avait pas cru remanger avant une semaine. Le gâteau n'était pas mauvais – un peu sucré à son goût et il n'avait pas cette saveur chaude, fraîchement sortie du four des pâtisseries d'Izzy. Mais c'était pas mal ; même bon à vrai dire. Peut-être Izzy pourrait-elle venir et faire en sorte qu'ils soient encore plus délicieux ! Ce genre de défi lui plairait.

— Envoyez-en une dizaine, dit audacieusement Austin, avec le sentiment de se comporter déjà comme un vrai New-Yorkais.

Kelly-Lee nota l'adresse et lui promit d'appeler immédiatement.

— Je suis vraiment contente que vous aimiez nos produits ! déclara-t-elle, en souriant à Austin d'un air charmeur.

Mais ce sourire n'eut aucun effet sur Austin. Après une seconde bouchée du cupcake, dans cette atmosphère chaude, confortable et familière, il s'endormit à poings fermés.

Chapitre 6

Recette pour de mauvais cupcakes

- 240 g de farine blanchie
- 345 g de sirop de maïs
- 200 g d'huile de soja et de coton partiellement hydrogénée
- 225 g de sucre
- 1 c. à c. de dextrose
- Eau
- 170 g de sirop de maïs riche en fructose
- 100 g de poudre de lactosérum
- 1 œuf
- 1 c. à s. de lécithine de soja (émulsifiant)
- 1 c. à s. de fécule de maïs
- 1 pincée de sel
- 1 c. à c. de bicarbonate de soude avec phosphate d'aluminium et de sodium
- 3 gouttes de colorant blanc
- 1 c. à c. d'acide citrique
- ½ c. à c. d'acide sorbique

Mélangez tous les ingrédients au robot. Faites cuire au four 20 minutes, jusqu'à ce que les gâteaux soient partiellement cuits. Congelez-les jusqu'à consommation. Sortez-les du congélateur et faites-les cuire 10 minutes à four chaud.

*

À Londres, Izzy ouvrit la boîte, incrédule.

— Qu'est-ce que ça veut dire ?

Sous le ruban de la boîte verte était imprimé en relief le gros logo à fleur d'une grande chaîne de cupcakes mondialement connue. Sans surprise, à l'intérieur, se trouvait une dizaine de cupcakes de différents parfums. Ils avaient l'air, il fallait le reconnaître, absolument divins, avec leur glaçage parfait, leurs paillettes, leurs petites étoiles et leur poudre de framboise irisée.

— Ouah ! s'exclama Caroline. Ils sont si chics. Quel souci du détail !

— C'est parce qu'ils sont faits industriellement, rétorqua Izzy d'un air sombre. Il en faut quelques-uns de travers pour montrer qu'ils sont faits maison.

— Pourquoi Austin t'enverrait ces gâteaux ? s'étonna Helena. Je ne comprends pas. Tu es sûre que ça vient de lui ?

— Oui, regarde.

La carte disait « Pour Izzy, de la part d'Austin ». Pas de « Je t'embrasse », rien. C'était très étrange. Ça l'était moins quand on savait que Kelly-Lee s'était contentée de transmettre le strict minimum en passant la commande, pendant qu'Austin était profondément endormi. Et peut-être avait-elle eu une arrière-pensée en choisissant de ne pas ajouter « Je t'embrasse » sur la carte.

Izzy secoua la tête.

— Mais pourquoi ferait-il une telle chose ? Je ne comprends pas.

— Il essaie peut-être de te prouver qu'ils ont de meilleurs cupcakes, suggéra Caroline, sans mauvaise intention.

— Peut-être qu'il n'a aucune imagination pour faire des cadeaux et comme il sait que tu aimes les cupcakes…, supposa Helena. Après tout, il travaille dans une banque. Il y a peu de chances pour qu'il soit hyper romantique, pas vrai ?

— Il est parfaitement romantique, répliqua Izzy, en rougissant un peu. Quand il a envie de l'être… et quand il n'arrive pas en retard, n'est pas trop occupé, ou simplement un peu distrait à cause de Darny qui fait des siennes.

Toutes fixèrent la boîte ouverte.

— Oh, est-ce là votre nouvelle gamme ? s'enquit un client. Ils sont magnifiques !

Chadani arriva du canapé, fourra une menotte potelée dans la boîte et commença à écraser les cupcakes. Pour une fois, Izzy ne jugea pas qu'Helena devrait la reprendre. Celle-ci observait sa fille avec admiration, comme si elle était triste que les autres bébés ne soient pas aussi doués que le sien pour ratatiner des gâteaux.

Pearl arriva avec une pile d'assiettes vides dans les mains. Elle renifla.

— On peut savoir ce que vous faites ?

— Austin est devenu complètement fou, lui expliqua Caroline. Il cherche à contrarier Izzy pour on ne sait quelle raison. Ne t'inquiète pas, dit-elle à Izzy en lui touchant le bras. Je sais que les ruptures peuvent être compliquées. Mon divorce a été horrible. Atroce. Je peux t'aider à traverser cette épreuve.

En temps habituel, Izzy n'aurait pas pris Caroline au sérieux, mais la situation était réellement un peu déroutante. Elle se mordit la lèvre inférieure. Pearl le remarqua immédiatement.

— Oh, bon sang, arrêtez vos idioties. Il pense à toi. C'est évident.

— Alors pourquoi m'envoyer un truc aussi insultant ?

— Parce que c'est un homme ! J'ai dit qu'il pensait à toi. Ça ne l'empêche pas d'être un vrai crétin.

— Hmm… Je crois que je vais aller préparer un panettone.

Pearl et Caroline échangèrent un regard.

— Oui, fais donc ça, dit Pearl.

Izzy se dirigea vers l'escalier qui menait au sous-sol. Puis elle se retourna et soupira de colère.

— Bon, j'imagine que je ferais mieux de goûter à ces gâteaux.

Elle prit un morceau de l'un des gros cupcakes étincelants au centre de la boîte. Il était parfait, c'était incontestable ; tous les cupcakes étaient d'aspect et de taille absolument identiques. Izzy avala une bouchée et fit la grimace.

— Oh, beurk !

— Je crois qu'ils disent « dégueu » aux États-Unis, fit remarquer Caroline.

— C'est trop sucré. Et il n'y a pas de beurre. Ça se sent. Il y a un horrible arrière-goût d'huile. Ce qui est synonyme de quantités industrielles, et non de fait main. Et puis, c'est de l'arôme de framboise, pas des vraies framboises. La pâte est trop dense aussi. Pouah !

— Et voilà, dit Pearl. Il te les a sûrement envoyés pour te prouver que tu es meilleure.

— Ou alors, il n'a pas vu la différence, s'inquiéta Izzy.

— Ou peut-être qu'il pense que ceux-ci sont meilleurs, ajouta Caroline, qui parvenait toujours à avoir une vision plus négative que tout le monde.

— Merci Caroline, lâcha Pearl d'un ton tranchant.

Izzy se retourna et descendit d'un pas lourd les marches vers les cuisines en sous-sol.

*

Doti le facteur terminait sa tournée de Noël par le quartier du *Cupcake Café*. Il aimait finir par le café, surtout lorsque le temps était froid. D'une part parce qu'il avait le bec sucré et, d'autre part, parce qu'il avait un faible pour Pearl et aimait flirter avec elle. Pearl avait des comptes à régler avec Benjamin, mais elle appréciait fortement Doti.

Aujourd'hui, cependant, Doti arriva accompagné ; c'était une grande première. La femme était, comme le remarqua Pearl, plutôt avenante : la trentaine, de longs cheveux bruns noués en queue-de-cheval, de grandes créoles dorées et des dents très blanches. Difficile de distinguer sa silhouette avec cet uniforme de facteur peu flatteur et son gilet fluorescent, mais Pearl aurait mis sa main à couper que ses courbes étaient gracieuses. Elle renifla. Doti et la jeune femme passèrent la porte en riant.

— Bonjour, les salua froidement Pearl.

Doti sourit.

— Ah, jolie Pearl. Je te présente la jolie Pearl, dit-il à la femme.

— Bonjour, jolie Pearl, la salua aimablement la jeune factrice.

Cela ne fit qu'agacer davantage Pearl. Les gens beaux et gentils la mettaient mal à l'aise.

— Je te présente Maya. Elle est en intérim pour les fêtes.

— Oh, bonjour, fit Pearl en essayant de ne pas paraître contrariée.

Elle n'avait aucune raison de l'être. Simplement, Doti était le premier homme à avoir manifesté de l'intérêt pour elle depuis la naissance de Louis. Mais ils ne pouvaient pas sortir ensemble ; elle ne pouvait donc pas lui en vouloir d'aimer une autre femme. Il était sans doute trop âgé pour Maya de toute façon. Et puis ils étaient de simples collègues.

— Doti m'a beaucoup, beaucoup aidée, expliqua Maya, en jetant au facteur un regard qui mit à mal la théorie de Pearl d'une relation purement professionnelle.

Doti était plutôt bel homme, pensa Pearl. Il avait les cheveux rasés, et un crâne très joli avec de petites oreilles, un long cou et…

— Que puis-je vous servir ? leur demanda-t-elle.

— J'ai promis à Maya de lui faire découvrir le meilleur café de Stoke Newington. Alors nous voilà.

— Oui, et c'est absolument charmant, s'enthousiasma Maya, dont le visage se décomposa légèrement lorsqu'elle parcourut l'ardoise. Mais ça me paraît cher. (Elle baissa la voix et s'adressa directement à Pearl.) J'avais vraiment besoin de ce job.

Pearl comprenait tout à fait cette situation.

— Et nous sommes contents que tu aies décroché le poste, affirma cordialement Doti. Très contents. Je t'offre le café.

Louis arriva en courant en compagnie de son meilleur ami, le Grand Louis. Avant même que la clochette de la porte n'arrête de tinter, sacs à dos, bonnets, écharpes et gants étaient déjà éparpillés sur le sol.

— Maman !!!

Pearl posa le lait qu'elle faisait mousser pour lui donner un gros baiser et lui faire un câlin.

— Mon petit homme. Mon chéri.

Louis afficha un sourire radieux.

— J'ai été trèèès gentil aujourd'hui. Pas comme Evan, Gianni, Carlo, Mohammed et Felix…

— D'accord, d'accord. Ça suffit.

Louis prit un air sérieux.

— Ils ont dû rester assis sur un tapis. Personne aime s'asseoir sur un tapis.

— Pourquoi cela ? lui demanda Pearl. Qu'est-ce que ça fait ?

— Tu dois t'asseoir sur un tapis ! Et tout le monde sait que tu as fait une bêtise !

— Salut Louis, dit Doti.

Le visage du garçonnet s'illumina.

— Doti !!! s'écria-t-il.

Tous les deux s'entendaient à merveille. Doti s'accroupit.

— Bonjour, bonhomme.

Louis regarda Maya avec méfiance.

— Qui c'est ??? murmura-t-il très fort.

— C'est mon amie, qui distribue aussi le courrier.

— Une dame facteur ? s'étonna Louis d'une voix dubitative.

— Bien sûr ! Il y a beaucoup de dames facteurs.

— On dit « factrices », intervint Maya. Bonjour. Comment tu t'appelles ?

Louis ne se départit pas de son regard farouche et, contrairement à ses habitudes, il n'engagea pas immédiatement la discussion.

— Doti a déjà un ami, annonça-t-il d'un air arrogant. Il m'a moi, et ma maman aussi. Merci beaucoup.

Puis il se retourna.

— Louis ! le tança Pearl, sincèrement surprise de sa réaction et secrètement un peu ravie. C'est quoi ces manières ? Dis bonjour !

Louis fixa le sol.

— B'jour, marmonna-t-il.

— Je suis contente de faire ta connaissance, déclara Maya. Oh, Doti, tu avais raison à propos de ces tartelettes de Noël.

Pearl toisa Maya.

— On est en décembre, Pearl, fit remarquer Doti. On peut fêter Noël désormais.

— Oh oui, approuva Maya. Carrément. Miam-miam.

Louis tira sur le pantalon de Doti.

— Est-ce que tu as du courrier pour moi ?

Il lui posait cette question tous les jours. Pour Izzy, recevoir les sempiternelles factures d'électricité toujours plus salées des mains d'un enfant de quatre ans tout joyeux et coiffé d'un bonnet en forme de dinosaure adoucissait quelque peu la chose.

— Il s'avère que oui, lui répondit Doti. Tu sais que d'habitude, tu fais une livraison spéciale à tata Izzy ?

Louis hocha la tête.

— Eh bien, aujourd'hui, ce n'est pas pour Izzy. Aujourd'hui, le courrier est uniquement pour toi.

Les yeux du garçonnet devinrent ronds comme des soucoupes.

— Et tu seras étonné de voir qui te l'envoie !

Pearl fut autant surprise que Louis lorsque Doti lui tendit une enveloppe couverte de flocons de neige, adressée à Louis Kmbota-McGregor, au *Cupcake Café*. Doti lança un clin d'œil à Pearl.

— La poste organise cela tous les ans, chuchota-t-il. Je me suis dit qu'il aimerait en avoir une.

Louis, qui reconnut son nom imprimé en lettres d'or, tourna l'enveloppe dans tous les sens comme si c'était l'objet le plus précieux qu'il ait jamais tenu entre ses mains.

— Maman ! murmura-t-il.

— Est-ce que tu vas l'ouvrir ?

— Non ! s'écria Louis en secouant la tête.

— À ton avis, de qui ça vient ? lui demanda Doti.

Louis tendit les bras et considéra l'enveloppe, toujours aussi émerveillé.

— Est-ce que… Est-ce que ça vient du père Noël ?

Doti prit l'enveloppe.

— Tu vois ça ? dit-il en montrant quelque chose du doigt. C'est le cachet de la poste. Tu te souviens ? Je t'ai déjà expliqué. Cela indique d'où a été postée la lettre et quand.

Louis hocha la tête.

— Eh bien, ce cachet dit… « pôle Nord ».

— Le pôle Nord ???

— C'est ça !

— Maman !!! J'ai une lettre du papa Noël ! Elle vient du pôle Nord !!!

— C'est génial, dit Pearl, en articulant un merci en direction de Doti. Vas-y, ouvre-la, mon cœur.

Louis fit non de la tête et cacha la lettre dans son dos.

— Je peux pas. Trop *précheux*.

— Pourquoi c'est trop précieux ? l'interrogea Maya.

Louis haussa les épaules et donna un coup de pied dans le comptoir, ce que Pearl lui interdisait tout le temps de faire.

— À cause du garage Monster, chuchota-t-il. Papa Noël a peut-être écrit que j'en aurai pas. Même si j'ai pas fait de bêtises et me suis pas assis sur le tapis. Comme Evan, Gianni, Carlo, Felix et Mohammed. Moi, j'étais pas sur le tapis.

Pearl se mordit la lèvre. Ce foutu garage Monster. Depuis que Louis avait vu la publicité, il n'arrêtait pas d'en parler. Ce garage réparait les *monster trucks* et les camions, conduits par de gros monstres. Or, le moindre monstre coûtait une fortune, et le moindre engin était vendu séparément, à un prix tout aussi exorbitant. Le garage seul, sans monstre ni camion, dépassait les cent livres. De toute façon, ils n'avaient pas la place pour ce satané jouet et, qui plus est, Pearl n'en avait pas les moyens, car elle devait acheter à Louis de nouvelles baskets (les anciennes, usées jusqu'à la corde, étaient devenues trop petites), ainsi qu'un manteau chaud, un nouveau pyjama et des tonnes de produits de base que les autres enfants avaient sans doute dès qu'ils en avaient besoin, et pas à un moment précis de l'année, mais les choses étaient ainsi.

Pour couronner le tout, Benjamin avait vu Louis regarder la publicité avec convoitise et avait dit, sans réfléchir : « Bien sûr que tu auras ce garage ; hors de question que mon fils ne l'ait pas. » Dès que Benjamin était sorti fumer (d'ailleurs, les cigarettes aussi coûtaient une fortune qu'ils ne pouvaient pas se permettre), Pearl l'avait vivement tancé, et Benjamin avait insisté, obstiné, qu'il trouverait ce foutu garage pour son fils. Elle avait vu à son regard qu'il ne valait mieux pas discuter, ce qui attisa son inquiétude, car elle détestait imaginer ce dont il était capable pour obtenir ce garage.

Chaque fois que Louis avait mentionné, plein d'espoir, ce jouet (*est-ce que le père Noël lui en apporterait un sur son traîneau ? Est-ce qu'il serait trop lourd ? Peut-être qu'il demanderait à de vrais monstres ou à un dinosaure de le porter...*), Pearl avait répondu de façon évasive et prié pour que son petit garçon de quatre ans jette son dévolu sur autre chose. Ce qui n'était pas encore arrivé. Elle détestait Noël.

— Eh bien, expliqua Doti, quand je suis allé vider la boîte aux lettres du père Noël, il m'a dit qu'il avait entendu parler d'un petit garçon particulièrement sage à Tottenham. Donc, à mon avis, il va essayer de faire de son mieux. Maintenant, il faut qu'on rentre au centre de tri.

Doti et Maya s'en allèrent, en papotant comme deux adolescents.

Pearl permit à Louis de manger une tartelette. En colère, elle en mangea trois de son côté.

*

Kelly-Lee avait laissé Austin dormir jusqu'à la fermeture – il était gentil, ce n'était pas comme si c'était un clochard, même si ses chaussettes étaient dépareillées. Peut-être était-ce cette légendaire excentricité qui faisait le charme des Anglais et dont elle avait tant entendu parler. Mais bon, il était 19 heures, il faisait nuit noire, Hussein et Flavia étaient déjà partis ; il était temps de fermer la boutique.

— Allez, Hugh Grant, lui dit-elle doucement.

Il était mignon endormi ; il ne ronflait pas, ne bavait pas, ni ne pétait, comme ce producteur de télévision qui était venu chez elle cet automne, avait vidé son réfrigérateur, avant d'essayer de lui sauter dessus. Elle n'était pas si idiote ; elle avait senti son petit sexe durcir contre sa cuisse pendant qu'ils s'embrassaient et, franchement, il ne l'avait plus intéressée suite à cet épisode. Cela n'empêchait pas cet homme gros et court de parler presque continuellement du nombre de belles actrices qui cherchaient à le séduire dès qu'il sortait de son appartement, et de lui faire miroiter qu'elle pourrait un jour travailler dans son studio. Elle soupira. Elle était convaincue que cet Anglais ne se comporterait pas ainsi. Kelly-Lee afficha son sourire le plus charmeur.

— Hé ho…

Austin cligna des yeux. Il se sentit affreusement mal. Tout ce dont il avait envie, c'était se pelotonner sous sa couette et dormir trente-six heures d'affilée. Le temps d'une seconde, il fut perdu, ne sachant pas où il se trouvait. Il sortit son téléphone de sa poche : il avait neuf nouveaux e-mails et six messages vocaux ! Le premier était de sa direction à Londres.

Je ne sais pas ce que vous avez fait à ces Amerloques. Peut-être aiment-ils les gens avec les cheveux en pétard. Quoi qu'il en soit, ils veulent vous faire une proposition. Rappelez-nous.

Les deux messages suivants étaient de sa secrétaire, Janet, qui insistait pour qu'il la rappelle au plus vite. Il en avait un autre de Merv, lui faisant part de leur impatience pour qu'il intègre l'équipe…

Austin s'agrippa au canapé. Tout allait très vite. Beaucoup trop vite. D'un côté, il était ravi d'être sollicité de la sorte et, de l'autre, il était pétrifié.

— Bonnes nouvelles ? lui demanda Kelly-Lee, quand elle le vit fixer l'écran de son téléphone d'un air consterné et passer ses doigts dans sa jolie tignasse, aussi ébouriffée que celle d'un petit garçon.

Austin papillota des cils.

— Je… On vient de me proposer un job. Enfin, je crois.

Kelly-Lee haussa encore plus les sourcils.

— Eh bien, c'est génial ! Félicitations ! Cela veut dire qu'on vous reverra dans le coin !

— Oui, euh… Ouah ! J'imagine.

— C'est super.

Kelly-Lee choisit le plus gros des cupcakes du jour qui restaient – un énorme d'un rouge velours – et le déposa dans une petite boîte, qu'elle ferma savamment avec du bolduc brillant.

— Tenez ! Félicitations. Et bienvenue à New York.

— Je croyais que les New-Yorkais n'étaient pas très sympas, dit Austin.

— Eh bien, vous allez découvrir que ce n'est pas vrai.

Austin haussa les épaules sous son chaud pardessus et sa longue écharpe.

— Au revoir.

— À bientôt, lui lança Kelly-Lee, avec un immense sourire.

*

À l'extérieur, la neige tombait à l'horizontale et cinglait le visage d'Austin. Il se hâta de chercher un taxi. New York sous la neige était beaucoup plus pittoresque en photo. En réalité, il faisait un froid de canard, bien plus qu'à Londres. Il trouva un taxi jaune, auquel il demanda de le reconduire à son hôtel. Il fouilla dans sa poche à la recherche de son téléphone et prit la résolution de s'acheter une paire de gants. C'était étrange : aucune nouvelle de Darny et Izzy. Il consulta sa montre ; de combien était le décalage horaire déjà ? Peu importait. Il avait une nouvelle à leur annoncer ! Une grande nouvelle ! Un poste important. Oh, bon sang, un poste important…

Austin n'avait jamais eu l'intention d'être banquier. Il n'avait jamais vraiment réfléchi au métier qu'il désirait exercer. Quand ses parents avaient trouvé la mort dans un accident de la route, il suivait tranquillement des études de biologie marine ; c'était la voie qu'il avait choisie après de nombreuses plongées durant les vacances familiales. C'était avant que n'arrive le bébé surprise, conséquence de noces d'argent un peu trop arrosées.

Dans le flou atroce succédant à l'accident, son petit frère avait été assailli de tous côtés par des tantes bienveillantes, les services sociaux, des cousins lointains, des amis de leurs parents qu'Austin ne connaissait pas. Lui-même avait dû grandir brusquement, couper ses cheveux de surfeur (ce qui n'était pas plus mal, se disait-il à présent quand il tombait sur de vieilles photographies), quitter l'université et chercher un travail qui lui permettrait d'assumer le prêt de leurs parents pour leur petite maison de Stoke Newington.

Il n'avait pas été simple de convaincre tout le monde que Darny et lui allaient bien, avec ou sans les quinze hachis Parmentier qu'ils trouvaient chaque matin sur le seuil de leur porte sans avoir rien demandé. Tant qu'Austin parvenait à ce que le salon et le vestibule soient raisonnablement en ordre, avait-il compris, et qu'il aérait l'étage pour faire disparaître toute odeur masculine, ils s'en sortaient très bien. Mais le chemin fut long et laborieux.

Lorsqu'Austin avait découvert qu'il était doué pour son travail, il était déjà bien occupé à emmener Darny à l'école, à (mal) s'occuper de la maison et à se présenter à l'heure au bureau. Avant même de s'en rendre compte, il était devenu l'une de ces femmes actives qui arrivaient toujours en retard à l'école avec le mauvais sac de sport et ne donnaient jamais un coup de main pour la kermesse. Sauf que celles-ci n'éprouvaient pas particulièrement de sympathie envers Austin, elles le jalousaient même, car les mères au foyer (qui se moquaient des premières ou les plaignaient) prenaient la défense d'Austin, lui préparaient des gâteaux, ou accueillaient Darny pour la nuit afin que son frère ait un peu de temps pour lui.

Dorénavant, Darny était assez grand pour penser à peigner ses cheveux de temps en temps, même s'il n'aimait pas cela, et à mettre en route une lessive (le problème était rarement de lancer le lave-linge, mais plutôt de ne pas laisser le linge macérer à la fin du cycle). Maintenant qu'Izzy était entrée dans leur existence, peut-être était-il temps pour Austin de faire quelque chose de sa vie, ou du moins de faire quelque chose qu'il avait lui-même choisi.

Il ne changerait pour rien au monde ce qu'il avait vécu avec Darny, pas un seul détail, se disait-il férocement. C'était le sort que lui avait réservé le destin et il avait composé avec. Il aimait tellement son frère. Mais ça, c'était au-delà de ses rêves les plus fous… Un poste important à New York… Un appartement sensationnel, peut-être ? Darny pourrait aller au collège. Et Izzy…

Il fallait qu'il lui parle.

— Allô ?

La voix s'efforçait avec difficulté d'être amicale. Après s'être levée à 6 heures pour confectionner ses gâteaux, avoir travaillé toute la journée au *Cupcake*

Café, fait sa caisse et les comptes, aidé Darny pour ses devoirs, préparé le dîner, Izzy n'avait plus beaucoup d'énergie. Elle se couchait très tôt.

— Izzy ? Izzy, tu ne vas pas en croire tes oreilles. C'est incroyable. Cette énorme banque. Ils me veulent ! Ils veulent que je travaille pour eux ! Ils me proposent… Enfin, je ne sais pas ce qu'ils me proposent, mais j'ai l'impression qu'ils me veulent vraiment et, bon, bien sûr je ne leur ai pas encore répondu, mais ils parlent de m'envoyer ici un certain temps… Enfin voilà. (Austin se rendit compte qu'Izzy ne disait rien.) Voilà… J'avais envie de te raconter ce qui se passe. Tu vois, quoi.

*

Izzy était à moitié assoupie lorsqu'elle avait décroché. À présent, elle était parfaitement éveillée. D'un côté, elle s'était toujours attendue à ce qu'un événement de la sorte se produise. Qui ne voudrait pas d'Austin ? Elle le voulait bien, elle. Les choses étaient trop belles pour être vraies.

Elle regretta soudain qu'Helena ne soit pas là. Celle-ci lui dirait, d'un ton farouche : « Réagis ! Stupide comme tu es, tu serais capable de te convaincre de ne pas être assez bien pour Austin. C'est pour ça que tu t'es retrouvée avec un loser comme Graeme. Tu n'as certainement pas envie que ça recommence, n'est-ce pas ? »

Non, en effet.

Mais Helena n'était pas là. Elle devait faire les cent pas dans l'appartement avec Chadani (sa fille était trop sensible pour faire ses nuits ; c'était un signe d'hyper-intelligence). Seul Darny était présent, il ronflait comme une toupie dans la chambre d'à côté, dans cette maison plongée dans le noir avec ses nouveaux rideaux pas encore suspendus. Et à l'autre bout du fil, à plus de six mille kilomètres de là, le seul homme qu'Izzy ait véritablement aimé paraissait heureux, insouciant et léger, tout en lui annonçant qu'il ne rentrerait jamais.

*

— Félicitations, était enfin parvenue à bredouiller Izzy.

Elle avait tenté de dissimuler sa consternation en bâillant bruyamment aussi longtemps que possible. Elle fut ensuite prise d'un vrai bâillement qu'elle ne put réprimer et perçut l'impatience d'Austin à l'autre bout du fil.

— Enfin je veux dire, bravo, se reprit-elle. C'est bel et bien réel. New York, New York ! Oui. Ouah ! Je suis tellement contente pour toi…

Austin grimaça. Il comprit à la voix d'Izzy qu'elle n'était pas le moins du monde contente. Et puis, ce faux bâillement ne l'avait pas dupé.

— C'est un grand pas en avant, déclara-t-il, avec une petite intonation implorante. Tout va changer. Je ne sais même pas comment je pourrais refuser cette offre et retourner à Londres.

— Non. Bien sûr que tu ne peux pas. Tu as travaillé si dur. Et tu es doué pour ce que tu fais.

— Merci.

Un long silence pesant flotta au-dessus de l'océan qui les séparait. Izzy se souvint avec un léger agacement des cupcakes qu'il lui avait envoyés.

— J'ai reçu ton cadeau.

Austin ne saisit pas à quoi elle faisait allusion, il était tellement fatigué et confus quand il l'avait commandé. Il se rappela enfin.

— Ah, les gâteaux ! Ah, oui, je me suis dit que ça te plairait. Donc tu vois, ils font des cupcakes ici aussi.

— Bien sûr qu'ils en font. Ce sont même eux qui les ont inventés. Avant les Américains, on appelait ça simplement des petits gâteaux.

— Oh, fit Austin. Je pensais que tu trouverais ça drôle.

— Ils n'étaient pas très bons.

Izzy détestait donner l'impression de bouder. Elle devait immédiatement cesser cette attitude.

— Tu veux venir en faire de meilleurs ? lui suggéra Austin.

Il y eut un autre blanc.

— Austin… Tu me manques tellement.

— Tu me manques aussi. Vraiment. Je t'ai fait livrer ces cupcakes parce qu'ils m'ont fait penser à toi. C'était une idée stupide ?

— Non.

— Si.

— Bon, d'accord.

— Oh, merde, dit Austin. C'est dur, cette relation à distance, hein ?

Izzy sentit la peur lui tordre le ventre. Que voulait-il dire par là ? Qu'ils devraient s'y habituer ? Que c'était tellement compliqué qu'ils ne devraient peut-être pas s'embêter à rester ensemble ? Qu'ils allaient traverser une phase difficile ?

— Hmm, marmonna Izzy.

— Si seulement tu pouvais venir. Pourquoi ne me rejoindrais-tu pas ? Tu a-do-re-rais !

— Je tue Darny, je laisse son corps dans le jardin pour que les renards le dévorent, je mets le feu à ma boutique, et j'arrive.

Austin sourit.

— Écoute, je crois que je vais devoir rester ici un peu plus longtemps. Le temps de tout régler, tu vois. Les contrats et ce genre de choses. Je dois aussi rencontrer quelques personnes.

— Est-ce que tu vas revenir ? paniqua soudain Izzy. Tu ne vas pas me demander d'emballer tes affaires et de te les envoyer par la poste, n'est-ce pas ? De mettre Darny dans un avion avec son nom autour du cou ?

— Bien sûr. Bien sûr que je vais revenir.

— Mais tu ne sais pas pour combien de temps. Ni quand.

Austin ne répondit pas. Il en était incapable.

Chapitre 7

Mince pies, tourtes de Noël

La garniture de ces tourtes n'est pas compliquée à préparer et vous reviendra moins cher que si vous l'achetiez toute prête dans le commerce. Vous pouvez offrir cette compote en cadeau de Noël dans un joli pot en verre (veillez à ce que vos proches aiment cela et savent quoi en faire, car ils pourraient vous regarder comme si vous veniez de leur offrir un pot de crottes de lapin, ce qui est rarement un cadeau bien vu, à moins qu'ils n'aient un petit jardin à amender).

L'avantage avec les *mince pies* est qu'elles peuvent être délicieuses même si vous êtes le pire pâtissier au monde. Elles sont aussi difficiles à rater qu'une tarte aux pommes. Cette recette n'est pas de celles où si vous ne mettez pas la quantité exacte de beurre, votre préparation est bonne pour la poubelle. Vos tourtes seront absolument parfaites. Faites-moi confiance ! Une remarque : préparez-les le week-end, pour pouvoir traîner chez vous et lire les journaux pendant que votre cuisine s'imprègne d'une odeur divine. Le seul ingrédient étrange est le suif.

Je sais. C'est bizarre. Ne cherchez pas trop à savoir de quoi il s'agit exactement.

Garniture

- 200 g de pommes coupées en petits dés
- 200 g de raisins secs bruns
- 200 g de raisins secs blonds
- 1 c. à s. de muscade
- 1 c. à s. d'un mélange quatre épices ou pour pain d'épice
- Le jus et le zeste de 1 citron
- Le jus et le zeste de 1 orange
- 250 g de suif, coupé en petits morceaux

La veille, mettez tous les ingrédients dans un grand saladier et mélangez bien. Couvrez d'un torchon et laissez reposer toute la nuit. Le lendemain matin, ajoutez du cognac (je vous laisse juge de la quantité), puis faites cuire au four à 120 °C (thermostat 4) pendant 3 heures.
Laissez la garniture refroidir, avant de la verser dans des bocaux stérilisés (pour ce faire, humidifiez le pot et passez-le 1 minute au micro-ondes). Recouvrez de papier cuisson, puis fermez hermétiquement. La garniture peut se conserver un an. Si vous la gardez aussi longtemps, vous l'offrirez sans doute à des amis peu méritants !

Pâte

- 200 g de farine
- 200 g de beurre froid et coupé en dés
- 100 g de cassonade
- 1 pincée de sel

- Eau
- 1 œuf, battu en omelette

Pétrissez la farine avec le beurre. Ajoutez la cassonade, le sel et un peu d'eau jusqu'à obtenir la texture d'une pâte. Abaissez la pâte et découpez-la à l'emporte-pièce. Mettez les disques de pâte dans des moules, déposez une cuillerée de garniture et recouvrez les tartelettes d'un disque de pâte. Dorez à l'œuf et saupoudrez d'un peu de cassonade. Faites cuire au four à 180 °C (thermostat 6) environ 20 minutes et… le tour est joué !

*

Le lendemain matin, Caroline entra d'un pas lourd dans le *Cupcake Café*, fortement contrariée. Izzy l'observa de ses yeux fatigués. Elle n'avait presque pas dormi de la nuit après sa conversation avec Austin ; elle en était déjà à son troisième café. Elle se sentait idiote, mais l'injustice de toute cette situation l'agaçait. Elle avait enfin trouvé un équilibre dans sa vie ; elle avait enfin le sentiment de faire ce dont elle avait toujours rêvé et avait rencontré un homme qu'elle aimait. Et il fallait que tout parte à vau-l'eau.

En y réfléchissant davantage, Izzy comprit pourquoi elle était si bouleversée, pourquoi elle avait autant de mal à en discuter avec Austin. Cette période de l'année n'aidait pas… et à présent… Non, elle dramatisait. Voyait les choses sous le pire angle possible. Londres offrirait à Austin un autre poste et tout irait bien, n'est-ce pas ? Il ne pouvait pas avoir envie de déraciner leur vie, pas vrai ? Puis elle se rappela une chose à laquelle elle n'avait pas songé depuis longtemps : un matin de Noël, elle était à l'église, dans une robe rouge trop petite et des chaussures en cuir qui lui donnaient des ampoules aux talons ; elle tenait la main de son grand-père, qui bien entendu connaissait tous les gens – et ceux-ci l'auraient apprécié quand bien même il serait venu sans pain d'épice pour tout le monde. Izzy avait reconnu une cliente de la boulangerie, une femme chic à la voix criarde. Elle ne l'aimait pas, sans savoir pourquoi. Cette femme, coiffée d'un chapeau bleu orné d'une grande plume de paon, s'était penchée à l'oreille de son grand-père : « Elle n'a pas pu partir à cette période de l'année, c'est impossible ! » Irrité, Grampa Joe lui avait demandé de se taire – jamais Izzy n'avait vu une telle colère en lui.

*

— Richard est un plus gros connard que d'habitude ! tonna Caroline, en faisant claquer la porte du *Cupcake Café* et en dandinant ses petites fesses moulées dans un jean – blanc bien que l'on soit en plein mois de décembre.

Elle portait une sorte d'énorme étole en fourrure, qui affinait ses jambes déjà filiformes. Izzy espéra ardemment qu'il s'agissait de fausse fourrure. Elle cligna des yeux pour s'extirper de sa rêverie et se réveiller, tandis que Caroline tentait de chasser le froid de son corps. Le temps était glacial : tout était givré et les nuages semblaient gonflés de neige.

— Qu'est-ce qu'il a fait cette fois ? demanda Izzy.

Le divorce de Caroline semblait durer plus longtemps que son mariage.

— Il a dit : « Pas de panier. » Pas de panier ! Tu imagines ? Il a fermé notre compte à paniers.

Izzy fut perplexe.

— De quoi tu parles ? De paniers garnis ?

— Ce ne sont pas de simples paniers garnis ! rétorqua Caroline, exaspérée. Ce sont de traditionnels produits de luxe envoyés à Noël en signe d'estime. Ils font par conséquent partie de mes dépenses familiales courantes.

— Mais tu dois payer les yeux de la tête pour un pot de confiture et des noix exotiques, non ? Et puis, il doit y avoir plein de choses que personne n'aime, comme des olives à la betterave. Je me suis toujours demandé qui envoyait ces paniers garnis.

Caroline renifla.

— Mais tout le monde !

— Est-ce que tes enfants attendent Noël avec impatience ? dit Izzy pour changer de sujet.

Caroline soupira avec emphase.

— Oh, tu sais comment ils sont.

— Charmants ! s'empressa de répondre Izzy.

— Hermia a hâte de pouvoir s'empiffrer pendant toutes les vacances. Je vais devoir la surveiller. Est-ce que tu imagines qu'elle préfère manger un sandwich plutôt que de jouer de la flûte ? Un sandwich ! Alors qu'il n'y a jamais de pain à la maison !

Izzy prépara pour Caroline son petit déca noir, qu'elle but d'une traite.

— Tu peux m'en refaire un ? Et non décaféiné cette fois ?

Izzy la regarda avec de grands yeux.

— Ça va si mal que ça ?

Caroline haussa les épaules.

— Bah… En fait… (Elle cligna des paupières à plusieurs reprises.) C'est que… Richard a dit… Richard a dit…

Elle éclata en sanglots.

— Qu'est-ce qu'il y a ? s'inquiéta Izzy, en se pressant de rejoindre Caroline de l'autre côté du comptoir.

— Il a dit…

Izzy eut soudain très peur pour son amie. Il n'allait tout de même pas lui retirer les enfants ? Certes, Caroline les confiait à des nourrices, les délaissait, les dénigrait, mais… Non, certainement pas.

— Il a dit que s'il continue à payer la pension alimentaire, il veut envoyer les enfants… en pension !!!

Caroline sanglota de plus belle. Izzy passa son bras autour de son épaule.

— Oh non. Mais tu répètes sans cesse que la pension est la réponse à tout et qu'il n'y aurait rien de mieux pour mater tous ces rebelles.

Caroline renifla bruyamment, puis sortit un mouchoir en tissu de sa poche. Izzy fut stupéfaite qu'elle ait un mouchoir en tissu, mais se retint de faire une remarque.

— Oui, mais pas pour meeeeees…

Caroline fut incapable de terminer sa phrase.

C'était étrange, songea Izzy. À entendre Caroline parler de ses enfants (parfois même, elle semblait complètement les oublier), on pourrait croire qu'ils ne l'intéressaient pas réellement ; qu'elle avait eu des enfants parce que c'était simplement la suite logique de son mariage. Elle avait l'air de les considérer plus comme une contrariété qu'autre chose.

— Je leur manquerais, hoqueta Caroline. Je crois que leur mère leur manquerait, non ? Achille n'a que cinq ans.

— Oui, c'est vrai, reconnut Izzy, qui en avait fait l'amère expérience. Bien sûr que tu leur manquerais. C'est ridicule. Il va trop loin.

— Je sais ! brailla Caroline. Qu'est-ce que je vais faire ?

— Attends. J'ai une idée.

Caroline regarda Izzy. Son visage marbré par les larmes était pratiquement méconnaissable.

— Quoi ?

— Pourquoi tu ne dirais pas simplement à Richard d'aller se faire voir ? Genre « Va te faire foutre, Richard, ils n'iront pas en pension ». Tu peux les mettre à l'école du quartier ! Louis y va, elle est très bien.

Caroline se tut une seconde. Puis elle poussa de nouveau de gros sanglots.

La clochette tinta, annonçant l'arrivée de Pearl et Louis.

— Qu'est-ce qui arrive à la princesse ? demanda Pearl.

— Ne pose pas la question, l'avertit Izzy. Je suis sérieuse. Vraiment. Ne dis rien.

— Sois pas triste, Caroline, la consola Louis, tout en caressant son étole en fourrure. J'aime bien ton loup.

— S'il te plaît, ne touche pas, Louis, parvint à articuler Caroline entre deux pleurs. Cela m'a coûté très cher.

Louis se tourna vers Izzy.

— Izzy !!! cria-t-il. J'ai failli oublier !!! Il neige !!!

Izzy regarda dehors. En effet, dans la lumière matinale, le petit lampadaire à côté de l'arbre éclairait des flocons, qui avaient commencé à tomber en silence dans la petite impasse.

— Ah, oui ! s'exclama Izzy, dont la joie lui fit presque oublier sa fatigue. C'est magnifique !

— Tu viens jouer dans la neige avec moi ? demanda Louis en lui attrapant la main.

— Non, mon chou. Mais je peux te préparer un chocolat chaud.

Louis sourit.

— Chouette !!! (Il se tourna vers sa mère.) Noël !!! Il neige ! Il neige ! C'est Noël ! C'est Noël ! Youpi !!!

Pearl esquissa un petit sourire.

— D'accord, d'accord. Il va nous falloir quatre heures pour rentrer à la maison ce soir, c'est tout ce que je vois. Allons préparer ce chocolat chaud.

Tandis que les trois femmes s'affairaient à ranger, récurer, cuisiner et préparer la boutique pour les premiers clients affamés et frigorifiés, Louis resta le nez collé contre la vitre. Il faisait à peine jour, avec le blizzard et les nuages si bas dans le ciel. Dans la rue principale, les passants avaient le nez caché derrière leur écharpe, leur bonnet enfoncé jusqu'aux oreilles et ils avançaient penchés en avant, se dirigeant d'un air morose vers leur destination. Une tempête extraordinairement froide faisait rage au-dehors.

— Je pourrais apporter quelques gâteaux à l'arrêt de bus, suggéra Izzy, en remontant du sous-sol un énorme plateau de pains d'épice. C'est plus un acte de compassion qu'autre chose.

— Maman !!! cria soudain Louis, son petit doigt potelé pressé contre la vitre, son haleine formant un nuage de buée. Maman !!!

Pearl accourut et suivit son doigt.

— Jésus, Marie, Joseph !

Sans prendre le temps d'attraper son manteau, elle se précipita à l'extérieur. Izzy et Caroline lui emboîtèrent le pas.

— Mais qu'est-ce que… ?

Il suffisait d'ouvrir la porte pour se rendre compte qu'il faisait un froid de canard – un vrai coup de tabac avec des tourbillons de flocons qui empêchaient toute visibilité. La température glaciale saisissait jusqu'à la moelle ; le vent prenait à la gorge.

La silhouette de Pearl se dirigeait pesamment vers le fond de l'impasse. Izzy, sur ses talons, eut le souffle coupé lorsqu'elle comprit ce que Louis avait aperçu.

Au pied de l'arbre dépouillé se trouvait un petit garçon, plus jeune que Louis. Il était pieds nus, vêtu simplement d'un pyjama crème un peu sale, avec des camions de pompiers dessus. Ses cheveux blonds étaient tout hérissés. Il pleurait toutes les larmes de son corps.

*

Pearl prit dans ses bras ce petit être léger comme une plume, et ils retournèrent tous au plus vite à l'intérieur. Louis était excité par sa découverte.

— C'est moi qui ai trouvé le garçon, Izzy, dit-il d'un air important.

Izzy était horrifiée. Elle se rendit dans la rue principale, où elle s'attendait à apercevoir une mère affolée courant dans tous les sens à la recherche de son fils ; or, il n'y avait que le petit groupe habituel de travailleurs qui bravaient le froid à l'arrêt de bus. Izzy salua son amie Linda et lui demanda si elle avait vu une personne chercher un enfant. Tout le monde s'était tourné vers Izzy avec perplexité et lui avait répondu que non. Elle leur expliqua que si quelqu'un se manifestait, il était à l'abri au *Cupcake Café*, qu'elle regagna aussitôt.

La vieille Mme Hanowitz, l'une de leurs habitués, patientait déjà à la porte. Elle resta bouche bée en apercevant le petit garçon, dans son pyjama crème, blotti dans les bras de Pearl.

— On dirait l'Enfant Jésus, dit-elle, en secouant la tête. Regardez-le. (Elle s'approcha et passa ses doigts dans ses boucles dorées.) Un enfant de Noël, murmura-t-elle.

— Ne dites pas de sottises, la reprit Pearl. Cet enfant est perdu. Comment tu t'appelles, mon cœur ?

Au retour d'Izzy, l'enfant était enveloppé chaudement dans un plaid qui drapait d'ordinaire l'un des vieux canapés en cuir. L'enfant, visiblement à peine âgé de dix-huit mois, semblait si choqué qu'il ne pleurait même pas. Il attrapa l'étiquette de la couverture et se mit à la caresser entre son pouce et son index, puis fourra son autre pouce dans la bouche. Il paraissait se sentir mieux.

— Il lui faut un gâteau, indiqua Louis. Et un chocolat de l'Avent. Oh non, y a pas de chocolats, tata Izzy !!!

— Louis, arrête avec ce stupide calendrier de l'Avent, s'énerva Izzy. Il n'y aura pas de chocolats dedans.

— C'est un calendrier de l'Avent très triste…

Pearl s'assit sur le canapé avec le garçonnet toujours emmitouflé dans la couverture. Izzy tenta de lui donner une part de pain d'épice, mais il le dédaigna, préférant balayer la pièce de ses yeux écarquillés. Ses petits pieds étaient bleus ; il n'avait ni chaussettes ni chaussons.

— Je vais appeler la police, déclara Izzy. Ses parents doivent être morts d'inquiétude. (Elle regarda à nouveau le blizzard à l'extérieur.) Mais où sont-ils ? Peut-être qu'il habite à des kilomètres d'ici.

— Comment tu t'appelles ? retenta Pearl, en vain.

Louis s'approcha.

— Comment tu t'appelles, petit garçon ? lui demanda-t-il gentiment. Est-ce que tu sais parler, petit bébé ?

Le garçonnet sortit son pouce de la bouche.

— Dada, articula-t-il.

— Bon, c'est un début, commenta Pearl. Comment tu t'appelles, mon chou ? Nous allons te ramener à ton papa bientôt.

— Dada ! redit le petit garçon plus fort.

— C'est l'Enfant Jésus, répéta Mme Hanowitz.

Elle les avait suivis dans la boutique qui n'était pas encore officiellement ouverte. Elle lorgnait ouvertement sur le pain d'épice auquel le garçonnet n'avait pas touché.

— Je ne crois pas que ce soit l'Enfant Jésus, affirma Izzy, avant de décrocher son téléphone. À votre avis, est-ce que j'appelle la police ? Ou ce n'est pas assez grave ? Qui on appelle quand ce n'est pas très grave ? Les pompiers ?

— Fais le 101, répondit sans hésiter Pearl. Quoi ? fit-elle en apercevant la mine surprise d'Izzy. Tu as de la chance, toi, là où tu vis, tu ne risques pas de te faire agresser !

Izzy s'apprêtait à composer le numéro quand elle aperçut une jeune femme entrer d'un pas hésitant dans l'impasse et regarder tout autour d'elle. Elle paraissait perdue et n'était pas habillée suffisamment chaudement pour le temps. Izzy reposa le téléphone et passa la tête par la porte.

— Excusez-moi. Est-ce que vous cherchez un enfant ?

La jeune fille se tourna. Son expression était relativement sereine.

— Oh, est-ce qu'il est avec vous ?

Izzy la fixa un instant. Elle n'avait pas dû bien entendre.

— Est-ce que… vous… cherchez… un enfant ? répéta-t-elle au cas où la jeune femme n'aurait pas bien compris.

Celle-ci s'approcha d'un pas nonchalant.

— Il est avec vous ?

Elle mâchait du chewing-gum et son regard était fatigué, un peu vide.

— Euh, oui, lui répondit Izzy.

Elle se demanda une fraction de seconde si elle n'était pas qu'une vieille commère : était-ce absolument normal que de jeunes enfants errent en pyjama sous une tempête de neige ? Était-elle en droit de faire une remarque ? Izzy se retourna, vit le petit garçon sur les genoux de Pearl et se dit que non, ce n'était pas normal.

La jeune fille entra dans la boutique.

— Ah, te voilà, fit-elle d'un ton résigné. Allez, viens.

Le garçonnet resta immobile. Pearl dévisagea la jeune fille.

— Mais qu'est-ce que vous racontez ? Est-ce que vous avez laissé ce petit garçon sortir tout seul sous la neige ?

— Mais non ! C'est lui qui est parti en vadrouille. Viens, Donald.

— Dada, non, protesta le garçon.

— Ah, je comprends mieux, déclara Pearl. Tu t'appelles Donald ?

— Dada, confirma le petit garçon, avant de remettre son pouce dans la bouche.

Pearl fixa la jeune fille. Elle ne paraissait pas assez âgée pour être sa mère. Par ailleurs, une mère se réjouirait un peu plus de retrouver son enfant. D'autant plus une mère qui avait acheté un pyjama avec des camions de pompiers.

— Bon, je le prends, s'impatienta la fille avec un air las.

— Avez-vous des chaussettes à lui mettre ? Un manteau ?

La jeune fille eut un haussement d'épaules.

— On n'a pas loin à aller.

— Attendez, intervint soudain Caroline. Est-ce que c'est Donald ? Donald Gough-Williams ?

Les yeux du garçon s'illuminèrent à la mention de son nom.

— Ouais, admit la jeune fille à contrecœur.

— Tu connais cet enfant ? s'étonna Pearl. Pourquoi tu n'as rien dit ?

— Oh, ils ont tous la même tête pour moi. C'est le bébé de Kate. Est-ce que vous êtes la nouvelle nourrice des Gough-Williams ?

La fille haussa les épaules d'un air maussade.

— Il y a les jumelles aussi. Où sont Seraphina et Jane ?

La fille regarda Caroline avec des yeux fatigués.

— Oui. Les jumelles.

— Qui s'occupe des jumelles en ce moment ? insista Izzy.

— Disney Channel. Viens, Donald, on y va.

Pearl se leva et tendit Donald à la jeune fille, avec la couverture.

— Rapportez-la-nous plus tard. Ne laissez pas ce petit attraper la mort.

— Oui, d'accord.

La jeune fille jeta Donald sur son épaule comme un sac de pommes de terre, se tourna et quitta le *Cupcake Café*.

— Je me demande ce que devient Kate, s'interrogea Caroline, en les regardant s'éloigner.

— Elle n'est pas venue depuis une éternité, ajouta Izzy. Je crois que la dernière fois, c'était peu de temps après son accouchement.

— Oui, elle a complètement disparu de la circulation. Je me disais qu'elle devait être en désintox.

Caroline, Pearl et Izzy se regardèrent.

— Est-ce que cela vous ennuierait si… ? demanda Mme Hanowitz.

— Prenez-le, lui répondit Izzy, sans même jeter un coup d'œil.

Mme Hanowitz mangea le pain d'épice qu'avait refusé Donald. Izzy savait que la retraite de la vieille dame ne lui permettait pas de se chauffer et de se nourrir décemment.

— Je sais que je n'ai pas d'enfant, mais…, commença Izzy.

— Je devrais lui en toucher un mot, affirma Caroline, en secouant la tête. Cette nourrice est horrible ! À l'évidence, il doit y avoir des potins très croustillants !

— Cette fille semblait avoir seize ans, remarqua Pearl. Comment se fait-il qu'elle s'occupe de trois enfants ? Quel âge ont les jumelles ?

— Six ans, répondit Caroline. L'une des deux se prend pour un garçon. Elles sont adorables.

— C'est vrai, confirma Izzy, en se souvenant que Kate essayait en permanence de les séparer, mais elles tenaient toujours à tout faire ensemble. Je me demande ce qui est arrivé.

Caroline avait déjà sorti son téléphone.

— Oh, je ne suis pas certaine qu'elle capte dans son prieuré. Allô ? Allô, Kate, ma chérie… Où ça ? Oh, en Suisse ? (La voix de Caroline faiblit sensiblement, mais elle se reprit.) Comme c'est merveilleux ! Vous avez beaucoup de poudreuse ? Oh, quel régal, ma chérie. Salue Tonks de ma part… Et Roofs… Oh, est-ce que Bert et Glan sont là aussi ? Oh, vraiment, vous êtes tous là… Vous devez bien vous amuser… Non, non, tu me connais, je suis une femme active maintenant, je n'ai pas le temps pour ce genre de choses, je suis tout le temps occupée… Ah, Richard va venir, vraiment ?

(La voix de Caroline devint glaciale.) Eh bien, ce sont d'excellentes nouvelles. Richard, toi et tous nos amis. Je suis vraiment contente d'entendre ça. J'espère que vous passez tous un très bon moment. Oh, ils sont tous les deux… Non, non, bien sûr que je m'en moque. Pourquoi je m'en soucierais ? Il n'est plus rien pour moi. Il ferait mieux de garder de l'argent pour la scolarité des enfants, c'est tout ce que je dis…

Il y eut un blanc.

— Bon, écoute. Nous venons de récupérer ton Donald au *Cupcake Café*. Il était sorti de chez toi. Je crois qu'il te faut une nouvelle nourrice… Oui, encore. Tu sais comment sont ces filles, elles ne savent pas travailler. Je suis d'accord, de vraies paresseuses. On paie les pots cassés de Tony Blair. Izzy était sur le point d'appeler la police.

Izzy était soulagée de ne pas avoir composé le numéro finalement.

— Oui, enfin non, il va très bien. Oui, il suçait toujours son pouce… Il n'aurait pas un peu de retard ?

Kate et Caroline échangèrent encore quelques mots avant que celle-ci ne raccroche. Son visage se décomposa. Izzy y discerna de la douleur et du chagrin, avant que Caroline ne se ressaisisse.

— Quelle nourrice fainéante. Je crois que Kate va changer d'agence. Cela fait six personnes totalement incompétentes qu'ils lui envoient.

— Peut-être qu'elle devrait les avoir toutes les six en même temps, ironisa Pearl.

— Ce n'est pas une si mauvaise idée, reconnut Caroline d'un air songeur.

Izzy leva les yeux au ciel.

— Plus je passe de temps à Stoke Newington, moins je comprends ce quartier ! Est-ce que tout le monde est plein aux as maintenant ?

— Hum, fit Mme Hanowitz de l'autre côté du comptoir. Je suis ravie parce que cet Enfant Jésus va me porter chance. C'était vraiment très bon.

*

Les talons de Carmen Espito claquèrent dans le couloir devant Austin. Rien de tout cela, pensa-t-il, ne semblait réel. Et pourtant, il était là, au quarante-neuvième étage – quarante-neuvième ! Il y avait même un ascenseur express dans le Palatine Building, à l'angle de la quarante-quatrième rue et de la cinquième avenue, en plein cœur de Manhattan. Les murs de son bureau, situé à l'angle du bâtiment, étaient principalement constitués d'énormes baies vitrées : la vue donnait d'une part vers le nord, avec l'Empire State Building et Central Park et, d'autre part, vers l'est, avec l'Hudson et le pont de Brooklyn qui surplombait les entrepôts et les grues des docks.

Tout autour du gratte-ciel, la neige tourbillonnait, transformant en silence Manhattan en un gigantesque dôme de neige. Un spectacle époustouflant, l'un des plus beaux qu'Austin ait jamais vus.

— Ouah ! s'exclama-t-il (il était si près des baies vitrées qu'il eut l'impression de marcher dans le ciel). Mon petit frère adorerait cet endroit ! Comment les gens arrivent-ils à travailler dans ces conditions ?

Carmen sourit. Elle était habituée à ce que les employés de la banque soient très raffinés et, s'il leur arrivait d'être impressionnés, ils n'en laissaient rien paraître. Avant de perdre vingt-cinq kilos, de se faire refaire le nez et tatouer les sourcils, Carmen n'était qu'une fille ordinaire de l'Oregon ; elle aussi avait été subjuguée par Manhattan.

— C'est beau, hein ? dit-elle, avant que ses lèvres d'un rouge vif ne se referment et qu'elle ne s'assoie devant le bureau vide. Bon. Je suis juriste, spécialisée dans l'immigration et le droit du travail. M. Ferani aimerait que toutes ces paperasseries soient réglées le plus tôt possible, et je suis certaine que vous aussi.

Austin pensait que c'étaient des papiers sans caractère irréversible, simplement quelques documents à regarder plus tard. Puis il se rendit compte, en observant la très sexy mais aussi très sérieuse Carmen, qu'il s'agissait de formulaires légaux. Ce n'était pas une simple petite discussion. De toute évidence, les Américains aimaient que les choses soient régularisées, et rapidement. À n'en pas douter, ils s'attendaient à ce qu'il saute sur cette occasion. Comme toute personne saine d'esprit le ferait, à vrai dire. Cette chance d'avoir un travail fabuleux, une toute nouvelle vie, à son âge… C'était un rêve qui devenait réalité. Toute autre personne, Austin en était convaincu, se jetterait sur la main de Carmen.

— Est-ce que… Est-ce que je peux prendre ces documents pour les étudier, avant de les signer ?

Carmen haussa un sourcil.

— Vous savez, ces documents contiennent les formalités habituelles. Si vous voulez que votre avocat me contacte…

L'avocat d'Austin était une mamie de soixante-quinze ans qui lui avait conseillé d'ignorer les services sociaux quand ils leur rendaient visite et demandaient à Darny s'il mangeait cinq fruits et légumes par jour, ce à quoi Austin répondait toujours oui, car il était parvenu à la conclusion depuis quelque temps déjà que seule la pomme de terre figurerait au menu.

— Euh, oui, peut-être que je vais la consulter, affirma-t-il à la hâte, en tentant de se donner un air professionnel. Super. C'est super.

Carmen lui tendit plusieurs lourdes liasses de documents.

— Rapportez-les avec votre passeport.

— Mon passeport ?

Austin paniqua un peu. Essayaient-ils de le retenir contre son gré ?

Derrière lui, la porte s'ouvrit avec fracas : Merv Ferani fit son entrée. Aujourd'hui, le motif de son nœud papillon était de petits rennes sautillants, et il portait un gilet de costume rouge. Il avait des allures de petit père Noël.

— Comment ça se passe par ici, Carmen ? s'enquit-il. Vous avez bientôt terminé ?

— M. Tyler veut que son avocate jette un coup d'œil aux papiers, s'empressa-t-elle de répondre.

La surprise se lut sur le visage de Merv.

— Quelque chose vous déplaît ?

— Oh, non, je suis sûr que… C'est juste que, vous savez, je… Enfin… Je dois en discuter avec mon petit frère.

— Il est votre conseiller en carrière, c'est ça ?

— Non… Non, il vit avec moi. Et ma petite amie, ajouta Austin à la hâte. Je… Vous savez, c'est un gros bouleversement…

— Mais il n'y a pas de meilleur endroit au monde ! s'exclama Merv.

Celui-ci paraissait sincèrement confus – et c'était légitime, reconnut Austin, considérant le fait qu'il avait déjà accepté de venir à New York.

— Euh, oui, dit Austin. Je m'en rends compte.

Merv admira la vue à travers les immenses baies vitrées.

— Hé ! J'ai une super idée. Faisons-les venir pour le week-end. Qu'en pensez-vous ? Hein ? Pour qu'ils voient par eux-mêmes à quel point votre vie ici sera géniale. Emmenez le gosse visiter des musées et des trucs comme ça, allez à un spectacle, mangez de la vraie nourriture. Je vais demander à ma secrétaire de s'en occuper.

Austin dévisagea Merv avec stupéfaction. Puis il se rappela qu'il était censé être ce banquier cool et branché d'Angleterre, complètement blasé par ce genre de pratiques extrêmement courantes. Il s'en jugea incapable.

— Bah…

— Je vous reconnais bien là, affirma Merv. Je vous mets en ligne avec Stephanie, vous allez l'adorer.

*

Pourquoi tout devait-il aller si vite ? se demanda Austin, dont la gorge se noua nerveusement. Mais Izzy allait adorer. Non ?

Chapitre 8

Cookies de la paix aux épices de Noël

- 225 g de beurre mou
- 200 g de sucre
- 235 ml de mélasse
- 1 œuf
- 2 c. à s. de crème fraîche
- 750 g de farine
- 2 c. à s. de levure chimique
- 5 g de bicarbonate de soude
- 1 c. à c. de cannelle en poudre
- 1 c. à c. de gingembre râpé
- 1 pincée de sel
- 145 g de noix coupées en petits morceaux
- 145 g de raisins blonds
- 145 g de dattes coupées en petits morceaux

Dans un grand saladier, battez en crème le beurre et le sucre. Ajoutez la mélasse, l'œuf et la crème fraîche et mélangez bien. Dans un autre saladier, mélangez la farine, la levure, le bicarbonate de soude, la cannelle, le gingembre

et le sel. Ensuite, incorporez progressivement ce mélange à la première préparation. Ajoutez les noix, les raisins et les dattes. Mettez la pâte au frais durant 2 heures, ou jusqu'à ce qu'elle soit facile à travailler.
Sur un plan de travail fariné, abaissez finement la pâte. Découpez des disques avec un emporte-pièce rond de 6 cm de diamètre. Placez-les sur une feuille de papier cuisson. Mettez au four à 160 °C (thermostat 5-6) pendant 12 à 15 minutes. Laissez refroidir complètement les cookies. Faites sentir leur odeur aux personnes affamées et contrariées.

*

Au collège de Darny, Izzy ne se sentait pas du tout à sa place. C'était affreux, même. Sous un éclairage néon, elle était entourée de personnes qui se connaissaient toutes et dont la discussion animée était ponctuée d'éclats de rire. Le vin chaud bon marché ne parvenait nullement à masquer l'odeur latente si familière encore aux narines d'Izzy, malgré les années : la sueur, l'après-rasage bon marché vaporisé à l'excès, les baskets, les cigarettes fumées en cachette et, plus difficilement détectables, les phéromones, qui rendaient tout le monde un peu plus bruyant et agité.

Izzy n'avait rien à faire là, mais elle avait été si horrifiée d'apprendre qu'Austin n'assistait plus aux spectacles de fin de trimestre de Darny, car celui-ci piquait une crise s'il venait ! Aussi, l'absence d'Austin les arrangeait-elle tous les deux.

— Je pensais que regarder des gosses jouer des saynètes de Noël était l'un des avantages d'avoir des enfants, s'était outrée Izzy.

— Depuis que j'ai vu ce spectacle avec l'aubergiste capitaliste qui était le dirigeant d'un parti nationaliste et le berger qui fumait de l'herbe, je peux t'affirmer que non. Depuis, nous restons en dehors de tout cela, avait expliqué Austin d'un ton las. De toute façon, maintenant qu'il est au collège, ils ne font plus de scène de la Nativité, ils font des trucs contemporains.

— De la merde, précisa Darny. Il veut dire de la merde contemporaine.

— Est-ce que tu as un rôle ?

Darny avait haussé les épaules, ce qu'Izzy avait pris pour un oui. Elle avait insisté pour qu'ils assistent au spectacle, et les deux garçons avaient voûté le dos d'une façon qui les faisait davantage ressembler à des jumeaux qu'à de simples frères.

— Il faut soutenir les jeunes, déclara Izzy, à qui cela tenait vraiment à cœur après avoir vu pendant une année des adolescents de plus en plus découragés lui soumettre leurs CV mal rédigés.

Aucun de ces jeunes n'avait de travail ni d'expérience et elle regrettait de ne pas pouvoir leur venir en aide. Cependant, leurs candidatures contenaient toutes des prétentions pompeuses sur leur autonomie et leur désir de repousser les limites, qui, quand elle regardait l'adolescent voûté et gêné face à elle, ne semblaient pas le servir. Austin la surnommait en plaisantant « la bonne Samaritaine », même s'il était d'accord avec elle. Et pas simplement quand il était question de Darny.

— Cela ne fera qu'empirer les choses, protesta Austin. Darny n'a pas besoin de prétexte pour s'exprimer.

— Non, il a besoin de savoir quand c'est le bon moment, lui rétorqua Izzy. C'est pourquoi nous devons être présents pour lui.

Puis, Austin avait été réclamé par le pays où les femmes avaient des jambes fines, des talons aiguilles, des objets incroyablement luxueux et se faisaient dorloter à longueur de journée. De l'autre côté de l'Atlantique, Izzy, emmitouflée dans plusieurs couches de vêtements après une longue journée au *Cupcake Café*, tentait de distinguer le vrai du faux dans les propos de Darny : il prétendait devoir s'habiller tout en noir, car, selon Mlle Fleur, cette tenue renforcerait l'effet dramatique. Izzy avait soupiré et fini par céder.

Il faisait un froid vivifiant à l'extérieur. Darny et Izzy avaient croisé d'autres familles qui se précipitaient vers le bâtiment principal du collège, Carnforth Road. Un joyeux brouhaha emplissait la salle. Izzy ne put s'empêcher d'éprouver un petit pincement au cœur : tout le monde était ravi de se retrouver en famille pour les fêtes, et elle n'avait même pas eu de nouvelles de sa mère, tandis qu'Austin était à des milliers de kilomètres et que Darny, avant même qu'ils n'aient franchi les portes de l'établissement, avait disparu dans un vaste océan d'adolescents qui se ressemblaient tous. Ne plus savoir différencier les enfants était un signe de vieillesse, pensa Izzy ; individuellement, ils paraissaient tout simplement… jeunes.

Oh, ce que son grand-père lui manquait… Il était gentil avec les jeunes. Il les aimait, les encourageait.

Il avait engagé des tonnes d'apprentis dans sa boulangerie, dont certains avaient connu une enfance terrible. La majeure partie d'entre eux s'en étaient bien sortis, se tournant ensuite vers d'autres emplois et d'autres vies ailleurs. Pendant de nombreuses années, ils avaient reçu à chaque Noël des centaines de cartes de vœux de clients heureux, d'amis proches et… Izzy n'ouvrait même pas les cartes envoyées par e-mail. Elle n'en voyait tout simplement pas l'intérêt ces temps-ci.

Bien entendu, tous les parents d'élève savaient où aller, aussi sortit-elle son téléphone pour faire comme si elle était très occupée et suivit le mouvement général vers la salle polyvalente. Manifestement, on avait essayé de lui donner un air festif, avec des guirlandes de papier crépon accrochées au plafond. Cependant, celles-ci ne parvenaient pas à dissimuler la réalité : c'était une école de quartier populaire qui faisait de son mieux, et non un établissement privé chic avec des clubs de théâtre et une table de mixage dernier cri.

Afin de s'occuper, Izzy s'acheta pour une livre un gobelet en plastique de vin chaud brûlant, légèrement amer. Elle s'efforça de rester hors du champ de vision des professeurs de Darny ; c'était strictement le domaine d'Austin. Izzy pensait que si Darny et elle entretenaient une relation plutôt amicale, c'était, entre autres, parce qu'elle ne s'était jamais mêlée de sa scolarité et de ses notes, même quand cela la démangeait – elle savait que c'était la bonne attitude à adopter. Darny rentrait souvent avec des mots dans son carnet et des heures de retenue. Austin soupirait et le suppliait de bien se comporter, ce à quoi son petit frère avançait des contre-arguments très logiques. Ils se renvoyaient la balle jusqu'à épuisement et exaspération. Izzy se retirait alors dans la cuisine pour préparer des cookies de la paix, en espérant que l'un des deux frères finisse par céder.

Izzy ne connaissait absolument aucun parent d'élève. Elle envoya rapidement un message à Austin. Il sortait tout juste d'une réunion (encore) et lui répondit « Je t'avais prévenue », ce qui n'était d'aucune aide, bien entendu. Izzy se demanda quel émoticône utiliser pour exprimer sa légère frustration. Elle but son vin chaud à petites gorgées – la seconde fut un peu meilleure que la première – et elle chercha à qui écrire ensuite. C'était l'heure de tous les dangers pour Helena : celle du coucher de Chadani, un processus qui pouvait s'éterniser plusieurs heures. Quant à ses autres amis… Cela faisait si longtemps, et tous (elle essayait de ne pas compter, mais presque tous à présent) avaient des enfants, ou alors ils avaient déménagé, ou voyageaient en permanence, ou ne savaient pas trop de quoi lui parler une fois le sujet des gâteaux épuisé. Izzy avait réellement besoin d'une personne à qui elle puisse dire : « Ouah, c'est l'enfer total ! »

— Oh là là ! C'est l'enfer total ! s'exclama une voix stridente.

Izzy leva les yeux. À sa plus grande surprise, Caroline, dans une robe moulante rouge vif, plutôt inappropriée pour un spectacle d'école, mais néanmoins superbe, se frayait un chemin entre les rangs serrés de parents. Ceux-ci s'écartaient pour la laisser passer.

— Ouf, enfin un visage connu ! Tous ces gens ont l'air de vrais sauvages !

Izzy grimaça et essaya d'afficher une expression signifiant « Elle plaisante ».

— Chut, lui fit Izzy. Mais qu'est-ce que tu fais là ?

— Oh, eh bien, si ce salaud met sa menace à exécution, je vais devoir envoyer Hermia dans ce trou à rats, où elle se fera voler sa montre et ses chaussures avant même d'avoir passé le détecteur de métaux à l'entrée.

— Caroline, tu pourrais parler moins fort ?

— En fait, j'espérais me faire exclure des lieux, expliqua-t-elle d'un air rebelle. Comme ça, ce salaud sera obligé de laisser les enfants à l'école privée, comme toute personne saine d'esprit. Je ne comprends pas comment il peut être si méchant.

— Je pense que ce collège est plutôt bon. Il est multiculturel, avec des méthodes modernes…

— Je ne veux pas de méthodes modernes. Je veux que les élèves se fassent taper sur les doigts trois fois par jour et qu'ils courent en sous-vêtements dans le froid. Il faut donner du caractère aux enfants, c'est ce dont ce pays a besoin.

— Mais est-ce que cette éducation n'est pas une fabrique à salauds comme ton ex ? rétorqua Izzy (le vin chaud devait être plus fort que ce qu'elle pensait).

— Euh, c'est vrai. Il m'a entubée avant que je ne puisse le faire. Si je n'avais pas été la victime, j'aurais été plutôt impressionnée.

Un homme âgé à l'apparence démodée monta sur l'estrade et saisit un micro, provoquant un effet Larsen.

— Pouvez-vous gagner votre siège, s'il vous plaît ? invita-t-il l'assistance, d'un ton qui laissait penser qu'il s'attendait à répéter cette phrase plusieurs fois avant d'être entendu.

L'unique projecteur se refléta sur son crâne chauve lorsqu'il se pencha pour consulter ses notes.

— Oh là là, fit Caroline. Est-ce qu'il y a une buvette au moins ?

— Je crois qu'il nous demande de nous asseoir.

— J'imagine très bien le genre de fille que tu étais à l'école.

— Oui, moi aussi, dit Izzy, en remontant doucement l'allée centrale et en passant son vin chaud à Caroline.

Cette dernière le goûta puis grimaça. Les gens avaient commencé à prendre place et Izzy n'apercevait aucun siège de libre. Tous les regards étaient braqués sur Caroline dans sa robe moulante. Izzy bouillonnait intérieurement. Elles finirent par arriver au premier rang.

— Oh, flûte, s'exclama bruyamment Caroline. À vrai dire, je pense que j'en ai assez vu.

Elle fixa ostensiblement l'enseignant sur scène.

— Je vais te massacrer, la menaça Izzy.

— Quoi ? On paie pour cette école, alors on a le droit de savoir ce qu'elle vaut.

— En réalité, c'est une école publique, donc tout le monde la finance. Elle peut faire ce qui lui plaît.

Caroline bougonna de nouveau.

— Ha ha, comme si Richard payait des impôts ! Bon, s'il parle de « Noël laïc », je m'en vais.

— Je ne crois pas que ça existe.

— Comme Kwanzaa ?

— Non, Kwanzaa existe vraiment, il me semble.

— Bienvenue, mesdames et messieurs, à la fête de fin d'année du collège de Carnforth Road. Joyeux Noël, Hanouka, Kwanzaa, ou ce que vous voulez !

Caroline lança un regard acerbe à Izzy, qui lui répondit par une grimace.

— Cette année, avec l'aide de notre merveilleuse enseignante de théâtre, Mlle Fleur, nous avons organisé un spectacle différent des années précédentes… *Le Conte du spationaute* !

Il y eut un tonnerre d'applaudissements enthousiastes, puis quelques notes jouées au synthétiseur résonnèrent vivement dans les enceintes. Le rideau se leva pour révéler une scène parfaitement noire et parfaitement vide, à l'exception d'une torche suspendue en l'air.

— Attends, dit Izzy. Est-ce que c'est la chanson *Walking on the Moon* ? (Elle regarda Caroline.) Oui, c'est ça. Tu as gagné. Tirons-nous d'ici.

— Mais j'adore cette chanson ! s'exclama Caroline, qui parut soudain fascinée.

*

Certes, il y avait eu les niaiseries inévitables : quelques sermons laborieux mais sincères d'un extraterrestre découvrant le terrible destin qui avait été réservé à la Terre ; une longue scène de danse d'ours blancs qui se voulait très émouvante, mais qui en réalité avait provoqué l'hilarité incontrôlable d'une grande partie du public ; des jeunes filles déguisées en pingouins sexy, ce qui était supposé être drôle mais fut en vérité source d'un profond malaise, les pères dans l'assistance faisant semblant de ne pas s'interroger sur l'âge des adolescentes ; un intermède musical très mauvais (la proximité du tubiste n'arrangea rien). Malgré tout, dans l'ensemble, un réel effort avait été fait, procurant à Izzy un sentiment de fierté et donnant envie à Caroline de tripoter son téléphone.

Arriva finalement le tour de Darny. Il était l'un des plus petits de première année. Il s'avança avec assurance sur la scène. Izzy percevait habituellement Darny comme une présence encombrante dans leur vie, matérialisée par ses énormes baskets puantes et ses pots de gel coiffant bon marché qui jonchaient leur unique salle de bains. Toutefois, à cet instant, il lui parut minuscule, un petit garçon au milieu d'adolescents imposants et de jeunes adultes.

Izzy s'était enfin détendue. Un spectacle avec un message écologique fort dissuaderait certainement Darny de s'écarter du sujet. Elle sortit rapidement son téléphone et prit à la dérobée une photo pour Austin. Ils étaient censés acheter l'album photo officiel, mais elle n'était pas certaine de pouvoir attendre aussi longtemps. De plus, Austin serait fier, malgré ce qu'il pouvait dire, que Darny ait décroché un rôle avec autant de texte.

Darny s'approcha d'un pas assuré du micro. Izzy était nerveuse pour lui. Elle ne supportait pas de s'exprimer en public ; même accueillir les clients dans sa boutique lui coûtait certains jours. Cependant, Darny ne semblait aucunement perturbé. *Vas-y !* l'encouragea-t-elle intérieurement. Un joli petit discours sur la sauvegarde de la planète pour les générations à venir, puis elles seraient tirées d'affaire et pourraient prendre un autre verre de ce mauvais vin chaud. Peut-être même que Caroline l'emmènerait boire un bon verre quelque part.

Darny souleva la feuille de son discours lorsqu'il parvint au niveau du pupitre.

— Écrit sur du papier recyclé, déclara-t-il d'un ton malicieux, s'attirant le rire approbateur du public. (Il marqua une pause, avant de se lancer.) J'ai écrit un tas de conneries dans ce texte – ce qui a beaucoup plu à ma prof d'ailleurs, donc merci, mademoiselle Hamm. Ça parle de la protection de la forêt vierge et de la biodiversité pour les générations futures…

Izzy se redressa brusquement sur sa chaise.

— Eh bien, vous savez que c'est des conneries, et moi aussi. Tous les Chinois veulent un réfrigérateur, tous les Indiens veulent la climatisation, et refuser ces produits à des gens qui travaillent dans des conditions que nous n'imaginons même pas est franchement ridicule. Pourquoi, dans ce cas, perdons-nous notre temps à trier ces foutues bouteilles de lait et ces sachets de thé ? Le tri sélectif n'aura pas le moindre impact sur la vie des ours blancs, vous le savez pertinemment. J'imagine que c'est simplement pour combler les heures et pour faire plaisir au gouvernement que nous parlons de ces sujets, mais nous sommes tous conscients que c'est des conneries.

Izzy laissa échapper un grommellement et colla son menton contre sa poitrine.

— Donc au lieu de perdre notre temps à recycler des bouteilles d'eau – ce qui n'est qu'une vaste plaisanterie de toute façon : s'ils prenaient vraiment les choses au sérieux, on ne vendrait même pas de l'eau en bouteille parce que c'est crétin –, autant…

Les grandes idées de Darny et sa solution à tous les problèmes du monde furent soudainement interrompues en pleine apothéose par un Larsen déchirant et par Mlle Hamm qui se jeta sur scène et retira le micro des mains de son élève. À son regard, on devinait qu'elle regrettait au plus profond d'elle-même l'interdiction des châtiments corporels à l'école.

— Darnell Tyler, descends immédiatement de cette scène !!!

Elle se tourna vers l'assistance. Darny était encore sur l'estrade, arborant un air totalement insoumis.

— Mesdames et messieurs, je dois m'excuser pour cette prise d'initiative fanfaronne de l'un de nos plus jeunes élèves… Est-ce que le tuteur de Darnell Tyler est parmi nous ce soir ?

Avec le recul, Austin n'aurait pas pu choisir meilleur moment pour répondre à la photo d'Izzy par cette proposition : « Ça te dit de quitter le pays ? »

*

— Oh là là, c'était horrible, se lamenta Izzy le lendemain. Horrible, horrible, horrible. Quelle honte !

— Je ne vois pas pourquoi, soutint Caroline.

Elles étaient au *Cupcake Café* et préparaient un café au lait de poule. Izzy s'attendait à ce que ce soit dégoûtant (à cause de l'appellation rebutante sûrement), mais elle avait fini par devenir complètement accro et, ce matin-là, se shootait à cette boisson. La soirée précédente avait été difficile ; ce n'était pas son rôle de réprimander Darny. Elle ne pouvait pas non plus le laisser croire qu'il était le héros de la soirée, comme le pensaient apparemment ses camarades de classe (il était peu probable qu'ils aient écouté son discours, mais ils avaient adoré sa bravoure et l'agitation qu'il avait provoquée).

Cependant, chaque fois qu'Izzy avait évoqué le sujet sur le chemin du retour (elle n'avait pas été aidée par les soupirs de Caroline et ses « Il ne faut pas s'étonner que ce genre de choses arrive dans une école de seconde zone », ce qui, alors qu'elle venait d'assister à une heure de spectacle savamment orchestré, donnait envie à Izzy de la frapper), Darny s'était contenté de hausser les épaules et de dire :

— Laisse-moi m'expliquer.

— Ce n'est pas la question, lui répondait Izzy.

— Ce n'est pas un argument, tu sais que j'ai raison, que tout est cyclique.

Izzy tenta d'ignorer le point de vue nihiliste de Caroline, mais elle fut surprise que Pearl soutienne Darny.

— Je ne prends pas sa défense, se justifia patiemment Pearl. Je dis seulement que c'était courageux de sa part.

Izzy la réprouva d'un claquement de langue.

— Ne dis pas de sottises. Ma mère essayait toujours de me faire faire ce genre de choses. Parler du mouvement antinucléaire, refuser de porter une jupe, et j'en passe. Elle voulait que je sois une sorte de porte-parole à l'école.

— Alors, qu'y a-t-il de mal à ce que Darny le fasse ?

— Mais je ne l'ai jamais fait ! Cela met tout le monde dans l'embarras pour rien !

Pearl et Caroline échangèrent un sourire curieux.

— Et vous, vous étiez comment à l'école ? leur demanda Izzy, piquée au vif.

— J'étais dans une très bonne école et je l'adorais, répondit Caroline, d'un ton neutre. Je me suis fait des amis pour la vie. J'ai adoré la pension aussi.

Cette fois-ci, ce furent Izzy et Pearl qui échangèrent un regard.

— Qu'est-ce que ça t'a appris, Caroline ?

Elle énuméra en comptant sur ses doigts :

— Manger un mouchoir en papier quand tu meurs de faim. Faire mine de commander des frites dans un restaurant, puis changer d'avis au dernier moment. Ne jamais dire à une fille qu'on aime son petit ami, sinon elle vous traite de salope devant toute la classe. Endurer de longues et intenses guerres psychologiques. Et le latin.

— Les plus beaux jours de ta vie ? l'interrogea Izzy.

Caroline frissonna.

— S'il vous plaît. Je vous en supplie, faites que ce ne soit pas vrai.

— Et toi, Pearl ? demanda Izzy d'un ton légèrement moqueur.

— Je ne voyais pas l'intérêt d'aller à l'école. Et ma mère ne m'a jamais forcée à y aller, à vrai dire. J'aimais être au fond de la classe, taquiner les profs, traîner avec mes copines et bien me marrer. On était insouciant. On n'aurait fait qu'une bouchée de vous deux.

Izzy en convint aisément.

— Ton histoire est la plus drôle.

Pearl secoua la tête.

— Je n'en reviens pas d'avoir gâché ce que j'avais, déclara-t-elle, avec une petite pointe d'amertume dans la voix. On m'a offert une éducation correcte et, moi, je mâchais du chewing-gum et fumais dans le bus. J'envie tellement Darny : il désire apprendre, communiquer avec les gens et s'impliquer. Ça ne m'intéressait pas ce genre de choses. Je vais te dire, Izzy, j'espère que Louis sera comme lui.

*

Izzy soupira. Elle ne leur avait encore rien dit pour le travail d'Austin. Elle observa Louis caresser le calendrier de l'Avent.

— J'espère que tu retrouveras ton chocolat un jour, lui murmurait-il.

On n'était pas censé avoir envie d'échanger ses soucis avec ceux d'autrui, mais Izzy aurait volontiers fait une exception pour cette fois-ci.

Chapitre 9

Même si elle avait essayé de prendre les choses à la légère, Izzy avait les larmes aux yeux quand ils étaient rentrés à la maison la veille au soir. Elle savait que c'était ridicule (le coup d'éclat de Darny n'avait rien à voir avec elle, et puis il était complètement impassible), mais le fait qu'il ne se préoccupe même pas qu'elle soit en colère contre lui la blessa. Elle s'était toujours retenue de se mêler de la vie de Darny, de se soucier de lui… mais bon, bien sûr qu'elle se souciait de lui. Aussi était-ce vexant de se rendre compte de cette non-réciprocité. Pourquoi se soucierait-il d'une petite amie de plus de son idiot de grand frère ?

Au fond d'elle, Izzy savait que si elle avait fait un coup pareil, quelle qu'ait été la réaction des bonnes sœurs de *St Clement*, sa mère aurait été ravie. Si fière d'elle. Ce qui était rare. Parfois, Izzy se disait qu'elle devrait réunir Marian et Darny.

— Alors, tu étais sérieuse ? lui avait demandé Austin tout excité quand, épuisée, elle avait décroché le téléphone.

— Hein ? fit-elle d'un ton déprimé.

Elle avait pensé que sa question « Ça te dit de quitter le pays ? » était une plaisanterie et elle lui avait répondu « Oui, avec plaisir ! ».

— Écoute, Darny a fait quelque chose…

— Il a mordu quelqu'un ?

— Non.

— Oh là là…

Austin repensa aux paroles de Mme Baedeker. Elle n'avait pas été sérieuse ? Elle n'exclurait pas Darny ? Non. Austin s'était convaincu qu'elle ne le ferait pas. Darny n'avait frappé personne, ni rien volé. C'était de la liberté d'expression. Il se ferait disputer, et se faire oublier quelques jours serait peut-être une bonne idée. Oui, ça tombait à point nommé. Austin demanderait à Darny de s'excuser et tout irait bien.

— Écoute, j'ai une bonne nouvelle : la banque vous invite quelques jours !

— Comment ça ?

— À venir à New York !

— Pourquoi la banque veut que je vienne à New York ?

— Pour voir si ça te plaît ! Et si ça plaît à Darny.

— Après son coup d'éclat, il y a des chances qu'il se fasse exclure.

— Qu'est-ce qu'il a fait cette fois ?

— Il s'est éloigné du texte de son spectacle. Un peu. Beaucoup.

— Ah oui, fit Austin. Il m'en avait parlé.

— Et tu ne l'en as pas dissuadé ?

— Je pense qu'il a raison.

— Tu crois vraiment que c'est la bonne façon de faire ?

— Je t'imagine très bien en première de la classe, se moqua Austin.

— Tout ça parce que j'étais une petite fille sage !

— Bah, si Darny n'a mordu personne, je suis persuadé qu'il pourra venir. Tu ne trouves pas ça fantastique ? Toi qui rêves de New York depuis toujours !

C'était un coup bas. Naturellement qu'elle en avait envie ! Elle marqua une pause.

— Mais… Est-ce que c'est fait ? Est-ce que tu vas rester là-bas pour toujours ?

— Bien sûr que non ! Je peux repartir dès que j'en ai envie, répondit Austin en éludant la vérité. C'est simplement un essai, soit j'accepte, soit je laisse tomber.

— Ils ne doivent pas avoir particulièrement envie que tu refuses s'ils nous font venir là-bas.

— Tant pis pour eux, alors.

Austin, songea Izzy, n'avait pas ce même désir qu'elle de contenter tout le monde. Elle admirait cette qualité chez lui. Enfin, habituellement…

— Mais tu ne leur devras rien ?

— Non. Je suis très courtisé, ma chérie !

Izzy sourit.

— De toute façon, je ne peux pas. C'est une période surchargée pour nous, c'est de la folie.

— C'est pour cette raison que tu as deux excellentes salariées. Pour te remplacer. Réduis la carte aux gâteaux que Pearl sait faire, ou laisse-leur des préparations toutes prêtes, je ne sais pas… Ce n'est pas plus compliqué que de laisser un chien au chenil, non ? Hé, tu pourrais prendre un pâtissier intérimaire et…

— Un pâtissier intérimaire trois semaines avant Noël ? C'est ça…

Il y eut un silence.

— Je croyais que ça te ferait plaisir, finit par se lamenter Austin. Ce n'est que l'histoire de quelques jours.

— Je sais bien. Mais c'est impossible. Rentre à la maison.

— Je vais rentrer. Bientôt, précisa Austin, abattu. Est-ce que je peux parler à Darny ?

— Est-ce que tu vas le gronder ?

— Euh… Je vais faire de mon mieux.

*

Izzy s'était affalée sur le lit, totalement démoralisée. Pourquoi agissait-elle de la sorte ? Pourquoi mentait-elle ? Bien sûr qu'elle avait envie d'aller à New York. Bien sûr qu'elle avait envie de prendre l'avion, tout quitter, retrouver Austin, sauter sur son lit d'hôtel… Bien sûr qu'elle en avait envie.

Mais Austin n'était pas l'unique objet de son amour, elle devait l'admettre. Elle aimait aussi le *Cupcake Café*. Plus encore même : elle l'avait créé et fait grandir. Il subvenait à ses besoins et à ceux de ses amies. C'était la plus belle chose qu'elle ait accomplie de sa vie. Elle savait qu'Austin faisait comme si c'était sans importance, que ce n'étaient que des vacances, qu'il s'amusait un peu, qu'il était libre de dire non à tout moment, mais Izzy avait une tout autre impression. Il lui semblait que dans un futur proche, Austin lui demanderait de choisir entre les deux amours de sa vie. Et cette pensée lui était insoutenable.

Elle entendit Darny crier dans la pièce voisine. Austin avait sûrement essayé de lui passer un savon.

Izzy ne savait pas quelle serait la décision d'Austin concernant son frère. L'obliger à déménager lui paraissait une très mauvaise idée. Mais elle n'était que la petite amie. Qu'en savait-elle ?

*

— Du coup, tu y vas ? demandèrent Caroline et Pearl à l'unisson après qu'Izzy leur raconta la proposition d'Austin.

— Je ne peux pas. On a tellement de travail, regardez, c'est plein à craquer. J'ai besoin de l'argent qu'on gagne à cette période de l'année.

— Un voyage gratuit à New York, se désola Pearl, en secouant la tête. Un voyage gratuit à New York ! À Noël ! Est-ce que tu imagines le nombre de personnes qui en rêveraient ?

— Oh, quand j'y allais, je partais toujours avec une valise vide, indiqua Caroline.

— Pour quoi faire ? demanda Izzy.

— Pour la remplir, pardi ! On faisait les boutiques tout le week-end, et j'arrachais toutes les étiquettes pour ne pas payer de frais de douane. Une époque formidable !

— Du shopping et de la fraude fiscale ? C'est vrai que ça paraît merveilleux.

— C'est toi qui refuses un voyage gratuit à New York. Je n'ai pas envie de t'écouter.

Mais Caroline fut incapable de tourner très longtemps le dos à Izzy.

— Dans quel hôtel est-il descendu ? Parce que le *72* de la quarante-cinquième rue n'est pas mal maintenant, alors que le *Royale* se dégrade, et vous verriez ce qu'ils ont fait du *Plaza*… Tous ces horribles condominiums !

— C'est quoi un condominium ? l'interrogea Izzy.

Caroline renifla.

— Tu sais bien. Un condo, quoi.

— Non, je ne sais pas. Ça fait partie de ces mots que disent les Américains et que je n'ai jamais compris.

— Ah, dit Caroline, en s'éloignant pour reprendre son rangement, je n'ai pas le temps de t'expliquer maintenant. En fait, pourquoi n'irais-tu pas aux États-Unis pour le découvrir par toi-même ?

La clochette tinta pour annoncer Doti, sans Maya cette fois-ci.

— Où est ta superbe assistante ? lui demanda Pearl, bien trop rapidement, selon Izzy, pour une personne qui était censée s'accorder une seconde chance avec un autre homme et ne pas être intéressée par le facteur.

Doti lui-même parut surpris.

— Oh, elle se débrouille tellement bien que je l'ai laissée faire une partie de la tournée toute seule, dit-il, en déposant une liasse de cartes entourées d'un petit élastique rouge ainsi qu'un gros colis.

— Ah, chouette ! s'exclama Izzy.

Elle avait été très étonnée de recevoir des cartes de vœux au *Cupcake Café* – il ne lui serait jamais venu à l'esprit d'en envoyer à un café. Mais elles en avaient reçu une de Tom et Carly ; de Tobes et Trinida ; des étudiants, Lauren et Joaquim, qui s'étaient pendant des mois lancé des œillades par-dessus leurs cappuccinos les plus petits et les moins chers, avant de prendre enfin leur courage à deux mains pour aller se parler : ils étaient à présent follement amoureux, ce qui était formidable pour eux, mais constituait un petit manque à gagner pour la boutique. Mme Hanowitz, bien qu'elle ne fête pas Noël, avait aussi pensé faire plaisir à Louis avec une carte représentant un ours blanc coiffé d'un chapeau (et elle ne s'était pas trompée). Elles avaient même reçu une carte de Desmond, l'agent immobilier qui leur avait loué le local. Comme Izzy avait exposé les cartes un peu partout dans la boutique (Pearl s'était plainte de la poussière), de plus en plus de gens leur en avaient envoyé. Aussi, Izzy avait-elle réfléchi à la question et décidé de faire imprimer des cartes (pour convaincre Pearl et Austin, elle avait argué que c'était du marketing). Elle avait fait appel à son ami imprimeur Zac et aux talents artistiques de Louis. Et voici que ces cartes arrivaient enfin. Le résultat était ravissant.

Joyeux Noël
de la part de toute l'équipe du Cupcake Café *!*

— Pourquoi est-ce qu'on n'a pas opté pour le minimalisme plutôt ? renifla Caroline.

— Quand on vend des gâteaux surmontés de huit centimètres de crème au beurre et de paillettes, rétorqua Izzy, personne ne risque de nous confondre avec un magasin de meubles scandinave. Tu ne trouves pas le dessin de Louis adorable ?

— Il ne faut pas trop faire l'éloge des enfants, c'est mauvais pour eux et ça les prédestine à l'échec.

— Ça veut dire quoi « *éloze* », Izzy ? demanda Louis, qui avait entendu la conversation.

Jamais Izzy n'eut autant envie de mettre Caroline – ni personne d'ailleurs – à la porte.

— Comme c'est mignon ! s'extasia Doti.

Izzy hocha la tête, puis soupira.

— Ça fait une chose à barrer de ma liste.

— Elle refuse d'aller retrouver son amoureux aux États-Unis, s'exaspéra Pearl, alors qu'on lui offre les billets d'avion. Ouin ouin !

— Pourquoi ? demanda gentiment Doti.

— Parce que j'ai trop de choses à faire et que je n'ai pas envie de laisser le magasin, répondit Izzy, tout en préparant savamment trois chocolats chauds et en surmontant de chantilly un café crème à la noisette qu'elle servit à des touristes.

Pearl déposa sur une assiette quatre cupcakes aux airelles et aux figues décorés de houx, servit deux jus d'orange, essuya le comptoir, encaissa l'addition, rendit la monnaie et réarrangea les gâteaux dans la vitrine.

— Pourquoi tu ne peux pas laisser la boutique ? insista Doti.

— Parce que nous avons trop de travail. C'est une bonne chose, mais du coup, c'est impossible pour moi de partir.

Doti eut l'air confus. Maya ouvrit la porte derrière lui.

— Oh, j'adore cet endroit, s'exclama-t-elle, en se fendant de son très joli sourire.

Pearl lui lança un regard revêche.

— Bonjour, Maya. J'aime bien votre tenue.

La jeune femme considéra son anorak réglementaire, qui semblait deux fois trop grand pour elle.

— Vraiment ? dit-elle, avant d'ajouter anxieusement : Vous plaisantez, hein ?

— Oui, elle plaisante, répondit Doti d'un ton sévère. En vérité, Pearl est très gentille, n'est-ce pas Pearl ?

— Vous voulez un café ?

— J'ai fini ma tournée ! Nous formons une bonne équipe.

— Comment ça, Maya ? fit Doti, en fixant Izzy dans les yeux. Tu as terminé ta journée ? Tu ne trouverais pas cela sympa d'avoir un deuxième travail en cette période de fêtes ?

Maya jeta un coup d'œil à Doti, avant de se tourner vers Izzy.

— Je ne pense pas que vous cherchiez quelqu'un, si ? demanda-t-elle, le regard pétillant.

Izzy lança un regard courroucé à Doti.

— Non, non.

— Ce boulot est assez difficile, ajouta Pearl. Il faut une formation.

— Ah bon ? cria Caroline depuis le sous-sol.

— Je ne comprends pas, protesta doucement Doti. Si Maya pouvait travailler ici quelques jours, tu pourrais aller retrouver ton cher et tendre. Ce n'est pas une bonne idée ?

— Ce n'est pas aussi simple, répliqua Izzy, qui n'avait pas envie d'admettre que ne pas être aux commandes la tracasserait.

— Tu ne peux pas confier la gestion à Pearl ?

— Ben…

— Tu ne m'en crois pas capable ?

— Bien sûr que si. Si, si. Certes, nous pourrions réduire notre carte… Je laisserais mon livre de recettes.

— Je m'en sortirais parfaitement, affirma Pearl. Et quand je ferai la caisse, il n'y aura pas d'erreur.

— Pas la peine d'en remettre une couche ! maugréa Izzy.

— Je… (Le visage de Maya, qui paraissait extrêmement jeune, trahit son enthousiasme, avant de se décomposer légèrement.) Pardon. C'est que… Cela fait six mois que je cherche du travail. Alors, la perspective d'en avoir deux… Ce serait génial.

— Ce ne serait que pour quelques jours, l'avertit Izzy.

— Cela m'aiderait tellement.

— Elle apprend vite, renchérit Doti.

— Izzy, est-ce que tu as cassé le nouveau saladier ? s'époumona Caroline depuis la cuisine.

Le téléphone d'Izzy vibra à la réception d'un message. C'était Austin, il disait laconiquement : « 17 h 35. Heathrow, terminal 5. Youpi !!!!! »

Elle savait bien qu'elle devrait déborder de joie et d'excitation, mais, irrationnellement, elle éprouvait une légère colère. Cela semblait présomptueux et autoritaire, comme si on la forçait à prendre une décision qui ne relevait aucunement de son choix.

Izzy remarqua sur son smartphone (un cadeau d'anniversaire d'Austin – elle oubliait sans cesse comment s'en servir, bien que Darny n'arrête pas de lui montrer) qu'elle avait aussi reçu un e-mail. La plupart de ses e-mails arrivaient directement à l'adresse cafe@thecupcakecafe.com, celui-ci était donc inhabituel. Izzy s'efforça de garder son calme pendant que Pearl se mit à bombarder Maya de questions : savait-elle se servir d'une caisse ? Faire plusieurs choses à la fois ? Maya lui apprit que, dans sa jeunesse, elle travaillait les week-ends dans le restaurant chinois de son quartier. De ce fait, étant donné le rythme effréné de la plupart de ces établissements, elle était sûrement tout à fait qualifiée, se dit Izzy.

Elle ouvrit le message. Celui-ci commençait par « Ma chère Isabel ».

Seules deux personnes l'appelaient Isabel : son grand-père adoré et…

> Coucou, me voilà ! Un petit mot pour te dire que je ne fêterai pas Noël cette année, car j'ai rencontré mon âme sœur. Je vis maintenant avec un groupe de juifs orthodoxes ; Noël sera un jour comme un autre pour nous. Cependant, Hanoukka approche, comme tu le sais sûrement…

Izzy leva intérieurement les yeux au ciel. Elle savait bien quand était Hanoukka : Louis lui avait montré la hanoukkia qu'il avait fabriquée à l'école. Tout le monde avait fini par comprendre au bout d'une semaine ce qu'il voulait dire par « *à nougat* ». Caroline n'avait pas arrêté de dire à Pearl que des séances d'orthophonie étaient nécessaires, et Izzy avait sans arrêt dû s'interposer entre elles.

… donc j'allumerai une bougie pour toi à la fenêtre, ici dans le Queens…

— Caroline ? l'appela Izzy d'une voix étranglée. C'est où le Queens ?

— Oh, personne ne va jamais dans le Queens, ma chérie, lui répondit-elle d'en bas. Est-ce que la nouvelle sait faire un glaçage royal ?

— Oui, répondit Maya. J'apprends vite, s'empressa-t-elle de nuancer après que Pearl la fusilla du regard.

Izzy leva la main pour faire taire tout le monde.

— Caroline, dit-elle plus lentement. Le Queens, c'est près de New York ?

Caroline monta les marches étroites en prenant un air hautain. Elle adorait être la seule à savoir.

— En réalité, cela fait partie de New York. Il y a quatre arrondissements : Manhattan, Brooklyn…

— OK, très bien. Donc c'est à côté ?

— C'est dans New York. Le Queens est sur la route de l'aéroport.

Tout le monde cessa son occupation pour regarder Izzy, qui leva les bras en l'air.

— D'accord ! Très bien, je me résigne. L'univers se ligue contre moi. Maya, descends et apprends à faire un glaçage royal. Je… J'imagine que je vais à New York !

— Super ! s'exclama l'un des clients.

— Tout va très bien se passer, la rassura Doti en souriant.

— Merci ! Merci ! se réjouit Maya.

Pearl ne dit rien. Elle tendit à de jeunes femmes coiffées de bois de renne qui gloussaient une boîte d'une douzaine de gâteaux rouges avec un glaçage à la menthe, destinés à leur fête de bureau.

— Ne les écrasez pas dans la photocopieuse quand vous prendrez vos fesses en photo, les mit en garde Pearl.

— Aucun risque, répondit l'une d'elles. Nous allons donner la becquée aux plus beaux garçons de la boîte !

— C'est vrai que ce genre de choses ne risque pas de déraper…, commenta Pearl lorsque les clientes partirent dans un éclat de rire.

Izzy avait le tournis : entre excitation et panique, elle tentait de réfléchir aux détails pratiques. Faire sa valise… Prévenir les professeurs de Darny… S'organiser…

— Je récupérerai Darny sur le chemin, il est chez son copain, dit-elle pensivement. Il va être ravi… Non, se corrigea-t-elle. Sa réaction va être tout le contraire de ce à quoi je m'attends. Pearl, tu seras la responsable en mon absence.

— C'est un miracle de Noël ! s'écria Caroline. C'est merveilleux.

— Hmm, fit Izzy, à la fois nerveuse et euphorique.

— Attends ! la somma Caroline, avant de disparaître au sous-sol. J'ai quelque chose pour toi.

Pearl détourna les yeux de la tâche qui l'occupait. On ne pouvait pas dire que les gestes spontanés de générosité caractérisaient Caroline. Celle-ci réapparut deux secondes plus tard.

— Il va faire très froid à New York. Un vrai froid américain, pas un truc un peu venteux et humide comme ici.

Elle tendit à bout de bras son manteau en fourrure de renard blanc. Il était taillé très court, à la manière d'une veste de motard, avec de longs poils sur le devant, des clous sur les épaules et du cuir pour le col et les manchettes. C'était, sans l'ombre d'un doute, le manteau le plus hideux qu'Izzy ait jamais vu de toute sa vie.

— C'est trèèèès gentil de ta part, la remercia Izzy au supplice. Mais je ne peux vraiment pas accepter. Comment tu vas rentrer chez toi ?

Caroline haussa les épaules.

— Je ne peux pas faire quelque chose de gentil ?

— Si, mais, tu sais, je ne suis pas une adepte de la fourrure…

— C'est de la fausse. Je sais, ça n'en a pas l'air, on dirait de la vraie. Et elle m'a coûté presque aussi cher que de la vraie. Mais comme je l'ai dit à mon salaud de mari, ne peut-on pas partager un peu de douceur avec le monde ? Enfin, lui ne peut pas, de toute évidence, c'est un vrai connard. Donc, j'équilibre nos chakras pour nous deux. D'après mon psy, c'est bon pour le karma.

— Ton psy croit au karma ? s'étonna Pearl, tandis qu'Izzy resta figée, sidérée par cet acte de générosité.

— Envoie-moi plein de photos de toi avec le manteau, lui demanda Caroline. J'adore tellement New York et je n'aurai plus l'occasion d'y aller. Alors emporte le manteau à la place. Ce sera presque aussi bien que si j'y allais moi-même.

Les yeux de Caroline s'humidifièrent.

— Mmm… Merci, dit Izzy. Merci. C'est très gentil.

— Essaie-le !

— Oui ! renchérit Pearl. Essaie-le !

Au moins, avec les épaules étroites et la silhouette fine de Caroline, cette coupe ridicule donnait l'impression d'être voulue. Avec les épaules plus larges d'Izzy et sa poitrine généreuse, aucune chance que ce manteau soit seyant. Ses bras sortaient sur les côtés à la manière des ailes de Buzz l'Éclair.

— Je ne crois pas qu'il m'aille.

— N'importe quoi, rétorqua Caroline, qui tira sur le cuir pour qu'il arrive à peu près au niveau du ventre d'Izzy. C'est parfait !

La fourrure chatouilla le nez d'Izzy, qui sentit les clous à travers le tissu. Elle se risqua à regarder Pearl. Son visage était totalement inexpressif, mais elle ne put soutenir le regard de sa patronne, ce qui ne laissa aucun doute à Izzy. Et, si besoin était, elle en eut la confirmation deux secondes plus tard quand elle voulut saluer Louis qui rentrait plus tôt de l'école.

— Izzy ! dit-il d'un air inquiet. Est-ce que ton manteau a mal, Izzy ?

— Merci, Louis. (Elle jeta un coup d'œil à sa montre.) Oh là là, il faut que je file.

Elle chercha une excuse pour pouvoir enlever le manteau sans offenser personne. En vain. Pearl, toujours complètement impassible, enfila le sac à main d'Izzy sur son bras tendu. Doti et Maya applaudirent et lui firent un signe d'au revoir. Izzy peina à se diriger vers la porte, le cœur battant, les bras grands ouverts.

*

Une fois dehors, Izzy se retourna. À l'exception de Caroline, tout le monde était, comme elle le redoutait, hilare à cause de sa tenue. Mais ce n'était pas ce qu'elle regardait.

Le petit café était plein à craquer de gens heureux et joyeux, qui se retrouvaient autour d'un café et d'un cupcake, qui se montraient leurs achats de Noël, avec des rouleaux de papier cadeau rouge et vert dépassant des sacs. Les enfants couraient en montrant du doigt le calendrier de l'Avent, que Louis défendait fièrement, distribuant une case par jour sans favoritisme aucun. La file de clients s'étirait quasiment jusqu'à la porte et de la vapeur s'échappait du percolateur. Izzy ressentit, déjà, à quelques mètres seulement, une nostalgie profonde et irréductible pour cet endroit. Elle partait en voyage, pour un pays lointain, et elle ne savait pas si tout serait identique à son retour.

Chapitre 10

Cookies d'altitude Express Airlines

Si vous vivez en altitude (ou prenez l'avion), vous devez cuisiner différemment, car les gâteaux ne lèvent pas de la même façon, ni n'ont le même goût. En réalité, presque rien n'a de saveur dans les airs ; c'est pourquoi vous aimez boire du jus de tomate alors qu'au sol cette boisson vous déplaît. Voici quelques cookies que vous pouvez préparer pour votre vol en avion. Cette recette permet d'en faire une grande quantité, vous pourrez donc en offrir aux autres passagers et vous faire plein de nouveaux amis !

- 125 g de beurre salé, à température ambiante
- 125 g de sucre blanc
- 125 g de cassonade
- 1 gros œuf
- 1 c. à c. d'essence de vanille
- 350 g de farine tamisée
- 75 g de cacao en poudre
- 1 c. à c. de sel
- 1 c. à c. de levure chimique

- 1 pincée de cannelle
- 350 g de pépites de chocolat (blanc, noir ou au lait)

Travaillez le beurre, le sucre et la cassonade, avant d'ajouter l'œuf et l'essence de vanille.
Dans un autre saladier, mélangez la farine, le cacao, le sel, la levure et la cannelle. Incorporez ce mélange à la première préparation, puis ajoutez les pépites de chocolat (oui, vous pouvez en manger quelques-unes ; pas la peine de prétendre qu'elles sont tombées à côté du saladier ou de trouver une autre excuse !). Mettez la pâte au frais au moins une heure, puis préchauffez le four à 180 °C.
Découpez avec un verre des disques d'une épaisseur d'environ 0,5 mm, et déposez-les sur une plaque recouverte de papier cuisson. Faites cuire les biscuits environ 10 minutes, ou jusqu'à ce qu'ils soient dorés (9 minutes si vous les préférez plus moelleux).
Évitez de les manger avant de prendre l'avion – attention, ils sont forts en goût sur la terre ferme !

*

Paniquée, Izzy courait dans tous les sens dans la maison. Helena avait accepté avec un empressement sincèrement surprenant de les conduire à l'aéroport ; elle avait marmonné quelque chose sur le fait de sortir de chez elle, mais le temps manquait. Izzy n'avait aucune idée de ce qu'elle devait prendre : une robe de soirée ? Une robe de bal ? Cinq bonnets ? Darny, pour sa part, refusait catégoriquement de prendre autre chose que son sweat à capuche habituel et quinze jeux de DS. Il se moquait de chaque bonnet qu'Izzy lui montrait comme s'ils étaient pour un enfant de cinq ans. Il ne semblait pas comprendre que le climat serait différent, ce qui était peu étonnant puisqu'il n'avait fait qu'un seul voyage de sa vie – en Espagne et il avait plu tous les jours. L'attitude de Darny exaspérait Izzy.

— Et puis, pourquoi on y va ? avait-il maugréé. Austin ne veut pas revenir ici ? Pourquoi est-ce qu'il ne peut pas venir nous voir ?

Izzy avait essayé de trouver une bonne explication. Mais elle ne s'en était pas très bien sortie.

*

— Bonjour !

Kelly-Lee était ravie de revoir l'Anglais aux cheveux en pétard. Comme cette fois-ci il n'était pas à moitié assoupi, elle remarqua sa beauté, et son côté tête en l'air qui suggérait un esprit accaparé par de grandes idées. En réalité, Austin se demandait comment il se justifierait auprès de Merv si Izzy et Darny ne le rejoignaient pas à New York. D'un côté, il savait que c'était de sa faute si les choses devenaient très compliquées ; de l'autre, une partie de lui, plus enfantine, lui disait que c'était injuste que personne de son entourage – pas une seule personne – ne s'extasie : « Ouah, Austin, c'est vraiment génial ! » Même sa secrétaire, Janet, qui était habituellement sa plus fervente supportrice, s'était montrée très méprisante et avait émis des remarques acerbes : certes, c'était une occasion merveilleuse d'aller travailler aux États-Unis, mais il y avait peu de demandes ces temps-ci pour de vieilles secrétaires finies qui se retrouvaient au chômage. Austin avait tenté de dédramatiser en plaisantant et d'expliquer à Janet qu'il ne partait pas, ce à quoi elle avait répondu par un reniflement. Elle semblait toujours en savoir bien plus que lui, songea Austin avec un sentiment de culpabilité.

Ainsi, personne n'était content pour lui, pas vraiment. Il aimait penser que sa mère aurait été ravie. Mais le serait-elle ? Elle détestait les banquiers ; ses deux parents étaient des socialistes convaincus. Sa mère avait été enchantée qu'il étudie la biologie marine et avait adoré l'idée qu'il parcoure le monde pour faire de la plongée. Si elle n'était pas morte par la faute d'un chauffard de dix-neuf ans, peut-être serait-ce son métier aujourd'hui. Du moins, l'aspect « voyage » était là.

Austin ne possédait que peu de photographies de ses parents ; faire développer des photos coûtait cher, et il s'agissait principalement de clichés de Darny et lui, ce qui n'avait aucun intérêt aux yeux d'Austin. Parfois, ils étaient avec leur père – un homme grand, avec la même touffe de cheveux roux indisciplinés qu'Austin. Les photographies de leur mère étaient rares. Elle devait toujours être derrière l'appareil, supposait-il. Il essayait de la visualiser, or se rendre compte de sa jeunesse lui était toujours douloureux. Cette sensation empirait à mesure qu'il prenait de l'âge. Quelquefois, il l'imaginait dans la cuisine en train de mitonner un bon petit plat, mais c'était une illusion totale ; sa mère détestait cuisiner et leur servait par devoir des ragoûts de légumes ou des potées de lentilles peu appétissants. Austin n'avait jamais bien compris le plaisir d'Izzy à cuisiner ; sa mère grommelait très souvent à propos du féminisme et de l'esclavage. Darny lui ressemblait beaucoup. Elle manquait cruellement à Austin.

— Vous en faites une tête ! lui dit Kelly-Lee.

Austin lui sourit timidement.

— Bonjour. Pardon, j'étais dans mes pensées.

— Oh, un intellectuel !

— Euh, ça, je ne sais pas.

Kelly-Lee lui prépara une tasse d'un café au goût brûlé assez grande pour y faire naviguer le *Queen Elizabeth 2*.

— Alors, commença-t-elle d'un ton conspirateur. Est-ce que votre petite amie a aimé les cupcakes ?

Austin fronça les sourcils.

— Hmm… Pas vraiment.

De mieux en mieux, pensa Kelly-Lee.

— Oh non ! Quel dommage. Elle fait un régime ?

— Izzy ? Un régime ? (Cette pensée fit grandement sourire Austin.) Euh, non.

Kelly-Lee était au régime depuis ses treize ans, même si elle prétendait toujours le contraire et affirmait avoir la chance de pouvoir manger tout ce qu'elle voulait.

— Quel était le souci dans ce cas ?

— Eh bien, elle est pâtissière, donc…

— Nos produits sont de très grande qualité, s'insurgea Kelly-Lee qui attrapa un biscuit à la noix de coco enveloppé de cellophane. Tenez, goûtez ça.

— En réalité, s'excusa Austin, je ne raffole pas du sucré.

C'était parfait, se dit Kelly-Lee. *Ils avaient peut-être déjà rompu. Il était sur le point de s'installer ici, elle n'était pas là, elle n'avait pas aimé son cadeau, il n'aimait pas ses gâteaux... Aucun tribunal ne la jugerait coupable.*

Kelly-Lee jeta un coup d'œil rapide à son reflet dans la vitrine de gâteaux. Elle était plutôt jolie, avec sa large bouche peinte d'un rose délicat et ses dents d'un blanc étincelant, parfaitement alignées. Elle cligna des yeux tout en fixant le sol – une vieille astuce, mais efficace, comme elle en avait fait l'expérience –, avant de regarder Austin à travers ses cils.

— Bon, si le sucré ne vous tente pas..., dit-elle d'un ton hésitant, pour feindre une certaine nervosité, que pensez-vous de prendre un verre un peu plus tard ?

— Euh... (Austin fronça les sourcils, confus.) Je ne...

— Je pensais simplement à un verre entre amis quand j'aurais terminé ma journée... Rien de plus. Excusez-moi. C'est que je... Moi aussi, je suis nouvelle en ville. Je suis désolée, je... Enfin, je me sens seule parfois.

— Vous ? s'étonna franchement Austin. Mais vous êtes si jolie ! Comment pouvez-vous être seule ?

— Vous êtes sincère ?

Austin eut la sensation que cette conversation commençait à lui échapper.

— Enfin, je dois aller à l'aéroport ce soir. Ma copine va... Enfin, du moins je crois que ma copine va venir.

— Oh, génial. Vous devriez l'amener ici, pour lui montrer les lieux !

— Je n'y manquerai pas, lui répondit Austin, soulagé.

— Mais vous n'êtes pas certain de sa venue ?

Austin grimaça légèrement.

— C'est difficile pour elle de partir, vous savez ; elle a une entreprise, tout ça…

Instinctivement, il consulta son téléphone, puis le rangea après avoir constaté qu'il n'avait reçu aucun message.

Trop occupée pour se soucier de son homme, pensa Kelly-Lee sans le moindre scrupule.

— Eh bien, si elle décide de ne pas venir, venez me chercher ici. Je vous emmènerai dans ce petit troquet de Manhattan où ils servent du Jack Daniel's et jouent du jazz. Ça vous plaira.

— J'en suis certain, confirma Austin, en avalant autant de café qu'il le put, c'est-à-dire un huitième de la gigantesque tasse, avant de se diriger vers la sortie.

— Attendez, l'interpella Kelly-Lee, qui attrapa un carnet et un crayon pour y noter son numéro. Au cas où, lui dit-elle en fourrant le papier dans la poche de chemise d'Austin.

*

Même si Helena klaxonnait furieusement dans la rue et qu'une paire de collants semblait chercher à s'échapper de l'énorme sac d'Izzy, celle-ci s'arrêta pour prendre la lettre posée sur la console d'entrée qui avait tout l'air d'un courrier officiel. Darny portait un short, des chaussettes dépareillées, un sweat à capuche – et c'était tout. Izzy attrapa l'un des manteaux d'Austin pour le lui jeter – très fugacement, elle sentit son odeur réconfortante, un mélange de parfum et d'encre d'imprimante –, puis elle ouvrit brusquement la porte. Helena gesticulait dans tous les sens, tandis que Chadani Imelda hurlait à l'arrière de la voiture. Elles se faisaient klaxonner par une grosse camionnette blanche, qui désirait passer dans cette rue étroite, bordée de chaque côté par des voitures en stationnement.

— Darny ! cria Izzy, énervée.

L'adolescent avança aussi lentement qu'il le put, en faisant semblant de lire le livre qu'il tenait dans les mains : *Pour en finir avec Dieu*.

Helena cessa de klaxonner dès qu'elle aperçut la tenue d'Izzy. Elle en était bouche bée.

— Mais qu'est-ce que…

— La ferme. Je rends service à une amie. Enfin, une connaissance. Quelqu'un que je n'aime pas. Peu importe.

Izzy essaya de mettre son sac dans le coffre de la voiture, mais la poussette gigantesquement XXL de Chadani occupait déjà tout l'espace. De plus en plus agacée, elle finit par le poser sur la banquette arrière et fit asseoir Darny dessus.

— Nous allons rater l'avion, grommela Izzy.

— Mais non, la rassura Helena, en adressant vivement un geste grossier à la camionnette furieuse coincée derrière elle. Et si vous le loupez, vous pourrez prendre le suivant et, si vous ne voulez pas, vous pourrez venir à la maison boire un verre et je vous montrerai toutes les nouvelles photos et les derniers dessins de Chadani.

Izzy soupira.

— Bonjour Chadani, dit-elle en se retournant.

Elle fut horrifiée par le manteau blanc en fausse fourrure de la fillette, qui n'était pas sans rappeler le sien, sauf que celui-ci était énorme et pourvu de gros boutons en pompon. Écarlate, Chadani paraissait avoir chaud et être en colère.

— Ouin ! geignit-elle, avant d'ouvrir la bouche et de se remettre à brailler.

Payer les yeux de la tête pour la navette de Heathrow n'aurait peut-être pas été si mal en fin de compte, pensa Izzy.

— Bonjour, petit bébé, la salua Darny sur le ton de la conversation.

Immédiatement, Chadani cessa ses hurlements et fixa Darny avec ses énormes yeux marron.

— Arrête de pleurer, lui suggéra-t-il, en bouclant sa ceinture. C'est agaçant et je dois m'asseoir à côté de toi.

Chadani tendit son petit doigt. Darny le prit, puis elle enroula fermement sa main autour de ses doigts. Helena et Izzy échangèrent un regard étonné.

— Comment tu fais ça ? lui demanda Izzy.

Le garçon haussa les épaules.

— C'est parce que je ne juge pas les gens au premier coup d'œil, comme toi.

— Euh, *primo*, je ne fais pas ça. Et *deuzio*, Chadani est un bébé.

— C'est une personne, rétorqua Darny.

Helena démarra.

— Je n'en reviens pas, murmura Izzy à Helena une fois que Darny avait enfilé ses écouteurs, de me coltiner tous les inconvénients d'un enfant, sans jamais avoir droit aux côtés mignons et câlins.

— Oh, t'inquiète pour les côtés mignons et câlins. Chadani Imelda a fait caca sur sa tête ce matin.

— Tu pourrais peut-être l'inscrire à *Incroyable Talent*, plaisanta Izzy.

Helena grommela.

— Elle a beaucoup, beaucoup de talents, affirma-t-elle d'une voix plus douce. Mais un caca délicat et féminin n'en fait assurément pas partie. Même si l'autre jour…

— Stop ! l'interrompit Izzy.

La capacité d'Helena à parler librement et avec enthousiasme de caca était peut-être bien vue et perçue comme normale par son groupe de mamans, mais Izzy jugeait cela pour sa part un peu inquiétant.

Helena prit un virage large et secoua la tête.

— Je ne comprends pas pourquoi tu n'es pas tout excitée. Imagine, tu te réveilles un matin normalement et, tout à coup, on t'offre un voyage à New York. Moi, je dois m'occuper de Chadani tous les jours… Et ce jusqu'à ma mort !

— Mais tu adores ça.

— Tu as beau adorer les cupcakes, tu n'en manges pas tous les jours… Hmm, mauvais exemple.

Izzy soupira.

— À vrai dire, j'aurais espéré que tu me comprennes. Tous les autres pensent que je devrais être folle de joie de partir ; du coup, j'ai l'impression d'être la personne la plus ingrate et égoïste sur Terre.

Helena afficha un grand sourire, avant d'insulter un routier. Il n'avait rien fait de mal ; c'était simplement un réflexe chez Helena.

— Quel est le souci ? L'hôtel n'est pas assez chic ?

Izzy lui fit un grand sourire en retour.

— Non, ce n'est pas ça. C'est que… Tu sais, le *Cupcake Café* est comme mon bébé.

— Il sent meilleur que le mien !

Izzy jeta un regard curieux à son amie. Évoquer la maternité en des termes non élogieux ne ressemblait pas du tout à Helena.

— Qu'est-ce qui se passe ? s'inquiéta-t-elle.

Helena poussa un grand soupir.

— Est-ce que tu sais combien d'heures fait un interne ?

— Beaucoup ?

— Il travaille non-stop ! Alors, toute la journée, je suis coincée avec Chadani, dans ce petit appart merdique…

Izzy se mordit la lèvre.

— Et quand Ashok rentre à la maison, il est crevé et il doit étudier, alors on ne doit pas faire de bruit. Tout ce qu'il veut, c'est dormir. Et, d'après lui, ma vie est très simple, mais tout ce que je fais, c'est changer le bébé et la promener, ce qui est terriblement mortel : j'ai juste à pousser un landau ! Et personne ne m'adresse la parole, parce qu'apparemment un landau rend invisible. Et toutes les autres mères passent leur temps à parler de leurs gosses, c'est ennuyeux à mourir ! Ma vie me manque. (Helena se tut soudain et prit une profonde inspiration, comme si elle était elle-même surprise par ses propos.) J'aime Ashok, et j'aime Chadani Imelda, reprit-elle fermement. Ne me comprends pas de travers. Je les aime plus que tout.

Izzy se sentit affreusement coupable. Elle aurait dû être davantage à l'écoute d'Helena, être plus présente pour elle. Elle n'avait pas pensé que la maternité provoquait la solitude (comment était-ce possible quand un nouvel être arrivait dans votre vie ?), mais peut-être était-ce vrai.

— Pourquoi est-ce que tu ne m'as rien dit ? Tu semblais toujours si heureuse.

— Mais je suis heureuse ! protesta Helena avec angoisse. J'ai tout ce que j'ai toujours voulu. Sauf que mon stupide cerveau a besoin d'un peu de temps pour s'en rendre compte. Et dès que j'essaie de te voir, tu es tellement occupée, une vraie femme d'affaires à la tête d'un commerce florissant, à faire dix mille choses à la fois, alors que, de mon côté, il m'a fallu trois heures pour partir de la maison et nettoyer les projections de banane sur les murs. Alors, je me demande de quoi je vais bien pouvoir te parler quand tu es sur le point de t'envoler sur un coup de tête pour New York, comme un mannequin ou une star.

— Tu peux me parler de n'importe quoi ! Sauf du caca de Chadani, je n'aime pas ça.

Il y eut un silence, puis Helena éclata de rire.

— Tu m'as manqué. Vraiment. Je ne savais tout simplement pas comment te parler.

— Toi aussi, tu m'as manqué, énormément, se désola Izzy. Je vois plein de gens par mon travail, et j'ai Austin – quand il n'est pas à l'autre bout du monde –, mais j'ai terriblement besoin de ma copine.

— Moi aussi.

— Tu ne veux pas reprendre le travail ? risqua Izzy. Tu aimes tant ton boulot.

Helena soupira.

— Euh, Ashok et moi pensons que c'est très important que pour les premières années de Chadani Imelda…

Izzy lui lança un regard éloquent.

— Je suis repartie sur « ce qu'il y a de mieux pour le bébé » ? demanda Helena.

Izzy acquiesça d'un vigoureux hochement de tête.

— Pardon. C'est l'habitude de mon groupe de mamans. Tant pis pour la solidarité féminine. On se croirait dans *Top Chef* là-bas, mais avec des tire-laits. (Helena réfléchit.) Enfin, de toute évidence c'est moi la gagnante, mais ça me demande beaucoup d'efforts. Il y a des tas de compotes à préparer et des trucs de ce genre.

— Et alors ?

— Oh, et puis zut, oui, je retravaillerai dès que je pourrai. J'en ai sérieusement marre de mes nichons. J'ai besoin de gin, tiens aussi.

Izzy opina du chef.

— On en a besoin toutes les deux. Il faut qu'on sorte pour aller boire du gin.

— Carrément ! Mais tu es sur le point de quitter le pays.

— C'est vrai. Je vais revenir avec du gin du *duty free*.

— Ce que je t'envie, Izzy. Mais je comprends. Et j'ai envie de te dire : profites-en autant que tu peux. Décembre à New York – c'est génial ! Oublie tout le reste. Austin et toi allez régler cette affaire. Vous êtes tous les deux des gens sensés. L'amour finit toujours par triompher.

— Hmm… Il faudra que j'essaie de ne pas oublier la différence entre faire un compromis et tout abandonner pour un mec. Ma mère serait horrifiée.

Helena sourit.

— Et il en faut beaucoup pour l'horrifier quand on sait qu'elle a passé un an dans un camp de naturistes !

— S'il te plaît, ne me reparle pas de ça. Je t'en supplie, Helena !

— J'avais adoré la photo de la carte de vœux.

— Tais-toi ! Arrête !

*

Quand ils parvinrent à Heathrow, Helena sortit et ignora – le temps de cinq secondes – les pleurnichements furieux de Chadani pour étreindre Izzy.

— Bon, n'achète pas trop de cadeaux pour Chadani, avertit-elle son amie d'un ton sévère.

— Chut ! fit Helena. Elle croit encore au père Noël.

Darny s'extirpa nonchalamment de la voiture.

— Tu ne fais pas un câlin à tata Helena pour lui dire au revoir ?

Darny lui jeta un coup d'œil.

— Je ne serais pas à l'aise de te serrer dans mes bras.

Helena se tourna vers Izzy.

— Bonne chance !

— Merci ! Tu viens, Darny ? On va retrouver Austin.

L'adolescent haussa les épaules.

— J'aurais été bien, tout seul à la maison.

— Mais bien sûr. Jusqu'à ce que tu y mettes accidentellement le feu ! Allez, viens !

Helena agita le bras de Chadani Imelda pour saluer Izzy et Darny, qui s'engouffrèrent dans l'éclat futuriste du terminal 5, aussi éclairé qu'un vaisseau spatial avec ses lumières violettes et bleues. Puis, elle serra sa petite fille contre son élégant manteau rouge.

— Je t'aime tellement. Mais Maman a une vie aussi.

— Maman ! cria gaiement Chadani avant de mordiller affectueusement l'oreille d'Helena.

*

Une centaine de personnes faisaient la queue pour l'embarquement. Rien que la vision de cette file d'attente fatigua Izzy ; elle était debout depuis cinq heures et demie du matin. Un grand nombre d'enfants, qui manifestement partaient en voyage pour les fêtes, criait et l'enregistrement des montagnes de bagages prenait un temps fou. La queue suivait le parcours tracé par des poteaux métalliques aux sangles rétractables ; quelques enfants s'amusaient à les détacher, se faisant mal aux mains et provoquant des mécontentements dans la file. Derrière le comptoir se tenait une femme stressée dont la mâchoire serrée indiquait que seule la force de volonté la faisait tenir, aussi ne valait-il mieux pas la chercher.

Dans le hall principal du terminal, une fanfare jouait *Once in Royal David's City* si fort qu'Izzy ne s'entendait pas penser. Elle sentait la migraine la guetter. Tout cela était une idée stupide. Ils n'auraient pas dû venir. Elle avait dans sa poche une lettre visiblement très menaçante du professeur principal de Darny qu'elle portait à Austin et qu'elle répugnait à toucher dès que sa main l'effleurait. Darny poussait des soupirs bruyants et levait les yeux au ciel – ce qui présageait en général un réquisitoire contre le monde entier. Izzy avait chaud et se sentait ridicule dans ce manteau blanc ; elle savait que ses joues étaient rouges et que l'humidité faisait frisotter ses cheveux noirs.

Ils soulevèrent leurs bagages jusqu'en tête de file, où un homme vérifiait les cartes d'embarquement. Izzy avait trouvé les billets derrière la porte en rentrant à la maison ; elle avait supposé que Janet les avait déposés, mais elle se rendit compte qu'ils avaient en réalité été envoyés par coursier. Elle les tendit à l'homme et paniqua légèrement, craignant que ce ne soient pas les bons billets. Elle appréhendait également de prendre l'avion ; cette perspective lui flanquait une peur bleue, mais elle ne l'admettrait pour rien au monde.

L'homme étudia les documents et jeta un rapide coup d'œil à Izzy. Elle se sentit rougir davantage. Cela ressemblerait typiquement à Austin de s'être trompé dans la date, le vol ou l'heure. Lors d'une escapade à Barcelone, pendant laquelle Darny était resté chez les tantes redoutées, Austin n'avait pas réservé l'hôtel pour le bon week-end. Typique. Pour le moment, Izzy préféra oublier qu'ils avaient à la place loué un scooter et étaient partis à la découverte de la campagne catalane. Ils avaient fini dans une auberge incroyable, avec une cascade dans le jardin et la meilleure paella au monde – ce fut le plus beau voyage de sa vie.

L'homme leva enfin les yeux, leur adressa un grand sourire et leur annonça :

— Vous n'êtes pas dans la bonne file.

Izzy crut qu'elle allait éclater en sanglots. Ils allaient devoir faire demi-tour, retraverser la ville avec toutes leurs affaires ; Darny serait insupportable et elle devrait expliquer à tout le monde qu'elle n'était pas partie ;

Austin prolongerait sans doute son séjour et elle devrait passer Noël toute seule, car sa mère était juive désormais et…

— Vous devez aller là-bas, leur indiqua l'homme en tendant le bras.

Izzy suivit son doigt. Il leur montrait un tapis rouge, qui menait vers un mur violet sur lequel était accroché un panneau : « Passagers classe affaires et première classe ».

Izzy marqua un temps d'arrêt très long. Elle n'en revenait pas. Elle regarda les billets, mais ne comprenait toujours pas, puis elle se fendit d'un large sourire tremblotant.

— Vraiment ?

— Vraiment, répondit l'homme. Bon voyage.

*

Subitement, tout changea. C'était comme si Izzy avait traversé le miroir d'*Alice aux pays des merveilles*, ainsi qu'elle le raconterait par la suite à Helena. Un espace était uniquement réservé à leur enregistrement : pas de queue, pas d'attente pour passer la sécurité. Même Darny fut impressionné, sans l'avouer. Ils furent conduits au salon VIP, où ils trouvèrent tous les magazines, journaux, en-cas et boissons imaginables. À bord de l'avion, leurs places se situaient à l'étage, ce qui était plus qu'excitant.

Si Austin croit que ça va me faire changer d'avis…, pensa Izzy, en s'affalant dans le siège moelleux et en sortant le repose-pieds, tandis que l'avion virait au-dessus des lumières scintillantes de Londres.

Pour la première fois de sa vie (et avec Darny assis près du hublot), Izzy n'avait n'avait ressenti aucune angoisse pendant le décollage. Elle envoya un message à Austin pour lui annoncer qu'ils étaient en route (message qu'il reçut avec un certain soulagement). *S'il croit que…*

Mais les veillées tardives de ces dernières semaines et l'ouverture invariablement matinale du *Cupcake Café*, l'inquiétude et le travail, couplés au ronronnement régulier des moteurs, eurent raison d'Izzy : elle s'endormit à poings fermés, pour se réveiller six heures plus tard et découvrir, à sa grande déception, qu'ils avaient amorcé leur descente.

— J'ai raté le dîner, constata-t-elle, contrariée.

— Oui, lui confirma Darny. C'était génial. Délicieux. Tu aurais pu avoir tout ce que tu voulais. J'ai demandé du vin, mais ils ont refusé.

— Et j'ai loupé… (Izzy parcourut rapidement le magazine de bord.) Oh non ! Ils avaient tous les bons films que je voulais regarder, tous ! Je ne suis pas allée au cinéma depuis une éternité. Je n'en reviens pas d'avoir tout raté !

Elle regarda autour d'elle. Les hommes d'affaires retiraient leurs chaussons pour remettre leurs chaussures ; rangeaient l'écran de télévision et le repose-pieds.

— Noooon ! hurla Izzy. La seule et unique fois de ma vie où j'ai la chance de voler en classe affaires, et j'ai tout gâché.

— Ton visage est tout froissé, lui fit remarquer Darny.

— Noooon !

Izzy se leva d'un bond. Le miroir de l'avion lui refléta son apparence absolument horrible. Elle fit de son mieux avec le maquillage qu'elle avait attrapé à la hâte avant de partir. En forçant le trait. Elle mit ensuite du rouge à lèvres sur ses joues pour ne plus avoir l'air d'un zombie. Cela lui donna plutôt l'air d'un clown. Elle se fit sévèrement la réflexion qu'elle se réveillait chaque matin à côté d'Austin depuis plus d'un an et qu'il n'avait pas encore sursauté en l'apercevant. Elle prit conscience de son extrême nervosité. Pas à cause d'Austin, mais de ce qui allait se passer. Bon, peut-être un peu à cause de lui aussi.

*

Dans le hall des arrivées de l'aéroport, Austin patientait avec fébrilité. Il était excité de les retrouver, bien entendu. Mais seulement… Il espérait que… En fait, il avait simplement envie que tout se déroule à merveille. Mais il voulait aussi (en réalité, il s'y était déjà engagé) venir vivre ici. Tenter l'aventure. Voyager, découvrir la vie new-yorkaise. Il se mordit la lèvre. Une fanfare jouait *Once in Royal David's City* sur le parvis du terminal. Le volume était affreusement fort.

Izzy et Darny passèrent d'abord par le contrôle d'identité. Darny paraissait enthousiaste et nerveux ; il afficha un énorme sourire dès qu'il aperçut son grand frère, avant de se reprendre aussitôt pour feindre détachement et nonchalance. Ses yeux s'agitaient dans tous les sens cependant : les officiers de sécurité avec leur arme et leur chien ; les accents à la fois étrangers et si familiers à cause des émissions de télévision ; une signalétique différente et des consignes crachées par haut-parleur.

Izzy avait l'air fatiguée, et douce. Elle s'était, pour une raison farfelue, dessiné des taches rouges de clown sur les joues, comme le remarqua Austin qui décida de ne pas en tenir compte pour le moment. Et elle portait… Mais que portait-elle ?

— C'est quoi ce machin ?

Izzy observa Austin. Avait-il changé ? Elle ne parvenait pas à le dire. Il paraissait le même, avec ses cheveux auburn épais qui lui tombaient comme d'habitude sur les yeux ; ses lunettes d'écaille ; sa silhouette élancée et ses épaules étonnamment larges.

D'un autre côté, il paraissait… être chez lui ici. Comme s'il s'était intégré. Il avait une mallette, un long pardessus, une écharpe rouge assez jolie sur un costume. Soudain, Izzy le reconnut comme l'un des hommes de son avion : blasé d'être en classe affaires au lieu de vivre cela comme une aventure, profitant du moindre instant pour travailler. Elle n'avait jamais considéré Austin comme l'un de ces hommes. Mais peut-être en était-il un.

— Salut, lui dit-elle, avant de se laisser enlacer par ses bras puissants et de s'enivrer de son parfum et de la chaleur familière de son corps.

— Bonjour. (Austin embrassa vivement Izzy sur la bouche.) Tu n'as pas répondu à ma question.

— J'ai bien aimé les billets d'avion.

Soudain, Austin n'apparut plus tel un riche homme d'affaires pour redevenir lui-même.

— Je sais, cool, hein ? Est-ce que tu as joué à la console ? Tu es allée au bar ? Tu t'es fait faire un massage ?

— Non, répondit Izzy, vexée. Je me suis endormie et j'ai tout raté.

— Je n'y crois pas ! Tu n'as même pas essayé le barbecue ? Ni la piscine ?

Izzy ricana.

— OK, la ferme.

Austin attrapa Darny de son autre bras.

— N'imagine pas que tu vas t'en tirer sans câlin, toi.

Darny grimaça.

— Beurk, c'est dégoûtant. Des frères ne sont pas censés se faire des câlins.

— Tu te serais plu en URSS, toi ! plaisanta Austin. Allez, approche.

Darny continua à grimacer, mais il ne repoussa pas non plus son frère, comme le nota Izzy.

— On y va ? finit-elle par dire.

— Non, répondit Austin. Pas tant que tu ne m'auras pas expliqué ce que tu as sur le dos.

— Ah, ah, ah. C'est contre le froid.

— Mais cela t'arrive au niveau des fesses. Est-ce que c'est de la vraie fourrure ?

— Non.

— Tu as lancé un groupe de musique alors ?

— Arrête.

— Tu as renommé ta boutique en *Cupcake Café et club de pole dance* ?

— Je te préviens…

— Quoi, je suis lourd ? Ou est-ce qu'un ours polaire t'a dévorée ? Il faut que j'appelle une ambulance ?

— Je vais prendre un taxi toute seule.

— Non, non, on va t'accompagner, petit pingouin !

La file d'attente pour le taxi était étonnamment courte, heureusement, car le froid les saisit avec force dès qu'ils quittèrent le bâtiment chauffé.

— Juste un taxi ? fit Izzy. Je m'attendais à une limousine !

— On m'a proposé une Lincoln, avoua Austin. Mais comme je n'ai pas compris de quoi il s'agissait, j'ai refusé.

Il ne précisa pas qu'on lui avait offert d'envoyer une voiture pour récupérer Izzy et Darny sans lui, afin qu'il commence à se familiariser avec les lieux, assiste à des réunions et se mette à la page. Il se garda bien d'en parler.

*

Darny s'endormit presque aussitôt dans la voiture. Izzy était ravie. Au début, elle avait eu un comportement un peu étrange avec Austin, sans savoir pourquoi. Elle était simplement un peu triste, ce qui était ridicule, car son absence n'était pas réellement de sa faute ; ce n'était pas comme s'il était parti sans elle pour s'octroyer des vacances idylliques. Elle ne put résister à l'enthousiasme enfantin d'Austin lorsqu'ils arrivèrent au sommet d'une colline dans le Queens et qu'il lui donna un coup de coude :

— Regarde ! Regarde !

Il l'attrapa et la fit venir sur ses genoux. Pour la première fois de sa vie, Izzy vit les lumières de Manhattan.

C'était à la fois si étrange et si familier qu'elle en eut le souffle coupé.

« Oh » fut tout ce qu'elle parvint à prononcer. Comme s'il était programmé, le chauffeur de taxi débita un chapelet de jurons. La neige se mit à tomber, enveloppant les énormes buildings d'un voile blanc, enfermant l'île de Manhattan dans une sorte de halo.

— Oh, répéta Izzy.

— Je sais, dit Austin.

Ils passèrent la tête par la vitre du côté droit.

— C'est quoi déjà les paroles de la chanson ? « *The Buildings of New York...* »

— « *... look just like mountains in the snow* », compléta Austin. Oui, mais bon, je ne connais pas cette chanson. Je n'écoute pas Kate Bush. Je préfère le heavy metal, le rap et les chansons de mecs.

— Tu ne connais pas une seule chanson de rap !

— Les All Saints, c'était du rap.

— Bon, d'accord, concéda Izzy en pressant la main d'Austin.

La vue était époustouflante. Peu importait ce qui arriverait, ils étaient ensemble, à New York.

— Fermez cette foutue vitre ! aboya le chauffeur de taxi.

Austin et Izzy lui obéirent immédiatement.

*

— Bon, ce n'est pas exactement le *Plaza*..., déclara Austin, en conduisant Izzy et Darny vers le joli petit hôtel de luxe, à l'ouest de Central Park.

Celui-ci avait des portes fermières et des fenêtres mansardées, comme si un *cottage* anglais avait été parachuté au milieu du verre et de l'acier de la ville. Un feu de cheminée crépitait dans un coin du hall d'entrée. La réceptionniste les accueillit comme de vieux amis et appela une serveuse, qui leur apporta trois tasses fumantes d'un chocolat chaud surmonté de quelques guimauves, pendant qu'elle procédait aux formalités. Cet établissement n'était pas majestueux comme les grands hôtels qu'Izzy avait déjà vus, se dit-elle, en observant les jetés en cachemire sur les canapés, mais elle n'aurait pu imaginer un hôtel de luxe plus beau et plus chaleureux.

Austin les mena vers un petit escalier qui craquait, puis vers leur chambre, où il lança :

— Et regardez ce qu'il y a… Ta-da !

À ces mots, il ouvrit la porte communicante qui donnait sur la chambre de Darny, équipée d'un écran plat, d'une console de jeux et d'une salle de bains privative.

— Ouah, s'exclama Darny, qui était parfaitement réveillé désormais, alors qu'ils avaient dû le tirer hors du taxi quelques instants plus tôt. La classe !

— Je pense que ces vieux murs sont bien insonorisés, observa Austin, en adressant un clin d'œil à Izzy.

— C'est beau, commenta-t-elle, impressionnée par leur chambre, où un feu flambait également dans la cheminée.

La pièce était petite, mais le lit était énorme, doux et moelleux, recouvert de draps blancs délicats. Elle était pourvue d'un énorme écran plat et d'un réfrigérateur. Une bouteille de vin les attendait sur une console. La neige s'amoncelait sur l'appui de fenêtre ; les taxis jaunes circulaient dans la ruelle tranquille, mais on pouvait entendre au loin le trafic et les klaxons et percevoir une certaine effervescence au milieu de ces gratte-ciel. Izzy passa la tête dans la salle de bains et remarqua la large baignoire à pieds de griffon, sur laquelle étaient disposés des flacons luxueux et des serviettes de bain aussi grandes qu'une piscine olympique.

— Oh oui, s'écria Izzy. Oh oui, oh oui, oh oui ! Je veux à tout prix prendre un bain. Et je vais appeler le service d'étage, parce que, idiote comme je suis, je n'ai rien mangé du tout dans l'avion. J'ai tout raté du vol, alors hors de question que je ne profite pas de la moindre chose ici !

Elle se sentait sale dans ses vêtements. Elle renifla le flacon de bain moussant tout en souriant, puis fit un clin d'œil à Austin.

— Je suis tellement contente d'être venue ! dit-elle soudain, comblée de bonheur.

Elle voulut étreindre Austin, qui regarda sa montre et fronça les sourcils.

— Ah. Bon. Euh, on a rendez-vous pour le dîner dans vingt minutes. Désolé.

— Pour dîner ? s'étonna Izzy, qui, malgré sa sieste, était fatiguée par le vol et se trouvait incontestablement moche ; de plus, son horloge biologique estimait qu'il devait être à peu près une heure du matin. Est-ce qu'on ne peut pas rester ici plutôt et passer un bon moment ?

— J'adorerais, lui répondit Austin d'un ton ferme. Mais j'ai peur que nous ne devions dîner avec… (il faillit dire « mon patron », mais se reprit juste à temps) avec Merv. (Austin adressa un large sourire à Izzy.) Tu vas voir, on va dans un restaurant chic. Ça va être amusant.

— Je veux m'amuser ici, dans un bain moussant, avec toi, et ensuite manger mon tout premier cheeseburger américain, qui, j'espère, sera plus grand que ma tête, se lamenta Izzy d'une voix un peu triste. Et puis, m'endormir d'ici une heure.

— J'ai réservé une baby-sitter, insista Austin.

— Je n'ai pas besoin de baby-sitter, lança une voix catégorique depuis la pièce voisine.

Manifestement, les chambres n'étaient pas aussi bien insonorisées qu'il n'y paraissait.

— Elle passera seulement te voir toutes les demi-heures. Pour vérifier que tu ne joues pas à des jeux interdits aux moins de dix-huit ans ou que tu ne te tripotes pas.

— Arrête.

Izzy se précipita sous la puissante douche américaine et en sortit presque aussitôt. L'effet n'était pas tout à fait le même qu'un long bain suivi d'un long repos dans le lit à côté d'Austin.

— Je dois m'habiller chic ?

Izzy avait fait sa valise en quatre secondes chrono ; elle se souvenait à peine des vêtements qu'elle avait emportés.

— Oh oui, enfin, euh, je ne sais pas, lui répondit Austin, qui ne prêtait guère attention à ce que les femmes portaient.

Izzy se rappela soudain avec horreur que sa plus belle robe, celle qu'elle avait achetée pour sa fête d'anniversaire, était au pressing et qu'elle n'avait pas eu le temps de la récupérer. C'était la seule tenue vraiment jolie qu'elle possédait ; tous ses autres vêtements se voulaient confortables pour travailler et se mouvoir, ce qui impliquait un grand nombre de robes à fleurs un peu délavées avec des manches trois quarts, associées à des collants opaques, des bottines et un gilet s'il faisait froid. En d'autres termes, elle s'habillait comme l'étudiante qu'elle n'était plus depuis dix ans. Elle n'était pas certaine que cela fasse l'affaire.

Izzy vida le contenu de sa valise, transformant la parfaite petite chambre d'hôtel en un vrai capharnaüm. Elle trouva trois robes grises à fleurs quasi identiques, dont deux étaient beaucoup trop légères pour le froid hivernal ; deux jeans (*qui avait besoin de deux jeans en vacances ?* se demanda-t-elle) ; quatre chemises élégantes pour Darny (*où avait-elle la tête ?*) et sa vieille robe de bal de l'université, en tulle, ajustée à la taille, qui serait bien trop habillée pour l'occasion.

— Zut. Je crois que je vais devoir faire les boutiques demain.

Austin, qui ne s'inquiétait jamais de l'heure habituellement, jetait des coups d'œil anxieux à sa montre.

— Euh, chérie…, disait-il.

— OK, OK.

Avec horreur, Izzy se rendit compte que la seule tenue à peu près convenable était le pull-over noir et le pantalon dans lesquels elle avait voyagé – voyagé et dormi pendant six heures. Au moins, le noir pouvait faire un peu habillé, elle pourrait mettre un collier, et ses bottines iraient avec le pantalon…

Elle soupira. Puis, d'un geste hésitant, elle enfila ses vêtements un peu poisseux.

— J'ai l'impression d'être une clocharde, se désola-t-elle en se regardant dans le miroir à l'éclairage subtil.

Austin la regarda et remarqua que la chaleur de la douche avait rosi les joues d'Izzy, ce qui lui plaisait, et qu'elle se mordillait la lèvre comme un enfant nerveux, ce qui était aussi adorable.

— Tu es superbe ! Allons-y.

Chapitre 11

Banane flambée

- 1 banane pelée et coupée en deux dans la longueur
- 2 œufs battus en omelette
- 90 g de chapelure
- 240 ml d'huile végétale
- Pour la sauce
- 55 g de beurre
- 200 g de cassonade
- ½ c. à c. de cannelle
- 60 ml de liqueur de banane
- 60 ml de rhum brun
- 2 boules de glace à la vanille

Faites chauffer l'huile dans une casserole à fond épais. Roulez les bananes dans l'œuf, puis dans la chapelure et réservez.

Quand l'huile commence à fumer, déposez délicatement les bananes dans la casserole et laissez-les dorer (il faut moins d'une minute).

Mélangez le beurre, la cassonade et la cannelle dans une poêle. Placez-la sur feu doux et remuez jusqu'à ce que le sucre soit dissous. Ajoutez la liqueur de banane. Retirez du feu et ajoutez le rhum. Puis faites cuire à feu vif la sauce jusqu'à ce que le rhum s'évapore (la sauce va mousser). Coupez la banane en quartiers et disposez-la dans un plat. Déposez par-dessus la glace à la vanille. Versez généreusement la sauce chaude sur la banane et la glace, et servez aussitôt.

*

Pearl rentra tard chez elle, rompue de fatigue. Louis avait pleurniché durant tout le trajet, ce qui ne lui ressemblait pas. Sans Izzy, il fallut bien plus de temps à Pearl pour faire la caisse et tout ranger, et c'était avant même qu'elles n'aient préparé les fournées pour le lendemain. Comme Pearl s'occupait d'une grande partie du ménage, elle avait souvent le sentiment de travailler très dur. Ce qui était vrai, mais en renseignant les heures accomplies pour les fiches de paie, elle se rendit compte qu'elle appréciait mal les efforts d'Izzy pour faire tourner son café. Pas étonnant que la perspective de partir à New York l'ait fait paniquer. Elle devait penser à un million de choses différentes.

Trop éreintée pour réfléchir au dîner, Pearl avait cédé aux demandes insistantes de Louis et avait acheté, comme un petit plaisir exceptionnel, des nuggets de poulet sur le chemin du retour. Elle savait qu'elle n'aurait pas dû ; elle savait que manger ce genre de plat la fatiguerait davantage à long terme. Mais à cet instant précis, sa résistance était faible, le temps glacial, humide et venteux, et elle n'avait qu'une seule envie : s'asseoir devant les dessins animés tout en faisant un câlin à son fils – aux doigts et au visage un peu gras.

La sonnette retentit. Pearl et sa mère échangèrent un regard en fronçant les sourcils. Elles recevaient peu de visites. D'une part, la place manquait dans leur appartement. Et d'autre part, Pearl retrouvait en général ses amis après la messe, pas à 19 heures en pleine tempête de neige, à l'improviste.

Elle s'extirpa du futon, et ses genoux craquèrent. Elle se maudit intérieurement ; zut, elle était encore jeune. Elle ne devrait pas craquer et être essoufflée comme une vieille femme. Elle n'aurait pas dû manger autant de poulet.

Dans l'ombre de la ruelle, qui était censée être éclairée par les lampadaires que la mairie ne trouvait jamais le temps de réparer, l'attendait Benjamin, son ex et le père de Louis. Il lui fit signe de ne pas faire de bruit ; il était sans doute un peu ivre.

— Chut !

*

Dans le taxi, Izzy s'effondra subitement. Le froid l'avait saisie lorsqu'elle était sortie du hall douillet de l'hôtel. Sa montre, encore à l'heure anglaise, indiquait 2 heures du matin ; ce qu'elle enviait Darny d'être allé directement se coucher ! Elle voulait néanmoins soutenir Austin du mieux qu'elle pouvait.

— Alors, il y aura qui à ce dîner ? lui demanda-t-elle, en essayant de réprimer un bâillement.

— Euh, Merv. C'est le responsable. Et son épouse. Je ne la connais pas. Un autre dirigeant de la banque. Que je ne connais pas non plus. Et son épouse, je suppose.

— Donc nous rejoignons un groupe de personnes que nous ne connaissons pas ? déclara Izzy, prise soudain d'une grande angoisse. Qui, en gros, te font passer un entretien d'embauche ?

Elle sortit nerveusement sa trousse à maquillage.

— Arrête… Je crois que tu en as assez comme ça sur les joues.

Izzy regarda Austin avec des yeux étonnés et inquiets.

— Qu'est-ce que tu veux dire ?

— Rien, s'empressa de répondre Austin. Rien. Tu es très bien.

— Mais on va se retrouver avec des New-Yorkais branchés. Et moi, je ne ressemble à rien. Remarque… Peut-être que comme ça, ils n'auront plus envie de te confier ce poste et tu devras prendre le prochain avion pour l'Angleterre avec moi !

Izzy avait tenté d'employer un ton badin, mais elle était consciente d'avoir touché un point sensible. Austin avait le visage tourné vers elle, mais avec la lumière intermittente des lampadaires, elle parvenait difficilement à le distinguer. Tandis que le taxi empruntait l'une des grandes et larges avenues, Austin montra à Izzy le Chrysler Building, entièrement illuminé aux couleurs de Noël. Cette image était à la fois si familière et si merveilleuse qu'Izzy ne put s'empêcher d'être impressionnée. Puis elle renifla.

— Le Tower Bridge est tout en rouge et vert cette année, dit-elle nonchalamment. Oh, et le quartier de

South Bank est un vrai festival de lumières. Il y a un marché de Noël aussi.

Les bourrasques de neige se faisaient plus grosses. Le chauffeur s'engagea dans une petite rue au charme suranné, bordée de maisons avec des perrons de pierre brune, ce qui rappela à Izzy *Sex and the City* et les soirées passées avec Helena à regarder cette série : elles regrettaient que leurs plats chinois ne soient pas livrés dans de petites boîtes, ou que des hommes charmants ne les invitent pas elles aussi à boire un verre toutes les cinq minutes (des hommes invitaient Helena toutes les cinq minutes, mais uniquement les ivrognes du samedi soir qu'elle soignait aux urgences).

Le restaurant avait de grandes baies vitrées qui évoquèrent à Izzy le *Cupcake Café*, mais les murs étaient peints en gris, et non en vert. À l'intérieur, tout semblait briller ; les lumières, douces, chaleureuses et jaunes, conféraient à la salle l'atmosphère la plus accueillante et grisante qui soit. Des hommes et des femmes heureux, d'une beauté extraordinaire – tous sur leur trente et un, comme le remarqua Izzy avec embarras –, discutaient, riaient et passaient un très bon moment.

— Bonjour, lança joyeusement Austin au portier.

Il n'était jamais intimidé nulle part. Sans doute parce qu'il ne se rendait pas compte de la situation, pensait Izzy. Il était à l'aise partout, ce qui le rendait sympathique aux yeux des gens et lui donnait de l'assurance ; de ce fait, tout se passait toujours à merveille pour lui. Ce devait être agréable. Izzy adressa un sourire mielleux au portier et se demanda s'il fallait lui glisser un pourboire.

À l'intérieur, une femme blonde, d'une beauté remarquable, sourit à Austin, comme si elle l'avait attendu toute la journée.

— Bonsoir, monsieur ! le salua-t-elle, en révélant ses magnifiques dents. Avez-vous réservé ?

À cet instant, un « Austin ! Hé, Austin » fut hurlé à travers la salle. Au fond du restaurant (qui était bien plus grand qu'il n'en avait l'air de l'extérieur), un petit homme trapu se leva d'une banquette confortable.

La femme blonde les débarrassa de leur manteau, puis les guida entre les tables. Izzy crut apercevoir Moby dîner avec Brooke Shields et se dit qu'il devait s'agir d'une hallucination due au décalage horaire. Son unique certitude, c'était que tous les clients du restaurant étaient sublimes, sortaient manifestement de chez le coiffeur, discutaient d'un ton animé de sujets intéressants et semblaient totalement dans leur élément. À moins qu'on ne l'interroge sur les différentes sortes de farine, songea tristement Izzy, elle n'aurait aucun sujet de conversation. Après tout, elle n'était que la « petite amie ». Si *Sex and the City* était une représentation fidèle de la réalité, des millions de jolies New-Yorkaises mouraient d'envie de mettre le grappin sur un bel homme.

Izzy s'efforça de reprendre ses esprits et sourit poliment. Les hommes se levèrent de leur siège lorsque Austin et Izzy approchèrent de la table.

— Bonjour, dit-elle, en se rendant compte que les deux femmes étaient effroyablement maigres.

Candy, l'épouse de Merv, le dépassait d'au moins dix centimètres et paraissait de vingt ans sa cadette. Izzy ne saisit pas les prénoms de l'autre couple et les salua à demi-voix, comme si elle avait neuf ans, totalement intimidée, furieuse contre elle, et contre Austin également pour elle ne savait trop quelle raison.

— Bonjour, répondirent les deux femmes, d'un air absent et indifférent.

Peut-être que si l'on ne se faisait pas injecter de poison dans le visage toutes les dix minutes et qu'on ne se laissait pas mourir de faim vingt-quatre heures sur vingt-quatre, sept jours sur sept, on ne méritait pas la moindre attention par ici.

En revanche, Izzy remarqua qu'Austin faisait l'objet d'une observation minutieuse. Bien qu'acculée, Izzy se sentit légèrement apaisée ; *d'accord*, pensa-t-elle, *vous êtes plus maigres et plus riches que moi, mais au moins je ne dois pas faire semblant d'aimer coucher avec mon homme parce qu'il est riche*.

Cela dit, comparé aux autres convives, Merv était très drôle.

— Vous venez d'atterrir ? demanda-t-il à Izzy. Il n'y a qu'un remède à cela : un martini dry ! Fabio !

Un jeune barman d'une grande beauté apparut au coude de Merv.

— Apportez à cette jeune femme un martini dry. Elle a besoin d'un remontant. Avec du gin – elle est anglaise. Et une tranche de citron. Le plus vite possible, d'accord ?

Austin lança à Izzy un regard qui semblait signifier « Il est toujours comme ça », mais elle ne s'en préoccupait pas en réalité. Tout ce qui la mettrait plus à l'aise était bienvenu.

— À la vôtre ! dit-elle quand son verre arriva, avant d'en boire une grande gorgée.

Le seul martini qu'Izzy ait consommé de sa vie était celui que sa mère lui avait servi quand, âgée de quinze ans, elle était rentrée toute triste d'une fête, car aucun garçon n'avait voulu danser avec elle. L'explication était sans doute à chercher du côté de sa tenue : tandis que toutes les filles portaient des collants en Lycra et des guêtres, elle avait une robe en macramé que sa mère lui avait faite au Pérou. Celle-ci avait insisté pour qu'elle la mette et, comme il s'agissait de l'un des rares retours de sa mère à la maison, Izzy avait cédé. Ce martini blanc accompagné de jus de citron avait été délicieux. Elle avait veillé tard, pendant que Marian lui conseillait de ne faire confiance à aucun homme. Comme Marian était elle-même peu fiable et que l'homme le plus proche d'Izzy était son grand-père, qui en revanche était clairement digne de confiance, Izzy était tombée dans l'excès inverse en se fiant à la plupart des hommes qu'elle avait rencontrés – beaucoup trop pendant bien trop longtemps. Ce qui s'était souvent révélé être une erreur. Jusqu'à ce qu'elle fasse la connaissance d'Austin. Izzy le regarda et but une autre gorgée.

Ce martini, par contre, était sec et lui brûlait la gorge. Izzy reposa son verre en toussotant, les larmes aux yeux.

— Oh, on a avec nous une fêtarde ! s'enthousiasma Merv, tandis que le reste de la tablée considéra Izzy d'un air hautain.

Izzy crut entendre l'épouse du directeur marmonner quelque chose comme « Ces ivrognes d'Anglais ».

— Isabel tient un commerce, leur apprit Austin.

— Oh, vraiment ? Dans quel domaine ? s'intéressa l'autre homme.

— Je fais des cupcakes.

— Oh, c'est trop mignon, commenta Candy. Je veux faire ça, Merv.

— Bien sûr, ma chérie.

— Oh, ouah, ce doit être tellement amusant ! Vous devez prendre un plaisir fou ! s'exclama Candy.

— À chaque instant, confirma Izzy.

Elle jeta un coup d'œil à Austin, puis à ses compagnons de table, et prit la résolution de terminer son verre, même s'il avait le goût d'un carburant très cher.

*

— Qu'est-ce qu'il y a ? souffla Pearl. Ben, tu dois me prévenir quand tu viens ! Ce n'est pas bien. J'allais mettre Louis au lit. Il a école demain.

— Je sais. Chut. Viens voir ça.

Ben enlaça Pearl pour l'embrasser. Son haleine sentait le cannabis. Le cœur de Pearl se serra.

— Vous avez mangé du poulet ? demanda Ben. Il en reste ? J'ai faim.

— Non. Qu'est-ce que tu veux, Ben ? Cela fait des semaines qu'on ne t'a pas vu.

— Ouais, mais regarde.

Il lui fit signe de s'avancer dans le vent glacial, vers une vieille camionnette cabossée qui, à la connaissance de Pearl (qui regrettait de ne pas avoir pris son manteau), n'appartenait pas à Ben. Il ouvrit la portière arrière.

— Et voilà !

Pearl regarda l'intérieur éclairé à la seule lumière du lampadaire. Au début, elle ne vit pas tout à fait de quoi il s'agissait. Puis elle comprit. C'était un énorme carton. L'inscription devint claire.

— Le garage Monster, murmura-t-elle.

— J'ai promis à mon petit garçon que je ne le décevrais pas.

— Mais… Mais… Tu travailles en ce moment ?

Pearl savait pertinemment ce qu'elle sous-entendait par cette question. Si Ben travaillait, il était censé lui donner un peu d'argent. C'était le marché convenu.

— Oh, juste un petit peu, à droite, à gauche…, répondit Ben, sans réussir à regarder Pearl dans les yeux.

— Tu parles d'un vrai travail ? Où ça ? C'était au noir ? Avec Bobby, avec qui ?

— Oh, bon, je pensais que tu serais contente, se plaignit Ben, contrarié. Je pensais que tu serais contente qu'on puisse offrir à notre fils ce qu'il veut par-dessus tout… Je me disais qu'on aurait pu faire un joli paquet-cadeau, avec un beau nœud et tout le tralala. Tu veux peut-être que je le balance ? Que je le brûle parce que je n'ai pas de bulletin de salaire, pas de reçu et tout ça…

— Ben, fit Pearl, qui n'avait aucune envie de se disputer. Ben, s'il te plaît. C'est juste que ce truc coûte si cher…

— Je sais, répondit Ben, dont le beau visage était figé comme la pierre.

Pearl avait la gorge nouée. Elle avait envie de croire qu'il avait un travail, elle ne demandait que cela, mais pourquoi ne pouvait-il pas lui donner une réponse franche ? Elle resta muette. Ben jura dans sa barbe, puis s'éloigna pour repartir.

— Tu ne veux pas venir voir Louis ? lui suggéra Pearl, un peu à contrecœur.

Ben haussa les épaules, puis il passa devant elle et se dirigea vers la porte du petit appartement en rez-de-chaussée.

— Papa !!!

La moitié de la rue avait dû entendre le cri de joie de Louis, se dit Pearl.

Pearl ne jurait jamais. Pour elle, c'était un signe de manque de contrôle. Mais, en cet instant, elle était à deux doigts de le faire. Elle regarda autour d'elle. Quelqu'un avait fait un bonhomme de neige avec la neige sale tombée quelques jours plus tôt. Une autre personne avait déplacé la carotte de son nez plus bas, pour l'affubler d'un pénis. Pearl soupira et retourna à l'intérieur, à l'abri du froid glacial, en se disant qu'elle n'avait pas très envie de souhaiter le meilleur à tout le monde.

*

— Alors, Austin, disait Merv, calé sur sa banquette, où il rouspétait dans sa barbe, sans doute pour la énième fois, car il n'avait pas le droit de fumer le cigare à l'intérieur. Que pensez-vous de nos perspectives d'avenir concernant…

Izzy s'était rendu compte qu'elle n'avait franchement aucun avis à émettre pour se joindre à la conversation. Candy jouait avec son téléphone, comme Darny l'aurait fait ; quant à l'épouse du directeur, qui s'appelait

Vanya, ou Vania, ou quelque chose qui ressemblait à un prénom, mais n'en était pas véritablement un, elle mettait un point d'honneur à se distinguer d'Izzy et de Candy en prenant part à la discussion de manière extrêmement technique et brillante.

Candy bâillait de temps en temps, discrètement derrière sa main, avant de se pencher contre Merv et de lui caresser tendrement la cuisse. Izzy s'aperçut qu'un serveur charmant remplissait son verre chaque fois qu'elle buvait une petite gorgée de ce vin blanc exquis, aussi n'arrêtait-elle pas de boire. Puisque ni Vanya ni Candy ne mangeaient quoi que ce soit, Izzy piochait avec frustration dans la corbeille à pain. Pendant ce temps, Austin parlait Europe, argent, contrats à terme, microfinance et autres concepts dont Izzy n'avait jamais entendu parler.

Elle se demanda ce qu'Austin pouvait bien penser de son travail : il la voyait faire des cafés, préparer des gâteaux et s'occuper des clients, ce qui ne devait pas l'impressionner (elle avait tort, Austin jugeait son travail génial). Et lui était là à manger un steak bleu tout en expliquant pourquoi l'avenir de l'Europe reposait aussi bien sur la vente de produits de luxe que sur les économies émergentes, et tout le monde buvait ses paroles en opinant du chef. Tout à coup, Izzy regretta que Darny ne soit pas là pour taquiner Austin et lancer une remarque insolente.

Au chaud dans ce restaurant, après avoir ingurgité une bonne quantité de vin et fini son assiette sans dire grand-chose, Izzy avait commencé à s'assoupir légèrement quand elle entendit son prénom.

— C'est comme le modèle de fonctionnement d'Izzy, affirma Austin. Des produits de qualité, avec une préparation et une présentation impeccables, à destination d'une clientèle de niche. C'est l'avenir, parce qu'on ne peut pas rivaliser avec les autres.

La tablée se tourna vers Izzy, dont les idées étaient très confuses.

— Comment ? fit-elle.

— Est-ce que c'est vrai, Izzybel ? lui demanda Merv. Êtes-vous l'avenir du commerce ? Enfin, quand vous êtes réveillée.

Tout le monde rit comme si Merv avait prononcé un bon mot. Izzy devint écarlate et ne trouva pas un seul mot à dire.

— Eh bien ? insista Merv.

— Pensez-vous que votre modèle va revitaliser la zone européenne ? l'interrogea sèchement Vanya, comme s'ils étaient au tribunal.

— Ah, bah, euh…

Rubiconde, Izzy était morte de honte. Austin ne l'avait pas prévenue qu'elle aussi passait un entretien d'embauche. Pire encore, comme elle n'avait pas suivi la conversation, elle n'avait aucune idée de ce qu'elle devait dire. Et quand bien même, elle ne savait pas quelle était la bonne réponse.

— Eh bien, dites donc, c'est sympa d'avoir un passe-temps, lança Vanya avec un large sourire artificiel, avant de reporter son attention sur sa salade et son eau minérale.

Austin serra la main d'Izzy sous la table d'un geste compatissant. Ce qui fit empirer les choses : Izzy n'avait pas besoin de sa compassion, seulement de ne pas se retrouver dans l'embarras. La conversation repartit sur les prix de l'immobilier, tandis qu'Izzy resta silencieuse, bouillante de colère, avec le sentiment de n'être qu'une sombre idiote.

Enfin, lorsque la carte des desserts arriva et que Vanya et Candy la refusèrent d'un geste de la main comme s'il s'agissait d'une liste de poisons (ce qu'elles pensaient certainement, se dit Izzy), Izzy fut prête. Elle se lança.

— Le truc, c'est que les gens se rendent compte de la qualité des produits. Du moins, la plupart du temps. Les bombes de chantilly se vendent toujours en masse… Enfin bref, ce n'est pas important. L'important, c'est que, même si les gens ont peu d'argent, ils s'offrent de jolies petites choses pour se faire plaisir. Parfois encore plus parce qu'ils sortent rarement, par souci d'économie, donc ils s'octroient une petite récompense…

— Moui, moui, fit Vanya d'un air ennuyé. Mais qu'est-ce que cela signifie d'un point de vue macroéconomique d'après vous ?

Izzy bafouilla.

— Cela signifie… Je vais vous le dire, continua-t-elle, plus enivrée qu'elle ne l'aurait cru, soudain lasse d'être prise de haut, rabaissée, ignorée, traitée par ces Américains chics, stupides et ennuyeux comme la petite amie boulotte inintéressante de l'homme brillant et fascinant. Cela signifie que je me réveille tous les matins pour faire quelque chose de concret. Je mets les mains dans la farine. Je crée à partir de rien, à mains nues, un produit qui, je l'espère, plaira à mes clients – et c'est le cas, franchement. J'obtiens un résultat parfait, beau et savoureux. Et les gens apprécient cette qualité et ils me paient pour cela. C'est le meilleur travail qui soit au monde, et nous devrions tous avoir la chance de connaître ce plaisir. C'est là-dessus que nous devrions concentrer nos efforts. Qu'avez-vous créé aujourd'hui, Vanya ? Quelqu'un a-t-il pris dans ses mains l'un de vos rapports, l'a-t-il senti et vous a-t-il adressé un grand sourire en vous disant que c'était magnifique ? (Izzy marqua une pause pour profiter des regards ahuris qui la fixaient autour de la table.) Non, je ne crois pas. (Elle se tourna vers le serveur.) Est-ce que les cerises de la forêt-noire sont fraîches ou confites ? Demandez au chef des cerises fraîches si possible, c'est meilleur ; l'acidité compense le sucre, sinon le gâteau est écœurant. Mais je suis certaine qu'il le sait déjà. D'un point de vue macro. Je vais prendre ça, merci.

Puis, Izzy referma le menu en le faisant claquer d'un air triomphant.

*

Le groupe quitta la table plutôt silencieusement, à l'exception de Merv, qui vit soudain en Izzy une personne culottée. Il lui posa de multiples questions sur la pâtisserie, et notamment si elle savait cuisiner un *kugel* digne de ce nom. Elle n'avait jamais entendu parler de ce dessert. Il lui raconta comment sa grand-mère en préparait dans leur petite cuisine de Long Island, tout en se plaignant de ne pas trouver de sucre casher, ce qui gâchait la base. Izzy chercha à lui faire décrire toutes les étapes, afin de voir si elle pourrait en confectionner un.

Personne d'autre n'adressa la parole à Izzy ; même Austin parut crispé. Izzy, malgré le brouillard légèrement alcoolisé dans lequel elle était plongée, commença à s'inquiéter que, plutôt que d'avoir exprimé son point de vue avec calme et tempérance, elle avait peut-être crié inutilement sur ses compagnons de table. Tant pis. Elle avait d'autres préoccupations pour le moment.

Dans le hall d'entrée, la belle serveuse leur apporta leurs manteaux. Izzy enfila la veste blanche grotesque de Caroline, qui lui parut encore plus étriquée. Candy s'arrêta net. Puis elle s'approcha.

— Oh… mon… Dieu ! s'exclama-t-elle (c'était la première phrase qu'elle adressait directement à Izzy de toute la soirée). Est-ce que… Est-ce que c'est le dernier Farim Maikal ?

Izzy n'avait pas la moindre idée de qui il s'agissait, mais elle était certaine d'avoir déjà entendu ce nom. Maintenant qu'elle y réfléchissait, Caroline les avait assommées avec ce manteau quand elle l'avait reçu et s'était vantée d'avoir devancé ses amies, que cela leur donnerait une bonne leçon et tout un tas d'autres choses qu'Izzy n'avait pas réellement comprises. Mais Farim Maikal, oui, elle se souvenait de ce nom.

— Hmm, fit-elle évasivement.

— Mais oui ! murmura Candy. Est-ce que je peux toucher ? (Elle tendit la main pour caresser révérencieusement la fourrure blanche ridicule et les clous du col.) Vous savez, la liste d'attente chez *Barneys* pour ce manteau était… Ouah !

Même Vanya observa le manteau avec une pointe de jalousie.

— Dommage qu'ils n'aient pas eu votre taille, lança-t-elle.

— Oh, ce n'est pas grave, elle est superbe, rétorqua Candy. Toute femme le serait avec ce vêtement. C'est *le* manteau tendance de cet hiver !

Izzy se mordit la lèvre et éprouva soudain un terrible mal du pays.

Chapitre 12

Kugel

- 220 g de pâtes aux œufs de taille moyenne
- 65 g de beurre
- 220 g de fromage frais type Philadelphia
- 100 g de sucre
- 1 c. à c. de vanille
- 4 œufs
- 200 ml de lait
- 150 g de Frosties, ou de corn flakes additionnés de sucre
- 2 c. à s. de beurre fondu
- 2 c. à c. de sucre
- 2 c. à c. de cannelle

Faites cuire les pâtes selon les indications de l'emballage. Dans un grand saladier, mélangez le beurre, le fromage frais, le sucre, la vanille, les œufs et le lait. Remuez jusqu'à ce que la préparation soit homogène. Égouttez les pâtes et ajoutez-les à la préparation. Versez le tout dans un grand plat à gratin, couvrez et placez au réfrigérateur pour la nuit.

Le lendemain, environ 2 heures avant le repas, préchauffez le four à 180 °C (thermostat 6).
Dans un petit saladier, écrasez les céréales et mélangez-les avec le beurre fondu, le sucre et la cannelle. Parsemez ce mélange sur le *kugel* froid, puis faites cuire au four pendant 1 h 15. Laissez tiédir 20 minutes avant de servir.

*

Izzy s'assoupit dans la voiture, puis s'effondra sur le magnifique lit, qui lui donna la sensation de dormir sur un nuage. Même si elle se réveilla très tôt à cause du décalage horaire et de Darny qui cognait de toutes ses forces sur la porte communicante, elle se sentait déjà beaucoup mieux. Elle avait été trop fatiguée pour ne serait-ce qu'embrasser correctement Austin. Mais, quand elle se retourna dans le lit, elle s'aperçut qu'il était déjà levé, et elle entendit alors la douche couler.

— Salut, lui dit-elle lorsqu'il sortit de la salle de bains, une serviette enroulée autour du corps.

Il ouvrit la porte à son frère. Darny leur grogna dessus, avant d'aller s'enfermer dans sa salle de bains privative.

— Salut, lui répondit Austin, sans tout à fait regarder Izzy dans les yeux.

Elle paniqua aussitôt et se redressa dans le grand lit moelleux. La soirée précédente était un peu confuse dans son esprit.

— Est-ce que je… (La voix d'Izzy résonna étrangement, un peu rauque.) Désolée, je me suis vraiment mal comportée hier soir ?

— Non, bien sûr que non, la rassura Austin, mais son ton était un peu froid.

— Il faut dire que tu m'as mise mal à l'aise, expliqua Izzy, en cherchant autour d'elle quelque chose à boire.

Elle attrapa une bouteille d'Évian, puis aperçut une affichette indiquant qu'elle coûtait sept dollars cinquante, ce que même elle, avec ses compétences médiocres en mathématiques, savait être un prix exorbitant. Par conséquent, elle reposa la bouteille.

— Bois, ce n'est pas grave, lui dit Austin en colère, quand il comprit la réaction d'Izzy.

— Quel est le problème ? Qu'est-ce que j'ai fait ?

— Tu as été… Tu as simplement été un peu agressive, c'est tout.

— Moi, agressive ? Mais cette Vanya avait envie de me mordre la jambe !

Austin paraissait toujours mécontent.

— Austin, l'implora Izzy. Écoute, si tu voulais que je me comporte d'une certaine façon, m'habille comme une pouffiasse et me taise comme cette Candy… tu aurais dû me le dire.

— Ce n'est pas ça. J'avais simplement envie que tu sois toi-même.

Il y eut un silence déchirant.

— Peut-être que j'ai été moi-même, déclara doucement Izzy.

Austin sembla vouloir dire quelque chose, mais il se mordit la langue et resta muet. Il consulta sa montre.

— Écoute…

— Tu dois y aller. Je sais. Darny et moi, on va aller explorer la ville.

— D'accord, dit Austin, qui parut soulagé d'aborder un sujet moins dangereux. OK, super. Je t'enverrai un message. Je devrais pouvoir m'échapper vers 17 heures. Je connais un café sympa où l'on peut se retrouver.

— Il se peut qu'on ait envie de faire une sieste cet après-midi. Mais d'accord. Parfait.

Austin s'approcha pour embrasser Izzy.

— Ce serait bien qu'on passe un peu de temps rien que nous deux, suggéra-t-il.

À cet instant précis, Darny se mit à chanter à tue-tête et très faux une chanson de Bruno Mars, tout en tapant des pieds sous la douche. Izzy leva les yeux au ciel.

— Hmm, fit Izzy, avant de sourire. Passe une bonne journée.

Austin lui retourna son sourire. Néanmoins, lorsqu'il quitta la chambre d'hôtel, Izzy ressentit une terrible boule au ventre. Quelque chose n'allait pas, et elle ne savait pas si elle pourrait trouver une solution. Elle ne connaissait pas la recette.

*

— Eh bien, arrange ça ! disait Pearl, aussi patiemment qu'elle le put.

Maya refit une tentative, mais, à cause de sa main tremblante, une plus grande quantité de café déborda de la tasse.

C'était le premier jour de Maya, et Pearl n'avait jusque-là jamais été la supérieure de qui que ce soit, encore moins d'une personne jolie, douce, jeune et qui semblait attirer le regard d'un homme pour lequel Pearl n'admettrait jamais en pincer.

C'était compliqué pour les deux femmes. Maya faisait de son mieux, mais Pearl effectuait les gestes si rapidement et avec tant d'efficacité que Maya n'arrivait pas à la suivre. Sans parler de sa nervosité. Pearl semblait avoir une dent contre elle, sans que Maya comprenne pourquoi. Elle s'était levée à 5 heures pour faire sa tournée et son stress l'avait empêchée d'avaler quoi que ce soit.

— Trois cafés crème, un chocolat chaud et quatre tartelettes de Noël, énuméra Pearl, tout en souriant aimablement au client. Il suffit que tu l'encaisses comme ça.

Ses doigts s'agitèrent habilement sur les boutons et la caisse s'ouvrit en tintant. Maya tenta de se rappeler les gestes de Pearl, mais cela lui parut impossible. Elle soupira, puis retourna au percolateur. Moudre, faire monter la pression – cette grosse machine orange la terrifiait au plus haut point. Même Pearl reconnaissait qu'elle était capricieuse et susceptible de vous brûler à la vapeur à tout moment. Faire mousser le lait, en trouvant le juste milieu entre le « pas assez » et le « trop » qui créait une peau à la surface. Puis mélanger, faire une jolie mousse sur le dessus et saupoudrer du chocolat en forme de cupcake à l'aide d'un gabarit créé par Izzy. Répéter ces tâches cent fois par heure, servir avec le sourire… Maya était au bord de la panique.

— Dépêche-toi ! lui lança Pearl, un sourire collé aux lèvres.

Où donc était Caroline ? Elle était arrivée en retard la veille également. Lorsque Pearl lui avait demandé des explications, elle avait haussé les épaules et rétorqué : « Oh, mais la patronne n'est pas là, et puis il faisait trop froid ce matin pour que je sorte sans manteau. »

Et voilà qu'elle lui refaisait le coup. Pearl serra la mâchoire. Parfois, ses nerfs étaient mis à rude épreuve par cette femme qui ne travaillait que pour amadouer l'avocat de son ex-mari et se considérait comme une victime.

Maya se retourna trop vite et fit tomber le pichet de lait par terre. Tout en hoquetant des excuses, elle se précipita pour nettoyer, mais Pearl la devança.

— Les tourtes sont offertes par la maison, s'excusa-t-elle auprès du client en lui rendant la monnaie. Je vous apporterai vos cafés dès qu'ils seront prêts.

Pearl sortit la serpillière tandis que Maya bafouillait des excuses que Pearl n'était pas vraiment d'humeur à accepter, d'autant plus quand elle sentit une odeur de brûlé : accroupie à éponger le lait, elle n'avait pas entendu la minuterie du four. Toute une fournée de cupcakes de Noël était perdue, et l'ambiance chaleureuse aux doux effluves avait disparu, pour laisser place à un parfum de carbonisé néfaste pour les affaires.

— Ça sent mauvais ici, déclara Caroline, en arrivant avec vingt minutes de retard. Oh là là, regardez toute cette vaisselle sale et dégoûtante sur les tables. Beurk, qui aurait envie de manger ici ?

— Est-ce que tu peux baisser d'un ton ? lui reprocha Pearl, en essuyant la sueur de son front. Et occupe-toi du ménage.

— La nouvelle ne peut pas s'en charger ? protesta Caroline d'un ton maussade. Je viens de me faire faire une manucure.

— La nouvelle essaie d'apprendre à préparer une tasse de café sans rien faire exploser.

— Oups, fit Maya.

— Tu referas un essai quand ce sera plus calme, suggéra Pearl, la mâchoire serrée.

Elle lui confia à la place la mission de lancer le lave-vaisselle, pensant qu'au moins, Maya ne pouvait pas la rater. À tort, découvrit-elle, une demi-heure plus tard, quand Maya tentait de récupérer la mousse qui débordait sur un plateau de tranches de citron fraîchement découpées, après avoir confondu détergent et produit vaisselle.

— Oups, répéta Maya.

La file d'attente s'étirait jusqu'à l'impasse, mais ce n'était pas une queue positive : les clients, frigorifiés, se plaignaient d'attendre bien trop longtemps pour un jus de chaussette et des gâteaux qui n'étaient pas aussi bons que d'habitude. Ils se lamentaient également d'être servis par trois personnes bougonnes et stressées, au lieu d'être agréablement accueillis par le sourire d'Izzy. Au prochain « Alors comme ça, la patronne est en vacances ? », Pearl hurlerait.

Au moment précis où l'un des habitués s'approcha du comptoir d'un air menaçant, en brandissant un gâteau avec des traces de dents, le téléphone sonna. Pearl se réfugia au sous-sol avec le combiné, laissant Maya faire des yeux de cocker et essayer d'expliquer pourquoi la tartelette aux fraises avait un petit goût de savon.

— Bonjour.

— Pearl !!!

— Tu sais, tu n'as pas besoin de crier.

— Pardon, s'excusa Izzy. Je n'ai pas l'habitude de passer des coups de fil de l'étranger. Ouah, ça fait plaisir de t'entendre. Comment ça se passe ?

Pearl marqua un temps d'arrêt. Elle entendit un fracas de vaisselle tombant à terre.

— Euh, bien, répondit-elle.

— Vraiment ? Vous vous en sortez bien sans moi ?

La voix d'Izzy trahit sa légère déception. Elle avait espéré que ses employées suent sang et eau sans elle. Ceci étant dit, Pearl était très compétente et elle lui avait assuré à de multiples reprises qu'elle était capable de se débrouiller toute seule. Ce n'était pas vraiment sorcier. Izzy repensa à cette femme prétentieuse du dîner de la veille. Peut-être avait-elle raison après tout.

— Enfin, ajouta Pearl. C'est sûr que ce n'est pas pareil.

— Pearl !!! cria la voix impérieuse de Caroline. As-tu pensé à recommander du lait ? On arrive sur la fin et il n'est que 13 h 30. Et le garçon des sandwichs n'est pas venu, donc nous n'avons rien vendu pour le déjeuner.

— Merde, marmonna Pearl dans sa barbe.

— Qu'est-ce qu'il y a ? s'inquiéta Izzy. La communication n'est pas bonne du tout.

— Oh, rien. Des clients comblés nous félicitent.

— Ah, tant mieux. Je suis contente que tout se passe bien.

— Oui, ne t'en fais pas pour nous, la rassura Pearl en stoppant de son pied la course d'une orange qui avait dévalé les escaliers – elles ne vendaient même pas d'oranges ! Ne te fais aucun souci.

*

Izzy couvrit chaudement Darny malgré ses protestations vigoureuses et sortit son guide touristique.

— Ne te plains pas, l'avertit-elle.

— Je me plains. En fait, j'envisage même un sit-in. Je n'ai pas envie de sortir. Je veux rester là et jouer à la console. Ils ont *Modern Warfare 2*.

— Je crains que ce ne soit pas possible. Nous sommes dans la plus grande ville du monde et je ne vais pas te laisser passer à côté de ça. N'importe quel autre gamin mourrait d'envie de visiter la ville.

Darny se rembrunit.

— Tu crois ?

— Oui ! New York est un monde à part, avec toutes sortes de choses à découvrir !

L'adolescent fit la moue.

— Je vois ça comme un kidnapping.

Avec la gueule de bois, stressée, fatiguée, inquiète pour le *Cupcake Café* (enfin, elle se serait inquiétée si la situation à Londres avait été critique, mais non, personne ne semblait avoir remarqué son absence – là-bas, elle ne servait à rien et, ici, elle était un boulet), Izzy perdit patience.

— Oh, bon sang, Darny, fais simplement ce qu'on te demande pour une fois, zut ! Et arrête de te comporter comme un enfant gâté. C'est pathétique. Tu n'impressionnes personne.

Il y eut soudain un grand silence dans la chambre. Izzy n'avait jamais parlé sèchement à Darny. C'était la limite à ne pas franchir. Il n'était ni son frère ni son fils. Elle s'était toujours promis de ne pas dépasser cette ligne.

Et c'était ce qu'elle venait de faire. Elle avait été dure et blessante et ce n'était pas la faute de Darny ; il n'avait pas demandé à venir ici. Elle non plus d'ailleurs. Oh, quelle pagaille !

Dans un silence absolu, Darny se tint à côté d'Izzy pendant qu'ils attendaient l'ascenseur. Lorsqu'ils arrivèrent dans le hall élégant, la charmante réceptionniste leur sourit gentiment et leur demanda si tout allait bien. La mâchoire tendue, Izzy lui mentit en lui répondant que oui. Puis, Izzy et Darny se préparèrent à affronter le froid glacial de cette matinée new-yorkaise. Le ciel était d'un bleu très vif et Izzy se dit que la première chose dont ils avaient besoin était de lunettes de soleil, à cause des rayons qui se réfléchissaient sur les parois vitrées des gratte-ciel et de la neige aveuglante.

— Ouah ! s'émerveilla-t-elle.

Le temps d'un instant, Izzy oublia tout, elle était simplement impressionnée par le fait d'être là. À New York !

— Allez, viens. Allons faire les boutiques ! On pourrait aller chez *Barneys* ! Tu sais, c'est un magasin très célèbre.

Darny ne répondit pas.

— Écoute, dit Izzy, en levant la main pour arrêter un taxi (le froid dissuadait réellement de s'attarder plus de quelques minutes à l'extérieur). Je suis désolée, d'accord ? Je ne pensais pas ce que j'ai dit. J'étais… J'étais en colère à cause d'autre chose et je m'en suis pris à toi.

Darny haussa les épaules.

— Pas grave.

Ce qui était loin d'être le cas, manifestement.

Barneys se révéla être hors de prix, ils y restèrent donc peu de temps. Le temps qu'Izzy tombe en pâmoison devant les vêtements incroyablement beaux exposés sur les mannequins et qu'elle s'émerveille devant les jeunes et belles Américaines qui se déplaçaient à vive allure et attrapaient des vêtements à droite, à gauche, au milieu, tout en les commentant. Elle repéra un magasin *Gap* de l'autre côté de la rue, qu'ils se hâtèrent de traverser. Tout y était bien moins cher. Elle acheta quelques petites choses dont Darny avait besoin (surtout de nouveaux caleçons) et auxquelles ni Austin ni Darny ne pensaient jamais. À la réflexion, elle prit tout un lot de nouveaux caleçons pour Austin également. Cela ne pourrait pas faire de mal. Et quelques chemises et deux pulls. Elle aimait acheter des vêtements pour Austin. Elle ne pouvait pas le faire avec son ex-petit ami, Graeme ; il était très pointilleux et spécial. Quant à Austin, il n'y prêtait sans doute même pas attention, ou s'en moquait, mais Izzy avait ainsi le sentiment de prendre soin de lui. Et en ce moment, elle n'avait pas l'impression de prendre correctement soin de qui que ce soit – pire encore, personne, que ce soit ses clients, son petit ami ou Darny, ne semblait avoir envie de sa sollicitude.

Elle soupira, surtout quand elle tomba sur une belle et douce chemise à carreaux. Avec sa doublure, elle aurait été chaude et confortable pour son grand-père, qui, à la fin de sa vie, avait toujours froid et ne supportait pas les tissus épais qui le démangeaient. Izzy la tint brièvement entre ses mains ; elle aurait aimé pouvoir la lui acheter…

Chargés de sacs, ils sautèrent dans un autre taxi. Izzy savait qu'elle devrait sans doute prendre le métro, mais elle était terrifiée à l'idée de se perdre ou d'être désorientée. De toute façon, se dit-elle, elle n'avait pas pris de vacances depuis plus d'un an, elle travaillait tellement qu'elle pouvait dépenser un peu d'argent, d'autant plus que le reste du séjour était pris en charge. Elle méritait un peu de repos et pouvait se permettre de débourser quelques sous.

De la rue, l'Empire State Building ressemblait à un immeuble comme les autres, mais de magnifiques lettres art nouveau surmontaient le porche d'entrée. Il n'avait jamais traversé l'esprit d'Izzy qu'il puisse s'agir d'un immeuble de bureaux. Bien sûr que ça l'était ; que croyait-elle ? Que le bâtiment serait vide, comme la tour Eiffel ? Tout excitée, elle leur acheta des billets. Elle admira les énormes sapins de Noël magnifiquement décorés du hall d'entrée, qui semblait faire plusieurs étages de haut. Darny, de son côté, s'obstinait dans son silence boudeur. Izzy s'efforça de l'ignorer. Dans la cohue de l'ascenseur, elle observa les élégantes flèches dorées qui indiquaient les étages et sourit intérieurement, avec le sentiment d'être Meg Ryan dans *Nuits blanches à Seattle*. Toutefois, dès qu'elle apercevait le petit visage crispé de Darny dans le miroir, cette impression disparaissait.

Au centième étage, le froid, le vent et le soleil étaient absolument vivifiants. Le décalage horaire et la confusion d'Izzy s'évanouirent aussitôt qu'elle arriva sur la plate-forme, plus petite que dans son imagination.

Les touristes entassés dans l'ascenseur s'éparpillèrent des quatre côtés pour admirer les horizons lointains : d'énormes cargos venus de Chine et du Moyen-Orient amarrés sur les quais du Lower East Side ; des hélicoptères qui décollaient au sud de Manhattan et faisaient le tour de l'île, telles d'énormes guêpes ; Central Park, si ridiculement orthogonal, à l'opposé total des espaces verts plus naturels de Londres auxquels Izzy était habituée ; et, au-delà, plus aucun signe de verdure, rien que des immeubles à perte de vue, avec leurs hauteurs différentes et leurs parois de verre qui donnaient l'impression d'un reflet infini d'un jeu de Lego. Le soleil miroitait sur le fleuve et sur l'île – qui avait une forme aussi reconnaissable pour Izzy que celle de Londres ; peut-être même encore plus que celle de Manchester, sa ville natale, se rendit-elle compte avec un sentiment de honte. Son souffle formait un petit nuage de vapeur. Elle sortit instinctivement son appareil photo, avant de se raviser : à cause des filets de sécurité, ce panorama rendrait sans doute mieux sur une carte postale de la boutique de souvenirs.

— Sur le toit du monde ! cria-t-elle à Darny, qui, frigorifié, se pelotonnait dans un coin pour se protéger du froid. Viens ! Est-ce qu'on monte jusqu'au pylône ? Est-ce que tu sais qu'il devait servir à arrimer les zeppelins ? Tu imagines à quoi ça devait ressembler ? Mais ils ont dû arrêter car il y avait trop de vent.

Le jeune garçon grommela de nouveau.

— Darny…, avança timidement Izzy. Je sais que tu es fâché contre moi. Mais ne laisse pas ça gâcher ton voyage, d'accord ? Ni le mien. Je te promets que ce n'est pas parce que tu sembles t'amuser un tout petit peu que je vais penser que tu ne m'en veux plus.

Toujours aucune réaction. Izzy se mordit la lèvre de frustration.

— Bon, tant pis, dit-elle, en admirant la vue une dernière fois, en s'attardant davantage du côté où une petite flèche indiquait que cinq mille cinq cent soixante-dix kilomètres les séparaient de Londres. Viens. Il est l'heure de déjeuner. Nous avons rendez-vous avec quelqu'un.

Chapitre 13

Brownies du *Verity Deli*

Calories : pour l'Angleterre, un million (vous pouvez avoir mal au cœur toute la journée après avoir mangé ce gâteau) ; pour les États-Unis, léger en-cas entre deux repas gargantuesques, incluant chacun du fromage fondu. Vous pouvez accompagner ce brownie de caramel, de chantilly, de glace au gingembre, d'une opération du cœur. Veillez à découper de très petites parts, qui constitueront un délicieux goûter fondant. « Du chocolat jusque mort s'ensuive » est sincèrement une perspective atroce. L'idée est plutôt d'être enchanté et comblé, pas tout poisseux et plein de remords.

- 185 g de beurre doux
- 185 g de chocolat noir de qualité
- 85 g de farine
- 40 g de cacao en poudre
- 50 g de chocolat blanc
- 50 g de chocolat au lait
- 3 gros œufs

- 275 g de sucre blond
- Pépites de chocolat

Faites fondre le beurre et le chocolat noir très lentement et délicatement au micro-ondes. Laissez tiédir. Allumez le four à 160 °C (thermostat 5-6) et recouvrez une plaque à pâtisserie de papier cuisson.
Tamisez la farine et le cacao. Cassez en petits morceaux le chocolat au lait et le chocolat blanc. Battez les œufs et le sucre jusqu'à ce que la préparation ressemble à un milkshake et double de volume. Délicatement, incorporez le chocolat fondu. Ajoutez ensuite les pépites de chocolat.
Faites cuire au four 25 minutes, jusqu'à ce que la croûte soit brillante.

*

Izzy suivit les instructions qu'elle avait reçues par e-mail. Complètement frigorifiés par le déchaînement des éléments à une centaine d'étages au-dessus du sol, Darny et Izzy furent soulagés de se réfugier dans la chaleur du bâtiment, puis d'un taxi jaune. Izzy commençait à prendre le coup de main avec les taxis ; Austin lui avait expliqué qu'il ne fallait pas les héler et attendre qu'ils s'arrêtent devant elle. Elle devait à la place ouvrir la porte d'un taxi qui passait et sauter dedans, sinon quelqu'un d'autre la devancerait. Au début, Izzy avait jugé cette pratique grossière et impolie, jusqu'à ce qu'elle se fasse griller la priorité par trois personnes, ce qui était bien sûr encore plus impoli ; par conséquent, désormais, Izzy montait à bord et sortait des taxis comme une vraie Américaine, avec Darny sur ses talons.

Ils traversèrent le joyeux chaos de Times Square, regorgeant de touristes aux joues rosies qui regardaient dans tous les sens afin de comprendre la renommée de cet endroit. À chaque passage pour piétons, un père Noël agitait une cloche. Des gens achetaient des billets pour des spectacles de Noël et admiraient les immeubles magnifiquement illuminés et les panneaux lumineux diffusant les vœux de Coca-Cola et Panasonic. Tout n'était qu'une profusion de lumières et de sapins de Noël ; à chaque coin de rue surgissaient des chorales, des personnes qui faisaient sonner une cloche, ou des vendeurs de sacs à main de contrefaçon sur lesquels Izzy lorgnait d'un air un peu triste, avant de revenir à la raison et de poursuivre sa route. Elle ne pouvait imaginer l'expression de Caroline si elle rentrait avec un faux Kate Spade, sans parler de la crainte de se faire prendre par la douane.

L'endroit où ils étaient attendus – « tôt », comme il avait été stipulé – était un grand immeuble à l'angle d'une rue, dont la façade portait une publicité dans le style des années cinquante pour un distributeur de boissons. L'établissement s'appelait le *Verity Deli* et ses murs étaient recouverts de photographies de son illustre clientèle : Woody Allen, Liza Minnelli, Steven Spielberg, Sylvester Stallone… Une petite file d'attente se formait déjà. Une serveuse plutôt âgée, aux cheveux orange et à la poitrine opulente comprimée dans un uniforme vert, les mena directement vers une banquette aux multiples raccommodages. Izzy commanda une tasse de thé et laissa Darny, qui l'observait attentivement, demander un « flotteur à la racinette », bien que tous les deux n'aient pas la moindre idée de ce dont il pouvait s'agir. La serveuse arriva avec un verre gigantesque, aussi grand que la tête de Darny, contenant un mélange de glace et de soda. Darny fixa de nouveau Izzy, mais elle ne fit aucun commentaire. Aussi goûta-t-il à sa boisson sans attendre.

Darny et Izzy patientèrent longtemps. La serveuse revint les voir plusieurs fois. Le menu était interminable, avec toutes sortes de plats : longe de bœuf rôtie, knish, sandwich de pastrami au seigle et beaucoup d'autres choses qui ne voulaient rien dire pour Izzy. Cette dernière était légèrement scandalisée par l'état des banquettes et l'allure négligée de la serveuse. Elle n'aurait pour rien au monde passé son doigt sur le dessus des cadres.

Vingt minutes plus tard, tandis qu'Izzy tripotait son téléphone en regrettant de ne pas avoir emporté de livre et que Darny dégustait stoïquement son flotteur à la racinette jusqu'au point de se sentir nauséeux, la porte s'ouvrit avec fracas, pour laisser entrer une rafale de vent sifflante. Une grande femme impérieuse, qui arborait des vêtements vieillots, très simples et faits main, ainsi qu'un chapeau assez sophistiqué, fit son entrée.

— Isabel ! s'exclama-t-elle fortement, avec un accent américain.

— Maman.

Darny leva les yeux pour la première fois de la journée.

*

Marian se faufila jusqu'à leur table. La serveuse âgée arriva en un clin d'œil, mais Marian la chassa d'un geste de la main.

— Beverly ! cria-t-elle. Attendez que je dise bonjour à ma chère fille, je ne l'ai pas vue depuis une éternité. Regardez-la, n'est-elle pas jolie ?

Marian pinça les joues d'Izzy. Celle-ci s'efforça de ne pas y prêter attention et serra sa mère dans les bras.

— Et qui est-ce ? Tu as eu un enfant sans me prévenir ?

— Non, répondirent en chœur Izzy et Darny.

Marian s'assit et repoussa le menu plastifié.

— On va prendre trois sandwichs au pastrami, sans cornichons. Et trois flotteurs à la racinette.

— Non merci, déclina Darny, qui semblait un peu écœuré.

— Deux flotteurs alors. Il faut que tu goûtes ça, Isabel.

— D'accord.

Leurs boissons arrivèrent en un temps record. Marian dévisageait toujours sa fille de la tête aux pieds.

— Je ne t'ai pas vue depuis…

— L'enterrement de Grampa.

Izzy avait fait publier un avis de décès dans le *Manchester Evening News* et avait été stupéfaite des réactions. Plus de deux cents personnes – qui avaient travaillé avec son grand-père ou dégusté ses pâtisseries – l'avaient contactée, et l'église s'était révélée pleine à craquer. Ce fut un moment plutôt poignant. Sa mère acceptait les condoléances des gens et paraissait belle et courageuse, tandis qu'Izzy avait tenté de sustenter un défilé interminable d'amis et de personnes venus manifester leur soutien, dont la plupart eurent la gentillesse de lui dire qu'elle avait hérité du talent de son grand-père.

Tant d'anecdotes avaient été racontées. Le crédit accordé quand un chef de famille s'était retrouvé au chômage ; un apprenti engagé à sa sortie de prison ; un voleur renvoyé avec une bonne leçon et une tape sur les doigts, et qui n'avait plus jamais recommencé. Il y eut des histoires de pièces montées, de gâteaux de baptême, de beignets chauds pour de petites mains froides en route pour l'école, d'odeur de pain frais toujours dans les narines. Joe avait touché beaucoup de vies, et les gens avaient souhaité qu'Izzy le sache, ce pour quoi elle était reconnaissante.

Elle avait été ravie en outre d'être occupée durant l'enterrement et les formalités à régler ; elle avait eu en permanence quelque chose à faire. Ce ne fut qu'une fois tout ordonné et de retour à Londres qu'elle avait passé ses nuits à pleurer dans les bras d'Austin. Il avait été parfait. Il avait compris, peut-être mieux que quiconque.

Joe avait un peu d'argent – pas beaucoup. Au soulagement d'Izzy. Son grand-père avait travaillé dur toute sa vie, et elle avait tout dépensé dans la meilleure maison de retraite et le personnel le plus gentil qu'elle avait pu trouver, afin qu'il soit aussi à l'aise et heureux que possible. Elle ne regrettait pas un seul centime déboursé. Izzy avait utilisé sa part d'héritage pour prolonger son bail et rembourser une partie de son prêt immobilier. Sa mère, quant à elle, s'en était servi pour se rendre dans un ashram, ou quelque chose de ce genre, et faire la liste de toutes les inexactitudes de *Mange, prie, aime*.

Et voilà qu'Izzy la retrouvait à présent, dans une brasserie de New York. C'était très étrange.

— Hé, fit Izzy.

— Alors… Raconte-moi tout.

Cependant, avant même qu'Izzy n'ouvrît la bouche, Marian cherchait la serveuse du regard.

— Tu sais, confia-t-elle, je ne devrais pas manger ces trucs. Depuis l'ashram, je ne mange que des aliments crus. Apparemment, j'ai un système digestif très sensible et je ne peux pas digérer la farine raffinée. Mais *oy vey*, comme on dit !

— Maman…

Izzy considéra le sandwich devant elle. Il était tellement haut qu'elle doutait de pouvoir le faire entrer dans sa bouche. Elle ne savait pas très bien comment s'y prendre pour le manger.

— Tu es juive maintenant ?

Marian prit un air solennel.

— Eh bien, je crois que, d'un point de vue concret, nous sommes tous juifs.

Izzy hocha la tête.

— Sauf que nous sommes anglicans.

— Cela reste la tradition judéo-chrétienne. Enfin bref, je change de nom.

— Pas encore ! maugréa Izzy. Arrête. Tu te souviens du bazar avec la banque quand tu ne voulais plus te faire appeler « Plume » ?

— Non. De toute façon, ce n'est pas compliqué à se rappeler. Je vais m'appeler Miriam.

— Pourquoi t'embêter à changer Marian en Miriam ? C'est pratiquement la même chose.

— Sauf que l'un renvoie à la mère du Christ – un grand prophète assurément –, et l'autre à la sœur de Moïse qui a conduit le peuple élu vers la Terre promise.

Izzy avait appris depuis longtemps à ne pas chercher de logique dans les dernières lubies de sa mère. Elle se contenta de sourire avec résignation.

— Ça me fait plaisir de te voir, maman. Est-ce que ça te plaît de vivre ici ?

— C'est l'endroit le plus merveilleux sur Terre. Il faut que tu viennes visiter le kibboutz.

— Tu vis dans un kibboutz ?

— Bien sûr ! On essaie de vivre le plus authentiquement possible. Les samedis sont difficiles, mais à part ça…

— Pourquoi les samedis sont difficiles ? demanda Darny (c'était la première fois de la journée qu'il prenait la parole spontanément).

Marian se tourna vers lui.

— Et toi, qui es-tu ? l'interrogea-t-elle franchement.

— Je m'appelle Darny Tyler, répondit-il, en reportant son attention sur son sandwich.

— Et quelle est ta place dans tout cela ? Est-ce que ma fille est gentille avec toi ?

Darny haussa les épaules.

— Mais oui ! s'offusqua Izzy. Je suis gentille avec tout le monde.

— Tu es trop gentille, lui reprocha Marian. Tu essaies toujours de faire plaisir aux gens, c'est ton problème.

Darny en convint en hochant la tête.

— Elle veut toujours que tout le monde l'aime bien, tous les profs et tout.

— Qu'est-ce qu'il y a de mal à ça ? Bien sûr que je veux que les gens m'apprécient. Tout le monde devrait avoir envie d'être apprécié des autres. Sinon, on vit dans un monde de guerres et de disputes.

— Ou de franchise, rétorqua Darny.

— Tout juste, approuva Marian.

Darny et elle échangèrent un regard.

— Vous vous liguez contre moi, tous les deux, dit Izzy, qui tenta de croquer dans un bout de son sandwich.

Il était absolument succulent. Dès qu'elle le goûta, tous ses doutes concernant ce café et son standing disparurent complètement. C'était intéressant, se dit-elle, en observant la file d'attente à l'extérieur. Les gens venaient là pour une seule raison : les plats délicieux. Que le lino soit un peu craquelé ou les fenêtres sales n'importait pas le moins du monde. Izzy observa les autres clients, qui arrivaient d'un pas pressé, hurlaient leur commande, dispersaient des sachets de sel et des touillettes sur le comptoir et jouaient des coudes. C'était bien. C'était ainsi que les gens aimaient cet endroit. Il ne conviendrait peut-être pas à la clientèle d'Izzy, mais celle de cet établissement en était satisfaite.

— Alors, raconte-moi, comment ça se passe à l'école, Darny ? demanda Marian.

Darny haussa les épaules.

— C'est nul.

— Ce n'est pas « nul », protesta Izzy. Il a d'excellentes notes en maths et en physique. Et pas de notes dans les autres matières, non pas parce qu'il n'est pas bon, mais parce que ça ne l'intéresse pas.

— Je détestais l'école, déclara Marian. J'ai arrêté dès que j'ai pu.

Et parce que tu es tombée enceinte, se retint d'ajouter Izzy.

— Izzy était du genre première de la classe, elle étudiait beaucoup, elle est allée à l'université, elle a réussi tous ses examens. Une vraie bûcheuse. Et qu'est-ce qu'elle fait aujourd'hui ? Des gâteaux ! Ce qui est très bien, je te l'accorde, mais est-ce que ça valait la peine que son grand-père lui paie trois ans d'études ?

— En réalité, mes études me sont très utiles, contesta Izzy.

— Alors, qui es-tu exactement ? poursuivit Marian.

— Je suis le petit frère d'Austin. Austin, c'est son copain.

Darny grimaça, ce qui fit rire Marian.

— Je ne savais pas que tu voyais quelqu'un.

— Austin, dit patiemment Izzy. Le grand qui était à l'enterrement ? Chez qui je vis ? Dont je te parle au téléphone ?

— Oh oui, oh oui, bien sûr. Il faut que je fasse sa connaissance un jour.

— Tu l'as déjà vu. Quatre fois.

— Oh, bien sûr que oui. Tant mieux pour toi ! Maintenant, Darny, parle-moi des âneries qu'ils t'apprennent à l'école.

À la grande surprise d'Izzy, Darny se lança dans une longue explication à propos de leur professeur d'éducation sexuelle qui était devenue tout hésitante et troublée en faisant un geste malheureux avec une banane. C'était une histoire amusante. Marian l'écouta attentivement et lui posa des questions pertinentes. Ils se retrouvèrent à discuter des lapins qui étaient utilisés pour les cours d'éducation sexuelle et se demandèrent pourquoi ce n'étaient pas plutôt des pingouins gays. Izzy fut frappée d'une part par l'intérêt de Marian pour cette conversation (et celui de Darny aussi en réalité) et, d'autre part, par sa façon de s'adresser à Darny comme s'ils étaient deux adultes, ou deux adolescents – Izzy avait un doute sur ce point. En tout cas, ils se comprenaient mutuellement. Izzy les observa avec une certaine tristesse. Darny était si vif, plein de contradictions et prompt au débat. Izzy trouvait cette attitude fatigante et problématique, mais pour sa mère, c'était manifestement un défi, alors qu'Izzy s'était tant efforcée d'être sage et de bien se comporter pour gagner l'estime de sa mère.

Au moins, Grampa l'avait aimée pour ce qu'elle était. Elle le savait très bien. Tout comme Austin. Pas étonnant qu'il ait été si surpris par son coup d'éclat de la veille. Izzy toucha discrètement son téléphone et se demanda ce qu'il faisait. Elle jeta un coup d'œil vers les cuisines, remplies de cuisiniers qui criaient, se taquinaient et affrontaient l'affluence du déjeuner. Elle aurait bien aimé pouvoir confectionner un gâteau. Cuisiner apaisait toujours sa nervosité. Mais, entre la petite chambre d'hôtel et les repas au restaurant, c'était absolument impossible. Elle devait pour le moment faire contre mauvaise fortune bon cœur. Et se réjouir que Darny et sa mère semblent bien s'entendre. Il y avait au moins un point positif dans tout cela.

*

Ils laissèrent un pourboire généreux (Izzy régla la note, et Marian ne l'en empêcha pas), quittant à contrecœur la banquette confortable pour la rue glacée. Marian expliqua qu'elle devait aller récupérer des knishs chez *Dean & Deluca*, une phrase dont Izzy ne saisit pas un mot.

— Combien de temps restes-tu ? s'enquit Marian.

— Quelques jours. On pourrait venir te voir chez toi ?

Marian fronça les sourcils.

— Tu sais, c'est plutôt animé à la communauté… Bien sûr. Oui, bien sûr. Je t'enverrai l'adresse. (Marian les embrassa généreusement tous les deux.) *Mazel tov !* leur cria-t-elle d'un air joyeux, tout en s'éloignant dans ses vêtements farfelus cousus main, avant de s'engager sur un passage pour piétons au rouge, comme si elle était née aux États-Unis.

— Elle est cool, ta mère, déclara Darny alors qu'ils montaient dans un taxi pour se rendre au musée Guggenheim.

— Oui, c'est ce que les gens pensent.

— Tu ne la vois pas beaucoup ?

— Non, soupira Izzy. Mais ce n'est pas grave. Ça ne m'a jamais vraiment dérangée.

Le silence retomba entre eux. Il parut cependant un peu plus chaleureux cette fois-ci.

Après avoir passé une heure à essayer d'apprécier l'art (et Darny à monter et descendre en courant la fameuse rampe hélicoïdale), Izzy était complètement épuisée. Elle s'apprêtait à suggérer à Darny de rentrer à l'hôtel pour faire une sieste quand son téléphone sonna. C'était Austin qui lui envoyait l'une de ces courtes adresses tout en chiffres typiquement new-yorkaises. Il leur proposait de s'y retrouver, ce qu'Izzy accepta.

*

Austin avait eu la tête ailleurs durant sa réunion. Il n'avait pas écouté un traître mot de ce qui s'était dit et s'était contenté de soumettre une analyse personnelle de la situation. Étonnamment, personne ne sembla remarquer qu'il n'avait pas suivi la discussion. Peut-être que ne pas écouter était la clé du succès ici. Peut-être était-ce leur façon de procéder. Il n'avait pu s'empêcher d'être distrait. Il était affreusement malheureux, alors qu'on lui offrait un pont d'or et un tout nouveau mode de vie – un mode de vie dont il n'aurait jamais rêvé. La réussite, la sécurité pour Darny et lui ; un avenir.

Mais la personne avec qui il désirait plus que quiconque partager cet avenir ne semblait pas en avoir envie.

Austin n'avait pas eu le coup de foudre pour Izzy. Il l'avait trouvée excentrique, avant de l'apprécier. Peu à peu, il avait compris qu'il ne pouvait pas se passer d'elle. Mais c'était plus que cela. Il lui faisait confiance ; il prenait en compte son avis. Ils avaient la même vision des choses sur tant de sujets. Alors, comme Izzy n'avait clairement pas envie de venir vivre ici avec lui, sa confiance s'en trouva sincèrement ébranlée. Il avait fini par tellement compter sur elle qu'il pensait qu'elle serait toujours à ses côtés.

Il marcha sur les trottoirs recouverts de neige sale. Les gens devaient le prendre pour un fou d'être dehors par ce temps, mais il aimait marcher dans Manhattan ; il y avait tant de choses à admirer et, avec son pas long et régulier, il s'intégrait dans la foule, car tout le monde marchait vite ici. De plus, il aimait sentir le pouls de la ville dans ses veines et cette effervescence électrique. Il aimait cela. Et cela plairait à Izzy également.

Il grommela intérieurement. Il savait… Il pensait savoir… S'il la suppliait, s'il insistait et lui forçait la main – ce qui n'était pas du tout son genre –, elle viendrait. Elle le ferait. Elle viendrait, n'est-ce pas ? Mais quand bien même, Austin savait qu'elle ne serait pas heureuse. Ce n'était pas possible. Elle avait travaillé si dur pour fonder le *Cupcake Café* et c'était son… son but dans la vie, supposa-t-il. Izzy, les mains couvertes de farine, les joues rosies par la chaleur du four ; Izzy, qui donnait une petite tape sur la tête de chaque enfant et avait un mot gentil à l'intention de chaque client frigorifié et las. Son métier la définissait. Alors l'enfermer dans un appartement d'un gratte-ciel vitré de Manhattan, pendant qu'il resterait d'interminables heures à son travail…

Il refuserait sans hésitation.

Toutes ces pensées tournaient encore et encore dans son esprit. Voilà ce qu'il avait décidé. Malheureusement, il y avait un autre détail. Un détail qui mettait à mal toutes ses bonnes intentions à l'égard d'Izzy : la lettre qu'elle avait trouvée au courrier avant de s'envoler pour New York. Elle était un peu froissée et tachée à cause du voyage en avion et de ses séjours dans différents sacs. Izzy l'avait laissée sur la table de chevet d'Austin. Elle n'était pas au courant, bien entendu, de la gravité de la situation.

> Cher M. Tyler,
>
> Nous, l'équipe du collège de Carnforth Road, craignons que le comportement de votre fils/pupille soit devenu, malgré des avertissements répétés, intolérable pour notre établissement. Nous envisageons une exclusion permanente. Nous pensons que les besoins particuliers de Darny ne sont pas comblés par notre collège…

La lettre se poursuivait encore longuement. Des paragraphes principalement de nature juridique. Austin ne les avait pas lus.

Il n'existait qu'un seul autre collège dans le quartier : *King's Mount*. Il était médiocre et dangereux du temps d'Austin, et cette réputation ne l'avait pas quitté de nos jours. Les parents le fuyaient comme la peste ; ils déménageaient pour que leurs enfants n'y soient pas rattachés. Les bagarres y étaient fréquentes ; cet établissement recueillait tous les enfants refusés ailleurs, auxquels on accordait une dernière chance avant la maison de correction, ou ceux dont les parents ne se souciaient pas du tout. Classé en zone prioritaire depuis toujours, il ne pouvait être fermé en raison de sa capacité d'accueil et du fait qu'aucun autre établissement ne voulait des élèves qui le fréquentaient.

Darny ne survivrait jamais à ce collège. Austin n'avait pas les moyens de l'envoyer dans une autre école. Pas à Londres. Encore fallait-il qu'il soit accepté, ce qui était sans doute compliqué étant donné son dossier. Austin eut la gorge serrée.

Merv lui avait déjà remis une brochure du collège où étaient scolarisés ses enfants, en lui assurant qu'il pourrait y faire entrer Darny. Les élèves étaient douze par classe, l'établissement était équipé d'une piscine et organisait des entretiens individuels hebdomadaires pour « développer le potentiel créatif et social » et « favoriser l'indépendance et la structuration des idées ». Austin envisageait cette possibilité depuis lors. L'intransigeance de Darny était due en partie à son âge ; ce comportement était entièrement normal, mais on le materait sans doute sévèrement à *King's Mount*… Cette idée était insupportable pour Austin. Darny était petit pour son âge. Petit, pas très courageux, mais grande gueule. Austin se souvint d'une phrase prononcée incidemment par Izzy : même si elle n'aimait pas que de grandes bandes de jeunes viennent dans sa boutique (elle les laissait entrer, mais Pearl se chargeait de les faire sortir s'ils devenaient trop bruyants), elle avait envie de faire une exception pour les petits terrifiés qu'elle voyait sortir de *King's Mount*, avec leur visage pâle et effrayé.

Austin soupira. Renoncerait-il à ce travail et tout le reste pour Izzy ? Bien entendu. Certes, New York serait une aventure palpitante, mais il ne mettrait pas leur couple en danger pour autant. Pas s'il devait être seul.

Enfin, il n'était pas seul, car, depuis longtemps, sa vie, c'étaient Darny et lui.

*

Dès qu'Izzy aperçut la façade de l'endroit où ils avaient rendez-vous, elle comprit et ne put s'empêcher d'éprouver un léger agacement. C'était là qu'Austin avait acheté les cupcakes. Ces ennemis… Elle était curieuse néanmoins, c'était plus fort qu'elle. La boutique s'appelait *Cupcakes de New York City*, d'après le lettrage vintage collé sur la vitrine. C'était là que nombre de grands créateurs new-yorkais de cupcakes avaient fait leurs premières armes… Peut-être était-elle tombée sur une mauvaise fournée. Ce ne serait pas une mauvaise idée d'en goûter d'autres, de jeter un œil et de trouver éventuellement l'inspiration pour de nouvelles recettes. En réalité, Izzy regretta de ne pas y avoir pensé plus tôt, au lieu de s'en remettre au guide touristique et d'essayer d'expliquer des œuvres d'art à Darny qu'elle n'avait pas réellement comprises, sans être capable de répondre à ses questions.

L'odeur du café qui flottait dans la rue l'apaisa légèrement, même si elle avait ce côté étrange, un peu brûlé, qu'Izzy avait appris à associer aux cafés américains. Elle lui rappelait son quotidien en quelque sorte. Elle huma l'air. Quelque chose était curieux. Elle sentait bien une odeur de pâtisserie, ce parfum chaud qui embaumait la moitié de la rue. Et elle apercevait des gâteaux dans la vitrine. Mais ceux-ci ne correspondaient pas à l'odeur, qui faisait davantage penser au pain. Quelque chose clochait.

Izzy regarda à travers la vitrine embuée. Elle fut surprise de découvrir qu'Austin était déjà arrivé. Cela ne lui ressemblait pas d'être à l'heure, encore moins en avance. Il discutait avec quelqu'un. De façon assez intime. Izzy cilla des paupières. Il n'avait pas évoqué qu'il serait accompagné.

— Bon, on y va ? s'impatientait Darny, en sautillant. Ça gèle ici !

— D'accord, d'accord.

Izzy ouvrit la porte. La sonnette fit un bruit électronique. Elle préférait sa vraie clochette.

Austin leva les yeux, d'un air presque coupable. La jeune femme avec qui il s'entretenait était ravissante, comme le remarqua Izzy, avec ses dents parfaites, sa bouche rose et ses jolies taches de rousseur. Izzy se demanda si elle était paranoïaque, mais cette fille sembla lui lancer un regard noir. Izzy jugeait peut-être trop sévèrement New York et ses habitants. Il fallait qu'elle se calme, se détende un peu. Tout irait mieux à présent.

— Bonjour, dit-elle, le plus gaiement possible.

Austin sourit. Il paraissait toujours un peu mal à l'aise et avait l'impression que les choses ne se passaient pas aussi formidablement qu'il l'aurait cru.

— Salut !

— Ça craint New York, annonça Darny, comme si ses doutes de longue date étaient confirmés. Ça caille et c'est vraiment la mort. Mais on y mange bien, ajouta-t-il, en regardant les cupcakes.

— Bonjour, les salua Kelly-Lee.

Elle était quelque peu déconcertée. Les petites amies, elle pouvait gérer, mais elle ne savait pas qu'ils avaient un enfant. C'était fâcheux. Austin paraissait en outre trop jeune pour être le père de ce garçon.

— Tu es venu rendre visite à ton papa ?

— Mon papa est mort, répondit brutalement Darny, comme il le faisait toujours dans cette situation. C'est mon frère.

— Aaahh !

Darny connaissait bien ce « aaahh ». Austin et lui échangèrent un regard.

— Viens ici, sale gosse !

— Tiens, laisse-moi t'offrir un cupcake. Je ne sais pas si vous en avez dans ton pays. C'est une spécialité américaine. En voici un de Noël rien que pour toi !

Darny leva les yeux au ciel, mais il n'allait tout de même pas refuser un gâteau gratuit.

Izzy eut un sourire crispé. Kelly-Lee se tourna vers elle.

— Oh oui, j'avais oublié. Vous faites des gâteaux, c'est ça ?

— Oui.

Izzy comprit ce que l'odeur avait d'étrange : elle provenait d'un diffuseur. Elle était chimique. Rien n'était préparé sur place.

— C'est un vrai métier ou un passe-temps ?

— C'est mon métier.

— Oh. Moi, je voulais être actrice.

— Euh, c'est un plaisir de faire votre connaissance, déclara Izzy, légèrement confuse.

— Austin et moi avons passé un peu de temps ensemble, expliqua Kelly-Lee, en posant malicieusement sa main sur le revers du manteau d'Austin.

Elle alla débarrasser des tasses sur quelques tables, en veillant systématiquement à se pencher en avant pour qu'Austin et Izzy remarquent ses fesses incroyablement fermes et rebondies, grâce à ses multiples séances hebdomadaires de Pilates.

Izzy regarda Austin en haussant les sourcils.

— Euh, elle est très sympa, se justifia-t-il.

— Et n'oubliez pas de m'appeler ! lança Kelly-Lee. Ne vous inquiétez pas, je veillerai sur lui en votre absence !

Elle se fendit d'un énorme et large sourire américain, à la barbe d'Izzy, qu'elle salua joyeusement d'un petit coup de torchon avant de disparaître dans les cuisines. Izzy fulminait.

— Mais qui c'est celle-là ?

— Je n'en sais rien, une fille, répondit Austin, embarrassé.

— Une fille ? Une fille ? Tu viens d'entrer dans une boutique de cupcakes et tu as discuté avec une fille comme ça ?

— On n'a fait que discuter.

— Donc tu n'as pas son numéro ?

Austin réfléchit.

— Euh, si, elle m'a donné son numéro… Mais je ne le lui ai pas demandé. Je ne sais même pas ce que j'en ai fait. Elle me l'a donné au cas où tu ne viendrais pas à New York.

Izzy cligna des yeux, incrédule.

— Quoi ? Si une vendeuse de cupcakes n'était pas disponible, une autre aurait fait l'affaire ?

— Non ! Non ! se défendit Austin. Tu as tout faux. Tu te trompes royalement ! Tu ne comprends rien depuis que tu es ici.

— Je ne t'ai pas vu depuis que je suis arrivée ici, répliqua Izzy, en se rendant compte soudain qu'elle avait les larmes aux yeux. (Austin et elle ne se disputaient presque jamais.) Et je crois que je ferais mieux de m'y habituer, puisque tu vas venir vivre ici, auprès de toutes ces nouvelles personnes que tu connais, avec tous ces trucs cool que tu fais. Et moi, je vais rentrer à la maison et reprendre ma triste vie de pâtissière. D'ailleurs, je fais de vrais gâteaux, moi ! cria-t-elle de sorte que Kelly-Lee l'entende. Pas ces merdes en plastique pondues à la chaîne, avec de l'huile végétale et des dates de péremption. Est-ce que tu connais la date de péremption d'un cupcake ? Il n'y en a pas ! Il faut le consommer dans l'heure. Donc, c'est de la merde, comme tout ici, et tu vas venir vivre ici, pour toujours, et je me rends compte que je dois l'accepter. Mais je ne comprends pas pourquoi, bon sang, tu dois me jeter à la figure tes nouvelles conquêtes et tes nouvelles passions, avant même que je sois partie.

Austin était sidéré. C'était la première fois qu'il voyait Izzy s'emporter de la sorte. Il la regarda, troublé. Il n'avait pas saisi la partie sur l'huile végétale.

— Izzy… Izzy, s'il te plaît.

— Non ! Ne me fais pas passer pour une ingrate et une idiote. Tu as pris ta décision, alors ne me fais pas croire que tu hésites ou que tu pèses encore le pour et le contre. J'ai rencontré les gens avec qui tu vas travailler. Ils ont l'air convaincus que tu vas quitter tout ce que nous avons. Mais ne prends pas la peine de me l'annoncer, j'ai deviné toute seule.

Izzy se retourna, mit son bonnet et sortit en furie de la boutique.

— Est-ce qu'elle va bien ? s'inquiéta Kelly-Lee qui revint de l'arrière-boutique, les yeux écarquillés, d'un air compatissant. Je suis désolée, je ne pensais pas qu'elle piquerait une crise. Elle est souvent comme ça ? J'espère que je n'ai rien dit de mal. C'est dans le caractère de certaines personnes d'en faire des tonnes, pas vrai ?

— Ne vous en faites pas, la rassura Austin, qui ne voulut pas la contredire et régla le café.

— Ce cupcake est dégueulasse, déclara Darny. En toute objectivité, c'est carrément pas bon.

— Tu es trop mignon, minauda Kelly-Lee. J'adore ton accent.

— Darny, est-ce que tu peux rester là cinq minutes ? Je ferais mieux de rattraper Izzy.

— Rester avec elle ? Jamais de la vie ! Tu ne peux pas me laisser là, c'est interdit par la loi.

— Darny, s'il te plaît ! le supplia Austin.

Darny croisa les bras et prit un air rebelle. Quand Austin et lui sortirent enfin de la boutique, il n'y avait pas le moindre signe d'Izzy.

*

La nuit tombait. Il faisait un froid de canard, jamais Izzy n'avait ressenti un tel froid. Les gens qu'elle croisait étaient de vagues silhouettes dans de grosses doudounes, d'énormes bonnets et écharpes, tels des bibendums qui se pressaient de se mettre à l'abri. Le soleil se couchait dans des teintes rose, rouge et dorée, s'insinuant à travers les gratte-ciel et projetant des ombres tentaculaires sur les trottoirs fréquentés. Izzy le remarqua à peine ; elle courut, aveuglément, les larmes lui piquant les yeux. Il était temps d'admettre la réalité, elle le savait. Austin allait venir vivre ici. New York allait devenir son domicile, et celui de Darny, c'était ainsi. Et toutes les femmes se jetteraient aussitôt sur lui et…

Elle était à peine capable de réfléchir. Elle se retrouva sur la cinquième avenue, se faufilant confusément dans la foule. Désorientée, elle fut un peu effrayée par la masse des gens ; elle avait simplement envie de se retrouver seule pour pleurer un bon coup. Et cette ville ne semblait pas offrir beaucoup d'intimité.

Son téléphone sonna. Elle le chercha dans sa poche, son cœur battant la chamade. Était-ce terminé ? Qu'allait-elle dire ? « Désolée, Austin, mais nous deux, c'est fini » ? « Je te quitte parce que, de toute façon, tu es sur le point de me quitter et je n'ai pas envie de vivre quatre mois de supplice pendant que tu fais des allers-retours entre Londres et New York, car tu es incapable de prendre une décision » ? Ou « S'il te plaît, je t'en prie, reviens à Londres auprès de moi et renonce à cette perspective d'avenir palpitant pour te retrouver coincé derrière un bureau à Stoke Newington pour le restant de tes jours » ?

Elle était tentée de ne pas répondre (comme elle était à l'étranger le nom de son correspondant ne s'affichait pas sur l'écran), car elle ne savait pas quoi dire et un baragouin larmoyant et dégoulinant ne serait d'aucune utilité. Mais ne pas répondre serait pire, à la fois méchant, horrible et effrayant, et si Austin remettait les choses à plus tard et qu'elle aussi, cela n'aiderait pas.

— Allô ? murmura-t-elle dans le téléphone.

À peine avait-elle ôté son gant pour décrocher que sa main était froide et engourdie. Elle se dirigea machinalement vers le nord qui semblait plus calme, jusqu'à Columbus Circle, qui bordait Central Park.

— Oh, Dieu merci ! s'exclama Pearl. Je t'ai enfin. Izzy, j'ai peut-être… hmm… un peu exagéré la dernière fois. À propos de la situation…

— Quoi ?

Izzy renifla, brusquement de retour à la réalité.

— Euh…

*

Pearl était dans la cuisine en sous-sol du *Cupcake Café*. On aurait cru qu'une bombe y avait explosé. La pâte pour les cupcakes à la fraise qu'Izzy avait minutieusement préparée à l'avance dégoulinait sur les murs. Des reçus et des morceaux de papier s'amoncelaient partout. C'était le milieu de la nuit et Pearl n'avait pas dormi correctement depuis deux jours.

— Je crois que… Je crois que j'ai cassé le robot.

— Merde, jura Izzy. (Leur robot professionnel était essentiel à leur activité.) Mais c'est samedi demain ! Ça va être une grosse journée avec les achats de Noël. Tout le monde va être de sortie.

— Je sais. Et de la pâte a atterri sur la calculatrice et, du coup, c'est, euh, compliqué de faire les comptes. Et il se peut qu'on ait un contrôle sanitaire.

Izzy prit une décision.

— Écoute, dit-elle, le cœur gros. C'est bon. J'ai ce billet d'avion de riches. (Elle marqua une pause et inspira profondément.) Je prends l'avion tout de suite. On se voit demain matin.

Chapitre 14

Il fallut peu de temps à Izzy pour faire ses bagages. À part le manteau ridicule de Caroline, elle n'avait porté pratiquement aucun des vêtements inappropriés qu'elle avait fourrés dans sa valise à la hâte et avec une sincère excitation. En zappant vainement sur les chaînes de la télévision, elle tomba sur le film *Nuits blanches à Seattle* et faillit éclater en sanglots.

Austin arriva à l'hôtel peu après elle, avec un Darny bougon dans son sillage.

— Ce n'est vraiment pas bon pour moi, disait le jeune garçon. Me retrouver au milieu d'un conflit alors que mon enfance est déjà difficile.

— La ferme, Darny, lui lança Austin, dont le visage se décomposa dès qu'il aperçut la valise d'Izzy.

— Ce n'est pas à cause de toi, le rassura-t-elle. Franchement. Pearl ne s'en sort pas sans moi. Tout est parti à vau-l'eau. (Elle le regarda droit dans les yeux.) Pardon. Je ne peux pas laisser le café.

Austin la fixa. Son cœur tambourinait dans sa poitrine. Darny était assis dans un coin, les traits tirés et tendus. Austin n'avait pas envie de mentionner la lettre dans sa poche. Cela n'aurait pas amélioré la situation. Cela ferait tout empirer ; Izzy pourrait croire qu'Austin lui faisait des reproches, car l'incartade de Darny avait eu lieu en son absence. Il ne voulait pas qu'elle pense avoir mal agi ; par rapport à Darny, par rapport à lui. Elle n'avait rien fait du tout. Austin se sentit vaciller. Il avait envie de lui dire tellement de choses, mais ses paroles changeraient-elles la donne ?

— Je sais, dit-il doucement.

Un long silence s'ensuivit.

Izzy eut l'impression d'avoir été frappée au visage. Il allait la laisser partir, comme ça. Sans même essayer un tout petit peu de la convaincre de rester. Pour un travail stupide. Pour sa carrière. Tout ce qu'elle avait toujours pensé à propos de son gentil, grand et bel Austin… eh bien, jamais elle n'aurait imaginé cette issue possible. Pas comme ça…

Elle tendit la main devant elle pour se calmer. Ce geste donna envie à Austin de pleurer. Izzy paraissait si vulnérable. Mais que pouvait-il faire ? Si ce n'était pas aujourd'hui, cela arriverait un autre jour. Devait-il prolonger la souffrance ? Il eut le sentiment de se déchirer intérieurement ; et pourtant, ils étaient là, et des mots sortaient encore de leur bouche, presque comme des êtres humains normaux.

— Je vais appeler la compagnie aérienne, annonça Izzy.

Elle eut l'impression qu'une autre personne qu'elle s'exprimait, qu'elle lisait le script d'un autre. Elle aurait dû dire plutôt « Prenons le ferry pour aller voir la statue de la Liberté », « Allons passer une soirée romantique dans un bar, où un pianiste jouera *It Had to Be You* », « Allons regarder les panneaux publicitaires à Times Square », « Allons admirer toutes les illuminations de Noël »…

— Je vais demander à quelqu'un de s'en occuper, lui répondit Austin, comme un robot.

— Quelqu'un à ton bureau ? À New York ? demanda Izzy, avant de regretter ses paroles ; la situation était déjà suffisamment déplaisante, nul besoin d'en rajouter en étant méprisante. Pardon. Excuse-moi. Je ne le pensais pas.

— Non. C'est bon. C'est moi qui suis désolé. Enfin…

Austin parut si profondément attristé ; tout ce dont Izzy avait envie était de le prendre dans ses bras et le serrer jusqu'à ce qu'il se sente mieux. *Mais à quoi cela servirait-il ?* pensa-t-elle. Il semblait avoir pris sa décision. À quoi bon tout prolonger ? Faire semblant de mener une carrière financièrement ruineuse et techniquement impossible entre deux continents lointains ?

— Chut, dit-elle. Ne t'en fais pas. (Elle fit un signe en direction de Darny.) Nous pourrons en discuter en Angleterre.

— Hmm.

Austin ne comprenait pas à quel moment précisément la situation avait dérapé. Izzy n'avait même pas pris une seconde pour visiter New York et tenter de voir les côtés positifs. Elle avait rejeté cette perspective dès le départ, comme si elle avait décrété que ce serait une catastrophe, et cela avait fini par conséquent par en devenir une. Austin était extrêmement contrarié.

Le temps s'écoula sans qu'aucun d'eux ne prononce un mot.

— Bon, on s'ennuie, lâcha Darny. Mon hyperactivité va pointer le bout de son nez.

— Je vais passer le coup de fil, dit Austin.

— D'accord, lui répondit Izzy.

Après dix minutes tendues, il fut convenu qu'Izzy prendrait le premier avion le lendemain matin. Il ne restait plus qu'une nuit.

— Est-ce que tu as envie de sortir ? lui proposa Austin.

— Je crois que je vais enfin prendre ce bon bain, déclara Izzy, en s'efforçant de sourire et d'empêcher sa voix de trembler, sans y parvenir tout à fait. Et puis je me coucherai tôt ; ça va être la course au café.

— Oui. D'accord.

Allongés dans l'énorme lit moelleux, avec en bruit de fond la circulation et les coups de klaxon, Izzy et Austin ne trouvèrent pas le sommeil. Izzy pleura ; de grosses larmes silencieuses coulaient sur son oreiller. Elle essaya de ne pas faire de bruit, ni de déranger Austin, jusqu'à ce qu'il se tourne et se rende compte que l'oreiller d'Izzy était trempé.

— Oh, ma chérie, dit-il tout en la serrant contre lui et en caressant ses cheveux. Mon amour. On va trouver une solution.

— Comment ? sanglota Izzy. Comment ?

Mais Austin n'avait pas la réponse. Tous les cas de figure, semblait-il, rendraient l'un des deux très malheureux. Ce qui, à long terme, les rendrait tous les deux malheureux ; il en était parfaitement conscient. Il soupira à nouveau. Pourquoi la vie dressait-elle des obstacles quand tout se passait à merveille ? Et cet obstacle-là, se dit Austin, en caressant les doux cheveux bruns d'Izzy, était énorme. Leurs larmes se mêlèrent sur les draps fins de leur lit.

*

Pearl avait fini par jeter l'éponge et reconnaître son échec. Elle avait téléphoné à Caroline pour qu'elle vienne plus tôt. Celle-ci avait pris un air dépité en découvrant l'état du café. Avant à son tour de passer aussi un coup de fil.

— Perdita ! Et que ça saute ! avait-elle crié à la femme d'une cinquantaine d'années au visage sympathique, mais un peu effrayé, qui était arrivée trois quarts d'heure plus tard.

Perdita avait aussitôt commencé à tout récurer de fond en comble. Pendant ce temps, Caroline parcourut rapidement les comptes.

— Un divorce t'apprend à déchiffrer très facilement un bilan comptable, à voir où est parti tout l'argent, grommela-t-elle.

Pearl avait les yeux rivés sur Perdita.

— C'est ta femme de ménage ? Tu as une femme de ménage et tu travailles quand même dans un café ?

— Oui, parce que Richard est un salaud et un fourbe. Je te l'ai déjà expliqué.

Pearl fixa Caroline d'un regard pénétrant.

— Mais vous ne devez pas être loin d'avoir trouvé un accord maintenant ? Votre histoire traîne depuis des années.

— Pearl, tu es une vendeuse fantastique et une très bonne organisatrice, mais ta paperasse, c'est un vrai travail de cochon et tu cuisines comme un pied, affirma

Caroline, en l'ignorant. On aurait dû répartir correctement les tâches avant qu'Izzy ne mette les voiles.

— Elle n'a pas vraiment mis les voiles. Caroline, j'ai une théorie à ton sujet. Tu veux la connaître ?

— Si c'est à propos de mon incroyable *self-control* devant la nourriture, je te redis simplement que rien ne vaut le…

— Non. Ce sont des conneries. Non, voici ma théorie : je pense que tu travailles ici parce que tu aimes ça.

— Aimer ça ?! Travailler ? Faire un métier où je serai sans doute remplacée par un robot d'ici deux ans ? Avec des gens qui refusent de reconnaître mon talent de décoratrice et mes compétences d'organisation ? Un boulot au contact de gens ordinaires, alors que j'ai joué autrefois un rôle de premier plan dans le monde des affaires ? C'est ça, oui ! Perdita, vous avez oublié une zone. Et occupez-vous des plinthes pendant que vous y êtes.

— Oui, insista Pearl. Je pense que tu aimes vraiment ça.

Caroline lui jeta un regard du coin de l'œil.

— Ne t'avise jamais d'en parler à qui que ce soit. Perdita !!! Avez-vous apporté les sacs que je vous avais demandés ? Si cela vous oblige à faire deux voyages, eh bien, faites deux voyages. Mais apportez-les, voulez-vous ?

Perdita revint rapidement chargée de deux valises.

— Mais qu'est-ce qu'il y a là-dedans ? s'étonna Pearl.

— Ah ah ! répondit Caroline.

*

Maya arriva très peu de temps ensuite, bras dessus bras dessous avec une fille aux cheveux très courts.

— Salut, lança-t-elle à la cantonade, en dardant son joli sourire. Je vous présente Rachida. Rachida, voici Pearl et Caroline. Elles sont très patientes avec moi.

Pearl haussa les sourcils et culpabilisa parce qu'elle n'avait pas été le moins du monde patiente.

— Elle a passé la nuit à s'entraîner, raconta Rachida. Nous avons des amis qui ont une machine à cappuccino. Elle y arrive en six secondes maintenant.

— Super, dit Caroline. Est-ce que vos amis font aussi la comptabilité ?

— Taisez-vous, rétorqua Pearl, en observant Maya et Rachida.

Rachida embrassa Maya sur la bouche avant de s'en aller. Maya retira son manteau et l'accrocha derrière la porte, d'un air détaché.

— À ce soir ! lui cria-t-elle joyeusement, avant de se retourner vers Pearl et Caroline. OK. Je pense que je suis prête.

Pearl adressa un grand sourire à Maya et se maudit de se réjouir du fait que Maya n'était pas du tout une rivale.

— Très bien. Va chercher le plateau de tartelettes. Je les ai enfin réussies au bout du sixième essai !

Pearl se détendit enfin un peu, s'appuya contre le comptoir et alluma la chaîne hi-fi. *Deck the Halls* tomba à plein volume des enceintes et Pearl se surprit à chanter les « fa la la la ». Elle devait vraiment être en manque de sommeil, pensa-t-elle.

*

Izzy pleura dans le taxi, tout le long du trajet jusqu'à l'aéroport. Elle pleura dans le salon VIP, où elle ne fut pas du tout d'humeur à goûter aux douceurs raffinées. Elle pleura les six heures au-dessus de l'Atlantique, s'accordant une pause pour regarder *Nuits blanches à Seattle* – au moins, ce film lui donna une excuse pour sangloter. Elle pleura sans discontinuer dans la navette de l'aéroport, puis dans le métro, puis dans le bus 73.

Elle se ressaisit enfin avant d'entrer dans le café.

*

Izzy s'arrêta net, le souffle coupé. Elle n'avait rien remarqué de l'extérieur ; certes, plusieurs personnes avaient le nez collé à la vitre, mais elle n'y avait pas prêté attention. À l'intérieur, le café était complètement métamorphosé.

De la neige décorait la cheminée et son manteau était recouvert de lierre. Des guirlandes de lierre étaient aussi suspendues au plafond. On avait disposé sur chaque table des fougères et du houx argentés et accroché à la porte une énorme couronne. La pièce avait des allures de forêt enchantée. Le plus remarquable, cependant, c'était que l'étal situé en vitrine avait été retiré et remplacé par un paysage enneigé, avec des collines blanches et une petite ville en bois, illuminée de lampadaires miniatures. Des figurines faisaient de la luge ; des enfants jouaient dans la cour d'une école ; des femmes en tenue de soirée descendaient les marches d'un hôtel ; plusieurs maisons étaient joliment éclairées, et un petit train à vapeur, avec à son bord des passagers minuscules, faisait tout le tour. Le chef de gare agitait un drapeau et soufflait dans un sifflet. De vieilles voitures étaient stationnées sur le parking de la gare et, niché derrière la plus haute des collines, contre un fond étoilé, on pouvait apercevoir le père Noël et ses rennes qui tiraient son traîneau. Ce décor était des plus féeriques.

— Tata Izzy !!! (Louis sortit de derrière le comptoir et se jeta sur Izzy comme s'il ne l'avait pas vue depuis des mois.) *Moi manquais toi !!!*

Izzy apprécia d'être renversée et couverte de bisous.

— Toi aussi, tu m'as manqué, mon chou.

Louis afficha un sourire radieux.

— Nous avons un train ! Tu as vu notre train ? C'est un vrai train ! Il fait des tours et il y a un père Noël, mais il se cache pour pas qu'on le voie !

— Oui, j'ai vu. C'est merveilleux.

— Il n'y a que mes maudits gamins pour ne pas aimer, renifla Caroline. Comment ça se fait que tu sois déjà de retour ? Est-ce que tu as taché mon manteau ?

Louis caressa les cheveux d'Izzy.

— Est-ce que tu m'as rapporté un cadeau ? lui murmura-t-il.

— Oui, chuchota Izzy, qui commença par la question la plus facile.

Elle fouilla dans son bagage à main et en sortit une boule à neige qu'elle avait achetée à l'Empire State Building. Celle-ci renfermait tous les beaux bâtiments de New York (l'Empire State Building, le Chrysler, le Plaza), ainsi que de petits taxis jaunes. Louis la tint avec un émerveillement absolu et la secoua encore et encore, complètement ébahi.

— *Z'aime* mon cadeau, Izzy, dit-il doucement.

Pearl s'approcha et regarda attentivement Izzy. Sa patronne n'était pas pétulante comme à son habitude. Pearl mit cela d'abord sur le compte du décalage horaire. Mais non, il y avait autre chose. C'était comme si une lumière s'était éteinte dans le regard d'Izzy. Ses traits étaient tirés et son visage était dépourvu de son éclat rosé habituel.

— C'est un joli cadeau, Izzy, la remercia Pearl, en se servant du présent comme prétexte pour la serrer dans ses bras.

Izzy faillit craquer, mais elle n'avait plus de larmes. Elle se tourna vers Caroline.

— C'est toi qui as fait tout cela ?

Caroline acquiesça d'un signe de tête.

— Enfin, c'est mon décorateur d'intérieur, à vrai dire. Comme c'est plein de poussière et que ça encombre ma maison, je l'ai apporté ici. Achille avait l'air un peu triste devant nos décorations minimalistes, mais ça va. Nous avons toutes les chances de remporter le prix de la plus belle boutique décerné par le *Guide du Londres très secret.*

— C'est beau. Merci.

Izzy sourit à Maya, qui tenait en équilibre quatre mugs d'un bras tout en versant une mousse de lait parfaite de l'autre main.

— Je vois qu'il ne t'a pas fallu longtemps pour prendre le coup de main !

— Oh que si. Je me suis entraînée cinq heures tous les soirs.

Pearl hocha la tête pour confirmer. Izzy balaya le café du regard. Les clients semblaient heureux. Plusieurs de ses habitués la saluèrent de la main. Elle eut de nouveau envie de pleurer : cela faisait du bien d'être chez soi.

— J'avais cru comprendre que c'était le bazar total.

— On a eu une petite période difficile, répondit Pearl. Mais c'est passé maintenant.

— Je vois ça. Est-ce que je pourrais avoir une tasse de café ?

*

Austin pleura tout le long du trajet jusqu'à la banque, mais en le cachant. Darny ne prêtait pas attention à lui de toute façon. Austin se rinça le visage dans les toilettes pour hommes, installa Darny avec sa DS à côté de sa secrétaire et entra, avant de changer d'avis, dans le bureau de Carmen pour signer les papiers. Il faisait désormais partie de Kingall Lowestein.

— Bonjour ! dit Merv, qui passa afin de lui serrer la main et se faire prendre en photo avec sa nouvelle recrue pour le bulletin d'information de la banque. Vous ne le regretterez pas.

Austin le regrettait déjà.

— Merv, est-ce que votre secrétaire peut me faire parvenir ces formulaires pour le collège ?

— C'est comme si c'était fait.

*

Izzy se lança dans la préparation des cupcakes pour le lendemain, afin de prendre de l'avance. Maya la regardait avec de grands yeux effrayés, car elle imaginait se faire renvoyer immédiatement, mais Izzy lui demanda, vu le nombre de clients attirés par la vitrine, si elle pouvait rester encore quelque temps. Maya lui répondit par un grand sourire et acquiesça avec joie. En outre, Izzy n'était pas certaine d'être d'humeur à rester en permanence au *Cupcake Café* et pensait peut-être avoir besoin d'un peu de temps pour elle. D'un autre côté, elle n'avait rien d'autre dans sa vie.

*

— Est-ce que je peux venir ?

— Oui, lui répondit Helena, avec l'enthousiasme d'une personne à qui les discussions d'adulte manquaient. Quand tu veux. Aussi longtemps que tu veux. Apporte du vin. Chadani Imelda, arrête de mettre ça dans tes fesses.

— Euh, fit Izzy. Euh… Est-ce que je peux rester dormir ?

Il y eut un blanc.

— Oh.

— Oh, répéta Izzy.

— Oh, ma chérie.

— S'il te plaît, ne me fais pas pleurer. Ou du moins, attends que je sois chez toi.

— Apporte du vin, redit Helena. J'ai décidé sur un coup de tête d'arrêter d'allaiter. Apporte beaucoup de vin !

*

Malgré sa vision trouble, Izzy remarqua qu'en raison de sa visite, Helena avait rangé quelques-uns des jouets et des vêtements d'enfant qui jonchaient habituellement le sol de l'appartement. En réalité, c'était presque inquiétant qu'Helena se soit donné tant de mal.

— Je suis allée acheter du gin, déclara Helena. Et du Schweppes, bien évidemment. À moins que tu ne préfères un martini dry ?

— C'était quand la dernière fois que tu as bu ?

— Il y a deux ans.

— Pas de martini dry, s'il te plaît, répondit Izzy. Surtout pas pour toi ; sinon, tu vas tomber comme une masse à 19 heures.

Elles s'assirent, pendant que Chadani Imelda vidait méthodiquement le sac à main d'Izzy de son rouge à lèvres, sa monnaie, ses tampons et, ce qui lui fendit le cœur, une serviette en papier des *Cupcakes de New York City*. Izzy la ramassa et se moucha dedans.

— Si j'appelais ce numéro, dit-elle en montrant l'indicatif 212 – celui de Manhattan –, il serait sans doute là-bas à l'heure qu'il est. C'est encore l'après-midi à New York.

— Chut. Calme-toi. (Helena leur servit un énorme verre de sauvignon blanc.) Bon. Tu es quelqu'un de fantastique. Lui, c'est une vraie crème. Comment avez-vous fait pour vous fourrer dans ce pétrin ? Et comment vous allez vous sortir de ce mauvais pas, espèces d'idiots ?

*

Après avoir écouté les explications d'Izzy (il lui était presque insupportable de penser à la nuit précédente, quand Austin et elle étaient ensemble dans ce grand lit luxueux, et pourtant si seuls), Helena but une grande gorgée de vin et poussa un long soupir.

— Pff, fit-elle, avant de dire : Bon.

— Je suis censée renoncer à toute ma vie et à tout ce pour quoi j'ai travaillé pour un mec ? s'insurgea Izzy, en se resservant du vin.

— Mais ce n'est pas n'importe quel mec, pas vrai ? On parle d'Austin.

— *Au-in*, répéta Chadani Imelda, qui ressemblait tellement à sa mère qu'Izzy ne put réprimer un sourire.

— Pourquoi vous n'en discutez pas sérieusement pour trouver une solution ?

— Ce n'est pas possible, soupira Izzy. C'est un énorme, énorme contrat qu'on lui a proposé. Et à l'allure où vont les choses à Londres, il pourrait peut-être bientôt perdre son travail ici. Il n'a pas envie de refuser ce poste pour moi. Et, de mon côté, je n'ai pas envie de fermer le *Cupcake Café* pour lui. Ce qui me fait dire que… (à ces mots, Izzy fondit en larmes – des sanglots douloureux et syncopés) que nous ne nous aimons pas assez.

Helena protesta en secouant la tête.

— Mais non. Bien sûr que vous vous aimez assez. Seulement, vous êtes des êtres humains et on n'est pas dans un film. Tu ne peux pas tout laisser tomber et partir en courant vers le soleil couchant. La vie est jalonnée d'obstacles. D'un côté il y a l'amour, et de l'autre les aspects pratiques. Vous avez tous les deux des responsabilités. Tu as des employées qui comptent sur toi, et lui doit s'occuper de Darny.

— Personne ne s'occupe jamais de moi.

— Ça, ce sont des idioties pour t'apitoyer sur ton sort. Et ce n'est pas sympa pour nous, vu le temps qu'on a tous passé à t'aider à ouvrir ton café.

— Oui, c'est vrai. Excuse-moi. (Izzy soupira et but un peu plus de vin.) Mais j'étais si heureuse, Helena. Je pensais qu'à cause du *Cupcake Café*, j'étais fatiguée, un peu stressée, toujours débordée, que je devais me lever aux aurores et tout, mais... en réalité, quand j'y réfléchis, j'avais tout ce que je désirais.

— C'est le problème avec le bonheur. C'est toujours après coup qu'on se rend compte qu'on l'avait.

Chadani Imelda frappa la jambe de sa mère assez violemment.

— Il paraît que ce sont les jours les plus heureux de ma vie !

— Ah oui, nous sommes dans la fleur de l'âge, renchérit Izzy.

— Je me considérerai dans la fleur de l'âge quand je n'aurai plus de boutons !

— Et moi quand je n'aurai plus le cœur brisé.

— Et quand j'arrêterai de manger du poisson pané.

— Et quand je saurai faire preuve de *self-control*, ajouta Izzy, en leur servant à toutes les deux un autre verre.

— Cul sec !

— Tu ne m'as même pas encore sermonnée en me parlant d'enfants qui ont perdu une jambe, comme tu le faisais à l'époque où tu travaillais à l'hôpital !

— Oh là là, je suis si contente de ne pas travailler et de ne pas avoir de sens ni de but dans ma vie ! hurla Helena, ce qui fit sursauter Chadani avant qu'elle ne se mette à rire.

Ashok entra à ce moment-là dans l'appartement.

— Ah, vous avez l'air heureuses, les filles, observa-t-il en entendant leurs rires hystériques.

Izzy et Helena se regardèrent, puis pouffèrent de rire. Elles ne cessèrent que lorsque le rire d'Izzy se transforma en pleurs. Helena déglutit et se rendit compte à quel point elle était ivre.

— Le décalage horaire, tenta-t-elle d'expliquer maladroitement à Ashok.

Celui-ci s'approcha et embrassa Helena. Il fut légèrement troublé par toutes les bouteilles vides, mais il n'avait pas entendu Helena rire de la sorte depuis longtemps. Quant à Chadani, elle semblait calme pour une fois, donc tout bien considéré, ce n'était peut-être pas une mauvaise chose.

— Bonjour Izzy. (Le visage d'Ashok s'illumina.) Est-ce que tu as…

— Apporté des gâteaux ? Je sais, je sais, c'est tout ce à quoi je suis bonne…

— Ashok ! voulut murmurer Helena, mais, peu accoutumée à l'alcool, elle ne parvint pas à s'exprimer à voix basse. Fais preuve de tact ! Izzy vient de rompre avec Austin !

— Pas officiellement, précisa Izzy.

Ashok prit dans ses bras Chadani, qui avait rampé jusqu'à lui, lui fit un gros câlin et lui donna un baiser.

— C'est impossible, contesta-t-il sévèrement. Vous n'avez pas rompu. Vous ne pouvez pas faire ça. C'est inadmissible.

— J'aurais dû essayer de dire ça, ironisa Izzy, la gorge nouée.

— Alors ? Pour quel motif ? Un truc ridicule ? Une broutille ? Est-ce qu'il a dit à une autre femme qu'elle était jolie ? Le cadeau qu'il t'a offert pour ton anniversaire ne t'a pas plu ? Les hommes ne sont pas toujours parfaits, tu sais.

— Es-tu en train de faire le diagnostic de mon couple ?

— Parfois, c'est utile de prendre de la distance.

— Oh, c'est carrément ça, de la distance. Il a un job aux États-Unis. J'ai un travail ici. Il doit aller vivre à New York pour son boulot génial, car de toute façon il perdra sans doute le sien ici. J'ai un café qui ne marche pas trop mal, avec un bail de longue durée, et j'emploie trois personnes incapables de se débrouiller sans moi. Alors, qu'en pensez-vous, docteur ?

— Eh bien, l'un de vous deux doit déménager, répondit obstinément Ashok, en fourrant son nez dans le cou de Chadani. Regarde ça. Ça, c'est le bonheur. Et tu le mérites toi aussi.

Helena renifla bruyamment.

— Le bonheur et un énorme tas de linge sale qui pue.

Chadani ricana et se tortilla dans les bras de son père. Izzy eut de nouveau envie de pleurer.

— Je ne peux pas, et lui non plus. On ne parle pas du nord et du sud de Londres, là. Mais de la vraie vie, avec de vrais choix et de vraies conséquences. Nous avons tous les deux estimé que plus tôt nous affronterions la réalité, mieux ce serait.

— Il y a toujours une solution, rétorqua Ashok en fronçant les sourcils.

— Euh, oui. Si j'attends cinq milliards d'années, les plaques tectoniques finiront par se rejoindre et je pourrai aller chez lui à vélo.

Les pleurs repartirent de plus belle. Ashok tapota l'épaule d'Izzy et Helena s'empressa de proposer un renfort de vin et de mouchoirs.

— J'ai une excellente idée. Passons un super Noël tous ensemble. Faisons une grosse fête ici.

— Ici ? grinça Izzy.

Helena prit un air innocent.

— Je me disais que ce pourrait être sympa de réunir tout le monde pour Noël. Les tantes de Chadani pourraient se serrer un peu, et tu pourrais inviter Pearl et Louis, et…

— Il n'y a pas assez de place pour accueillir tout le monde dans l'appart, rétorqua Izzy.

— Mais réfléchis, ce serait merveilleux d'être tous ensemble. On s'amuserait bien. Ce serait une excellente façon de te changer les idées.

— Mais votre table n'est pas assez grande !

— Oh, c'est vrai. Dommage qu'on ne connaisse pas un endroit pas loin d'ici, avec de grands fours, beaucoup de tables…

— Je refuse de cuisiner un repas de Noël pour six mille personnes.

— Mais dis-toi que ce sera génial d'être entourée des gens qui tiennent à toi et qui t'aiment, insista Helena.

— Qui tiennent tant à moi qu'ils me cantonnent à la cuisine le jour de Noël ?

— D'accord… C'était une idée comme ça. Tu avais d'autres projets ?

— Pour le moment, je ne suis pas du tout d'humeur à faire la fête avec qui que ce soit.

*

Le lendemain, Pearl ne travaillait que la demi-journée ; ce repos lui semblait arriver à point nommé. Elle partit tôt, en culpabilisant à cause des yeux rougis d'Izzy, dus à un mélange de décalage horaire, de pleurs et d'un dernier verre malavisé. Pearl avait besoin de souffler ; elle avait du temps devant elle avant que Louis ne sorte de l'école.

Doti la rattrapa à l'arrêt de bus.

— Salut toi ! dit-il, avec son regard pétillant habituel. Comment ça se passe ?

— Pas trop mal.

Pearl était contente, mais encore un peu fâchée contre lui d'avoir eu les yeux qui lui sortaient de la tête devant Maya. Elle avait jugé cette attitude indélicate.

— Tu vas faire tes achats de Noël ?

— Peut-être.

— J'allais dans le centre justement. Je peux attendre le bus avec toi ?

— Si tu veux, lui répondit Pearl.

— Alors, Maya s'en sort bien ? Je savais qu'elle y arriverait.

— C'est une bosseuse, convint Pearl.

— Est-ce que tu as fait la connaissance de Rachida ? Elles forment un joli couple.

— Tu savais qu'elle vivait avec une femme ?

— Bien sûr que oui, elles sont sur ma tournée. Peu de choses échappent à un facteur, tu sais.

— Pourquoi tu n'avais d'yeux que pour elle alors ?
Doti parut confus.

— Qu'est-ce que tu veux dire ? J'avais très envie qu'elle ait ce travail, elle en avait vraiment besoin.

— Je croyais que tu… Je croyais qu'elle te plaisait, marmonna Pearl, qui se sentit rougir.

Pourquoi ce maudit bus n'arrive-t-il pas ?

Doti éclata de rire.

— Une fille maigrichonne comme elle ? Sûrement pas ! (Doti lança à Pearl un regard malicieux à travers ses épais cils noirs.) Je préfère les femmes un peu plus… féminines.

Il y eut un silence.

— Voilà, lâcha-t-il, en tapant le talon de sa bottine noire de facteur contre le trottoir. C'est dit.

Le cœur de Pearl palpitait dans sa poitrine. Elle fut tiraillée par ses émotions ; elle éprouva un désir quasi irrésistible de tendre sa main droite (ce qui serait extrêmement simple), de quelques centimètres seulement, pour trouver la main gauche de Doti, juste là – sa main puissante et large de travailleur, qui agrippait fermement le banc inconfortable de l'Abribus. Elle fixa la main de Doti, puis la sienne, et Doti suivit son regard.

Pearl songea ensuite à son petit garçon qui criait triomphalement « Papa ! ». À Ben qui exhibait Louis dans le séjour sur ses épaules, comme un trophée de football ou un joyau ; à ses hommes qui jouaient au kung-fu et cassaient la statuette de cheval à laquelle sa mère tenait tant ; à Louis qui riait aux éclats, encore et encore.

Pearl ferma le poing involontairement et se figea.

— Je ne peux pas, confessa-t-elle d'un filet de voix. C'est… C'est compliqué.

Doti hocha la tête.

— Je comprends. (Il se leva, au moment précis où le bus 73 arriva au coin de la rue.) Je vais vraiment dans le centre, déclara-t-il d'un ton plus ordinaire. Je ne cherchais pas simplement une excuse. Est-ce que je peux quand même venir… en tant qu'ami ? Comme une personne normale ?

Pearl lui sourit, émue.

— Tu ne seras jamais une personne normale pour moi.

*

Ils passèrent un moment agréable, contrairement à ce qu'aurait pu croire Pearl. Ils flânèrent dans les grands magasins ; elle acheta à petit prix une nouvelle statuette de cheval pour sa mère ; ils se rendirent au *Primark*, où elle prit pour Louis des slips avec des monstres, en espérant qu'il les considère davantage comme un cadeau qu'un achat de nécessité. Sur leur chemin, Pearl et Doti admirèrent les vitrines joliment décorées des boutiques chics, regorgeant de produits chers. Pearl remarqua les mines renfrognées des blondes fines qui y entraient et en sortaient et se fit la réflexion qu'elles ne devaient pas autant s'amuser qu'elle, alors qu'elle ne pouvait quasiment rien se payer. Doti lui demanda conseil pour offrir du maquillage à sa fille adulte. Sa femme et lui étaient séparés depuis de nombreuses années, après qu'elle eut accepté un travail dans une discothèque, aux horaires grotesquement incompatibles avec ceux de Doti. Elle avait fini par entretenir une liaison avec un videur. Doti s'efforçait de ne pas lui en vouloir, ce que Pearl admirait, même si, d'après elle, son ex-femme était clairement une idiote.

Doti insista ensuite pour offrir à Pearl un café à la *Pâtisserie Valerie*, dans Regent Street, car il l'avait entendue dire un jour qu'elle aimait cette enseigne. Elle fut autant touchée par le fait qu'il s'en soit souvenu que par l'invitation elle-même.

Puis ils passèrent devant *Hamleys*, un immense magasin de jouets. Comme d'habitude, une foule importante – d'enfants comme d'adultes – était amassée devant la splendide vitrine ; cette année, le thème était une fête foraine enneigée, avec une grande roue et des manèges, dont les passagers étaient des jouets. À l'extérieur, un père Noël agitait une cloche, et plusieurs pirates et princesses faisaient des bulles de savon pour attirer les passants.

Pour la première fois de l'après-midi, Pearl ressentit un pincement au cœur. Près de l'entrée principale, il était là, sous une couche de neige en coton, tout éclairé de lampions. Le garage Monster, avec des camions et des *monster trucks* qui montaient et descendaient dans le gigantesque ascenseur. Elle sourit et secoua la tête.

— Tu comptes l'offrir à ton petit bonhomme ?

— Oh, non, non, il est déjà bien trop gâté, répondit vivement Pearl.

Pour rien au monde elle n'admettrait devant qui que ce soit qu'elle n'avait pas les moyens de l'acheter.

Doti s'attarda dans le centre, tandis que Pearl rentra juste à temps pour cacher tous les petits paquets, avant que la porte du café ne s'ouvre en grand et que Louis n'arrive en courant.

— Maman !!! Oh, non. (Il s'arrêta.) Mère !!!

— Ne m'appelle pas « mère », le reprit Pearl d'un ton indigné. Je suis ta maman.

— Nooon, protesta Louis en secouant la tête. C'est les bébés qui disent ça. *Ch'uis* pas un bébé. T'es ma mère.

Derrière Louis, le Grand Louis hochait gravement la tête devant cette triste vérité.

— Je ne veux pas que tu m'appelles « mère ». Mais « maman ». Ou « mama » à la rigueur, si tu veux faire comme les gamins mièvres de ton école.

— C'est ça oui.

— Louis Kmbota-McGregor, ne me redis jamais ça ! le tança Pearl, horrifiée.

Izzy leva les yeux et rit. C'était la première fois qu'elle souriait de la journée. Louis oscillait entre inquiétude et fierté d'avoir provoqué une telle réaction chez sa mère. Il jeta un coup d'œil à Izzy, qui lui fit signe de s'approcher.

— Quand tu dis « C'est ça oui », tu dois faire ce geste avec ta main, comme ça…

— Izzy, arrête ça tout de suite, la mit en garde Pearl. Louis, c'est interdit, tu m'as bien comprise ?

Izzy et Louis se firent mutuellement le signe, avant de glousser de bon cœur.

— Cher père Noël, dit Pearl, tout en faisant semblant d'écrire une lettre, je suis vraiment désolée, mais Louis Kmbota-McGregor n'a pas du tout été sage cette année et…

— Nooоon !!! cria Louis avec effroi, avant de se précipiter dans les bras de sa mère et de la couvrir de baisers. Je suis désolé, maman. Je suis désolé. Pardon, papa Noël. Je te demande pardon.

— Je crois que je me réconcilie avec Noël, déclara Pearl.

— Pas moi, rétorqua Izzy. Je vais fermer tôt aujourd'hui.

Les clients poussèrent un grognement à l'unisson.

— Quoi ? Vous ne devriez pas tous vous soûler pour Noël ?

— Je mange un gâteau pour éponger l'alcool d'hier soir ! cria quelqu'un, ce que quelques personnes approuvèrent avec véhémence.

— Ah, je vois. Dans ce cas, tournée générale.

— Oui ! s'enthousiasma la clientèle.

— Ne vous en faites pas, intervint Maya, qui accourut – en bâillant mais motivée – à côté d'Izzy avec une tasse de café. Je m'en occupe.

Caroline fourra ostentatoirement son manteau blanc dans un sac estampillé d'une blanchisserie.

— À peine un merci, maugréa-t-elle tout fort.

Izzy se tourna vers elle. Elle savait pourquoi Caroline était d'humeur aussi massacrante.

— Alors, Caroline, quels sont tes projets pour Noël ?

— Je vais prendre le vieux carnet d'adresses de Richard et baiser tous ses amis par ordre alphabétique ! Pourquoi ?

Caroline avait été crispée toute la journée. Izzy avait aperçu la lettre d'un avocat dans sa poche. Elle imaginait que ce n'était pas une bonne nouvelle, Caroline s'étant montrée encore plus casse-pieds que d'habitude.

— Oh, c'est juste que…, bredouilla Izzy. Je me disais que comme je vais être dans le coin…

— Seule ? demanda sèchement Caroline.

Izzy ne répondit pas. Pourquoi ne jouerait-elle pas du galon pour une fois, en cas d'insubordination majeure ?

— … et Helena et Ashok voulaient inviter de la famille. Du coup, je pensais organiser un petit repas de Noël ici, au *Cupcake Café*.

Caroline ne pipa mot. Si elle n'avait pas voulu être de la partie, elle aurait fait une remarque très sarcastique, Izzy le savait bien.

— Est-ce que tu voudrais te joindre à nous ? l'invita gentiment Izzy.

Caroline haussa les épaules.

— Ne t'imagine pas que je vais faire le ménage, dit-elle en clignant vivement des yeux.

— Pas de ménage, pas d'invitation. Ce serait bien que tout le monde y mette du sien. Mais ce sera amusant. Pearl ?

Pearl plissa le nez. Ils avaient pour coutume d'aller simplement à l'église, puis de passer la soirée devant la télévision. Mais Louis pourrait bien s'amuser ici, avec les neveux d'Ashok qui allaient courir dans tous les sens…

— Ma mère viendra aussi dans ce cas. Je ne peux pas la laisser toute seule le jour de Noël.

— Bien entendu, lui dit Izzy.

— Et il n'y aura pas de bus, donc je ne sais pas comment on va pouvoir venir…

— Oh, je viendrai vous chercher avec ma Range Rover, se proposa Caroline. Je n'aurai pas grand-chose d'autre à faire le matin. (Elle se reprit.) Ça va être génial de me retrouver seule le matin de Noël ! Je vais pouvoir me bichonner comme au spa, avoir du temps rien que pour moi.

Caroline fondit soudain en larmes.

Pendant qu'Izzy consolait Caroline, Pearl pensa à Ben. Elle ne savait pas si elle devait l'inviter pour Noël. Enfin, ça, c'était ce qu'elle se disait. Elle préférait ne pas imaginer comment il avait obtenu ce garage pour Louis. Mais si elle voulait entretenir une bonne relation avec lui – ce qu'elle désirait de tout cœur –, elle devrait faire comme s'il l'avait acheté avec son salaire et comme si elle n'avait pas remarqué qu'il ne lui avait pas versé de pension alimentaire. Elle attendrait la nouvelle année pour lui en toucher un mot. Il devait sûrement penser qu'elle gagnait plus d'argent que lui, ou bien que cela ne l'ennuyait pas de tout payer. Elle soupira. La vie semblait foutrement injuste parfois.

— Hmm, et peut-être…, murmura Pearl, qu'Izzy regarda en haussant les sourcils. Le père de Louis aussi ?

Le garçonnet était totalement hypnotisé par le petit train et ne prêtait pas attention à la discussion. Pearl haussa les épaules.

— Après, tu sais… On ne peut jamais trop compter sur lui.

— Hmm, fit Izzy, qui avait le sentiment de ne plus avoir la moindre idée de sur qui l'on pouvait compter – et inutile d'essayer de deviner. D'accord. Ça va être un gros repas, du coup. On fera ça ici. Il faut que je dégote une dinde gigantesque !

— Est-ce qu'on peut venir ? demanda un habitué qui avait écouté la conversation.

— Non. Il n'existe pas de dinde assez grande.

Un soupir général traversa le café.

— Taisez-vous et mangez vos gâteaux ! lança Izzy, qui partit téléphoner à ses fournisseurs, peut-être pourraient-ils lui recommander un vendeur de dinde géante à la dernière minute.

— Joyeux, joyeux, joyeux, joyeux Noël ! chantonnait Louis au-dessus du petit train, en reprenant une chanson qu'ils apprenaient à l'école. Joyeux, joyeux, joyeux, joyeux Noël ! Ding dong ! Ding dong ! Ding dong !

Chapitre 15

Cupcakes chocolat-cola, avec glaçage pétillant au cola

Pour environ 12 gros cupcakes

Pour les cupcakes

- 200 g de farine tamisée
- 250 g de sucre blond en poudre
- ½ c. à c. de levure chimique
- 1 pincée de sel
- 1 gros œuf
- 125 ml de lait fermenté (ou de yaourt nature)
- 1 c. à c. d'essence de vanille
- 125 g de beurre doux
- 2 c. à s. de cacao en poudre
- 175 ml de soda cola

Pour le glaçage

- 400 g de sucre glace
- 125 g de beurre doux mou
- 1 ½ c. à s. de sirop de cola

- 40 ml de lait entier
- Poudre pétillante, selon votre goût
- Bouteilles de cola, rondelles de citron confit, pailles de poudre ou sucre d'orge pour décorer

Préchauffez le four à 180 °C (thermostat 6). Mettez des caissettes dans 12 empreintes à muffin.
Dans un grand saladier, mélangez la farine, le sucre, la levure et le sel. Dans un autre saladier, mélangez l'œuf, le lait fermenté (ou le yaourt) et la vanille.
Dans une casserole, faites fondre à feu doux le beurre, le cacao et le Coca-Cola. Versez cette préparation dans le saladier avec la farine et mélangez bien avec une cuillère en bois. Ajoutez ensuite le contenu du second saladier et mélangez jusqu'à obtenir une pâte homogène.
Versez la pâte dans les moules et faites cuire au four 15 minutes, jusqu'à ce que les gâteaux aient levé (enfoncez la lame d'un couteau, elle doit ressortir sèche). Laissez les cupcakes tiédir.
Pour le glaçage, mélangez le beurre et le sucre glace jusqu'à ce qu'il n'y ait plus de grumeaux (je me sers d'un robot avec l'ustensile « feuille », mais vous pouvez aussi utiliser un fouet électrique). Mélangez le sirop de cola et le lait dans un pichet, puis incorporez-les au beurre et au sucre tout en fouettant doucement. Ensuite, passez le batteur à pleine puissance et mélangez jusqu'à obtention d'une préparation légère et mousseuse. Incorporez délicatement la poudre pétillante, si vous le souhaitez. Comme le côté pétillant s'estompe au bout d'un moment, mieux vaut préparer le glaçage quelques heures avant la dégustation.
Transvasez votre glaçage dans une poche à douille et appliquez-le sur vos cupcakes refroidis. Décorez-les avec

des bouteilles de cola, une tranche de citron confit, une paille de poudre, un sucre d'orge ou une pincée de poudre pétillante.

*

La nouvelle secrétaire d'Austin, MacKenzie, était incroyablement belle. Elle était toute petite, avec un corps parfait qui ne pouvait être que le fruit de séances de gym matinales et d'une grande consommation de salade. Son visage était lisse, son nez sans doute refait, ses cheveux extraordinairement souples et soyeux. Elle avait deux diplômes et un nom compliqué. Merv disait d'elle qu'elle était un parangon d'efficacité. Elle était aussi, comme Austin le soupçonnait, une « emmerdeuse de première ». Janet lui manquait déjà terriblement.

— Bon, je viens de taper votre *emploââ* du temps ? dit-elle d'un ton saccadé, avec une inflexion qui donnait à toutes ses phrases la tournure d'une question.

Or, comme Austin le découvrait, ses phrases n'étaient pas des questions, mais des ordres.

— Et si vous pouviez, hein, arriver à l'heure à vos rendez-vous, pour que je n'aie pas à téléphoner aux gens pour leur demander de patienter ? Et si vous pouviez, hein, étudier le code couleur de mon système d'archivage pour que vous preniez toujours les bons dossiers ? Et si vous pouviez, hein, me communiquer chaque matin votre commande pour le déjeuner avant 10 h 30 ? Et vous devez regarder les locations d'appartement, genre *illico presto* ? Et nous nous pencherons sur le dossier de visa, hein, avant que vous ne retourniez solder vos affaires en cours à Londres ?

Austin baissa la tête et la hocha rapidement, dans l'espoir que MacKenzie le laisse tranquille. Elle resta plantée devant lui, les bras croisés. Pour une personne de si petite taille, elle faisait beaucoup de bruit.

— Et vous savez, je sais que vous venez d'arriver, mais je pense que c'est, hein, peu professionnel de laisser un enfant dans mon bureau ? Je ne trouve pas cela très admissible ? Vous savez, j'ai un diplôme de l'université de Vassar ? Et je ne suis même pas sûre que ce soit, hein, légal ?

Austin soupira. Il était conscient qu'elle avait raison. Il ne pouvait pas continuer d'emmener Darny avec lui ; cela les rendait tous les deux fous. Mais il lui avait promis de rester encore quelques jours pour tout régler, puis de rentrer à la maison et de donner un préavis de quelques semaines. Même si Ed, son ancien patron, était très fier que son poulain joue dans la cour des grands, il était peu probable qu'il lui propose autre chose que d'aller boire quelques pintes en guise d'au revoir. Ed avait d'ailleurs confirmé les craintes d'Austin : il ne serait pas remplacé. Ils étaient dans l'obligation de dégraisser ; même si Austin avait fait correctement son travail, la banque se devait d'honorer ses engagements envers les actionnaires. Ce qui signifiait qu'Austin n'avait pas vraiment le choix en fin de compte.

Il ne savait pas quoi faire de Darny. Il n'était pas encore inscrit à l'école et il ne pouvait pas aller à la crèche, au grand dam d'Austin.

— Tu te retrouverais au tribunal si tu faisais ça à un lapin, avait raillé Darny quand Austin l'avait installé sur son canapé avec une bande dessinée et un paquet de chips aussi grand qu'un coussin – Darny le dévora avec un bruit qui agaça Austin au plus haut point. Ça ne m'embêterait pas de revoir cette vieille. Elle était cool.

— Quelle vieille ? demanda Austin, tout en cherchant de qui pouvait parler son frère.

Si elle n'avait pas un chapeau pointu noir et ne vivait pas dans une maison de pain d'épices, il n'y voyait pas d'objection.

— Marian. Non, Miriam. Quelque chose dans le genre. La mère d'Izzy.

— Ah oui, fit Austin d'un ton méfiant.

Il avait oublié qu'elle vivait à New York. Ils s'étaient rencontrés à quelques reprises. De prime abord, elle avait l'air agréable, un peu farfelue, complètement inoffensive. Derrière les apparences, d'après les histoires que lui avait racontées Izzy, Austin trouvait le comportement de cette femme franchement terrible. Mais elle pouvait sûrement garder Darny, non ? Elle devait bien cela à Izzy.

Puis Austin se rappela, comme il le faisait des dizaines de fois par jour, la situation avec Izzy et son chagrin lui donna envie de hurler.

Il se retint. Il ne pouvait pas, là. Darny secoua le gigantesque paquet de chips et toutes les miettes s'éparpillèrent sur le sol. Puis il rota bruyamment.

— Je vais l'appeler, déclara Austin.

*

Izzy avait les mains dans la pâte d'amandes lorsque son téléphone sonna. Elle devina de qui il s'agissait, comme cela arrive parfois. Certaines sonneries ont un son différent. Par ailleurs, elle pensait précisément à Austin en cet instant. Même si, pour être honnête, elle pensait à lui à chaque instant de la journée et de la nuit durant ses insomnies, ainsi que lors de ses rares rêvasseries matinales. Alors…

Elle essuya ses mains sur son tablier à rayures roses et attrapa son téléphone. « Numéro inconnu ». Mais pas inconnu d'elle.

— Austin ?

— Izzy ?

Elle eut la gorge nouée.

— Je…

Elle s'interrompit. Elle faillit tout déverser : le chagrin, la tristesse, la peur de le perdre. Son besoin d'amour et son manque d'assurance remontèrent à la surface. Mais à quoi cela servirait-il ? Qu'est-ce que cela prouverait ? Qu'elle pouvait le faire culpabiliser de renoncer à sa vie incroyable ? Croyait-elle que cela les rendrait heureux ?

Elle fit une nouvelle tentative.

— Je prépare de la pâte d'amandes. Des tonnes de pâte d'amandes.

Austin se mordit la lèvre. Il imaginait Izzy, avec son visage rosi par l'effort. Parfois, quand elle était concentrée, elle avait le bout de la langue pincé entre les lèvres. Elle était en train de faire ce qu'elle aimait le plus au monde – heureuse au milieu de sa cuisine. Il ne pouvait pas lui enlever ce bonheur. C'était impossible.

— Je déteste la pâte d'amandes, dit-il.

Izzy eut la gorge nouée.

— Eh bien, *primo*, tu as tort. *Deuzio*, tu n'as pas goûté la mienne.

— Mais je n'aime pas le goût, ni la texture. Les gens ont le droit d'avoir des goûts différents, non ?

— Pas quand ils ont tort.

— Mais tu n'aimes pas la betterave.

— Parce que c'est bon pour les chevaux. Tout le monde le sait.

— Eh bien, je pense que la pâte d'amandes est bonne pour… les lapins ! Ou les écureuils. Oui, les écureuils, ils raffolent des amandes.

— Je pense que c'est interdit de donner de la pâte d'amandes à un écureuil, rétorqua Izzy.

— Je n'en sais rien, j'ai loupé l'école le jour où il était question de la pâte d'amandes et des écureuils.

Il y eut un blanc. Cette attente était insupportable pour Izzy. Pourquoi Austin l'appelait-il ? Y avait-il du nouveau ? Avait-il changé d'avis ?

— Alors ? s'impatienta-t-elle.

— Euh… (Austin ne savait pas comment aborder le sujet sans passer pour un goujat.) Voilà, c'est que… je dois rester ici un peu plus longtemps…

Tel un ascenseur en chute libre, le cœur d'Izzy lui tomba dans les talons. Elle le sentit chuter et se briser en mille morceaux sous ses pieds.

Tout ce qu'elle dit fut :

— Oh.

— Et, hum… Euh… Je me demandais…

— Je ne peux pas repartir, dit-elle rapidement, férocement. Je ne peux pas. Ne me fais pas ça, Austin.

Oh là là, pensa Austin. Les choses se déroulaient encore plus mal que ce qu'il avait imaginé. Même si, quand il avait composé son numéro, une partie de lui avait espéré qu'elle dise : « Mon chéri, oublions ce qui est arrivé la semaine dernière. Laisse-moi revenir. Faisons un autre essai. »

Bien sûr qu'elle ne pouvait pas. Elle était plongée dans la pâte d'amandes jusqu'au cou. Il était fou.

— Hum, non. Non. Bien sûr que non, marmonna-t-il.

Il se demanda ce que Merv dirait dans pareille situation. Il irait droit au but, sans doute.

— Est-ce que tu pourrais me donner le numéro de ta mère ?

Izzy faillit éclater de rire, mais elle savait que les larmes s'ensuivraient aussitôt.

— Pour quoi faire ? L'inviter à sortir ?

— Non, non… Pour Darny. Pour m'aider avec Darny.

— Quoi, parce que j'ai fichu le camp ?

— Non, répondit Austin. Tu n'avais pas le choix. C'est vraiment pour Darny. Il l'a trouvée sympa.

— Elle l'a trouvé sympa aussi.

— Donc, peut-être que… Enfin, le temps seulement que je règle quelques petites choses…

La vie d'Austin ressemblerait à cela à présent, pensa Izzy. Il aurait toujours quelques petites choses à régler. Son téléphone sonnerait sans cesse ; son travail serait toujours sa priorité.

— Bien sûr, accepta-t-elle. Je te l'enverrai par SMS quand on aura raccroché.

Il y eut un blanc. Ni l'un ni l'autre ne savait si cela signifiait qu'elle était sur le point de raccrocher et, si oui, si c'était une sorte de point final.

— Izzy, finit par dire Austin.

Ce fut trop. Les sanglots nouèrent la gorge d'Izzy.

— Non. Ne dis rien. S'il te plaît. Tais-toi. Je t'envoie son numéro.

*

— Pas de Noël ? s'étonna Darny, en fixant Marian avec stupéfaction. Comment c'est possible ?

— Ils ne vous parlent pas de religion à l'école ? maugréa Marian.

— Si. On nous apprend que toutes les religions sont géniales. C'est n'importe quoi. Et puis, je me suis fait virer de la classe parce que je n'arrêtais pas de parler de l'Inquisition.

— Les profs n'ont pas le droit d'en parler ?

— J'ai apporté un livre avec des images, expliqua Darny en haussant les épaules. Kelise Flaherty a vomi sur le tableau. Enfin, elle a été la première à vomir.

Marian eut un rictus.

— Tu me rappelles quelqu'un… Enfin bref, nous avons une fête bien plus sympa. Ça s'appelle Hanoukka.

— Ah oui. Mon copain Joël fait ça. D'après lui, c'est pourri.

— Mais on reçoit un cadeau tous les soirs pendant huit jours ! C'est la fête des Lumières.

— Il dit que les cadeaux sont vraiment nuls. Comme sa sœur et lui se sont plaints et ont dessiné des sapins de Noël partout chez eux, leurs parents ont fini par céder et ils fêtent Noël aussi. Donc maintenant il a et Hanoukka, et Noël. (Darny jeta un coup d'œil à Marian.) Je devrais peut-être faire pareil.

— Peut-être. Mais ce n'est pas très respectueux.

— OK, grommela Darny en donnant un coup dans son siège.

Ses pieds ne touchaient pas le sol depuis le tabouret de bar sur lequel il était juché, à siroter son flotteur à la racinette.

— Est-ce que tu aimes t'attirer des ennuis ? demanda doucement Marian.

Darny haussa les épaules.

— C'est pas mal. En m'attirant des ennuis avec les profs, j'en ai moins avec les grands. Vous comprenez… L'un dans l'autre. Les profs cognent moins.

Marian sourit.

— Je vois ce que tu veux dire. Je séchais tout le temps les cours.

— Moi aussi. Le seul problème, c'est que là où nous habitons, tout le monde nous connaît. Je me fais tout le temps repérer par des commères, qui me dénoncent à Austin. Il me regarde en soupirant et fait des yeux de cocker. Ça craint. J'aimerais vivre quelque part où personne ne me connaît. Où est-ce que vous alliez quand vous séchiez ?

— À la fête foraine. Ils me laissaient faire des tours de manège gratuits.

— Vraiment ? Ça a l'air génial.

— Eh bien, cela n'a pas été sans conséquences… Je dirais que je l'ai payé par la suite.

— Est-ce que c'est une métaphore ? demanda Darny. Ou je dois le prendre au sens propre ?

— Tu es bien trop intelligent pour ton âge. Si seulement il y avait un moyen pour que les jeunes soient un peu plus malins… Enfin… j'imagine que s'il existait, il aurait été découvert depuis bien longtemps. C'est à chacun d'apprendre de ses erreurs.

Marian tendit à Darny un petit paquet enveloppé de papier kraft.

— Qu'est-ce que c'est ? Est-ce que je peux l'ouvrir tout de suite ?

— Tu ne m'as pas du tout écoutée ? dit Marian, avec un sourire dans sa voix rauque. Bien sûr que tu peux l'ouvrir.

Darny s'exécuta. C'était une petite toupie carrée en bois, avec des lettres sur chaque face. Marian s'attendait à ce que l'adolescent en fasse peu de cas, mais espérait pouvoir lui expliquer les origines et le sens de cet objet. Elle aimait bien ce garçon. Il avait un truc.

Au lieu de la rejeter comme un jouet d'enfant, Darny tint prudemment la toupie entre ses mains et l'examina sous tous les angles.

— Je ne connais pas ces lettres. Elles sont bizarres ; elles me font penser à un truc que j'ai vu dans un dessin animé. Qui est nul d'ailleurs.

— C'est une toupie de Hanoukka, expliqua Marian. Tu peux jouer avec.

Darny la fit tourner entre ses mains.

— Oui, comme ça. Il y a longtemps, les érudits juifs n'avaient pas le droit d'étudier le Talmud – c'est le livre saint des juifs. Alors ils faisaient semblant de jouer à un jeu. Demain, tu recevras un autre cadeau : le *gelt*.

— Qu'est-ce que c'est ?

— Tu verras. Ça te plaira.

— Est-ce que ça se mange ?

— Oui ! Ça te dit d'aller faire un tour avec moi ?

— Ça gèle dehors.

— On va aller au cinéma. C'est à deux pâtés de maison. Ils passent *Le Miracle sur la 34e rue*. Je pense que ça va te plaire.

— On dirait un film pour filles, commenta Darny d'un ton sceptique.

— Ça restera entre nous !

Chapitre 16

Tourte-surprise au navet de Caroline

Émincez des navets, des champignons, des radis, des choux de Bruxelles et un oignon rouge. Mettez tout dans un plat avec un filet d'huile de lin. Ajoutez du cumin (pas trop). Recouvrez d'une pâte à la farine complète. Faites cuire au four.
Fumigez la maison. Commandez une pizza.

*

Trois jours avant Noël, Caroline revit Donald. Tel un petit ourson dans sa grenouillère, il s'échappait furtivement de la maison de Kate. Il croisa le regard de Caroline et cligna des yeux, avec son pouce dans la bouche. Elle lui jeta un regard sévère et grimpa les marches en pierre imposantes. La maison avait été merveilleusement rénovée par un artisan avec qui elle avait eu une aventure l'an passé. Leur relation s'était terminée quand il avait voulu lui acheter un sandwich au bacon et qu'ils avaient compris tous les deux qu'ils n'avaient aucun avenir ensemble. Il n'en était pas moins un bon ouvrier. Des buis impeccablement taillés trônaient de chaque côté de la porte d'entrée vert forêt.

— Allez, viens, toi, dit Caroline, en prenant la main de Donald.

Elle appuya sur la sonnette. Comme personne ne répondit, elle poussa la porte. La nourrice, à la mine épuisée, se tenait derrière une énorme pile de linge à repasser, tandis que les jumelles se frappaient avec des bâtons et montaient et descendaient à toute vitesse les magnifiques escaliers, le long de la rampe fraîchement repeinte et des œuvres d'art de bon goût.

— Hum hum, il ne manque personne à l'appel ? demanda Caroline.

La nourrice leva les yeux : elle avait l'air abattue.

— Oh, dit-elle. Viens ici. Il s'enfuyait encore ?

— C'est un bébé. Il cherche simplement sa mère. Où est-elle ?

La nourrice haussa les épaules.

— Au lit. Elle *avoir* besoin d'une grasse matinée à cause du décalage horaire. Ils viennent de rentrer de Chypre.

— De Chypre ?

Caroline monta les escaliers d'un pas décidé.

— Kate ! *Kate !!!*

Une porte s'ouvrit.

— Heinke ? Pourriez-vous faire en sorte que ces foutus enfants restent tranquilles cinq secondes ?

— Kate ?

Kate bayait aux corneilles dans une chemise de nuit en soie qui semblait valoir cher. Caroline jeta un coup d'œil à sa montre. Il était 11 heures passées (elle avait fait l'ouverture du *Cupcake Café*).

— Tu as passé de bonnes vacances ?

Kate fut brutalement éveillée et écarquilla les yeux.

— Caroline ? Mais qu'est-ce que tu fais là ?

— Je ramasse tes enfants dans la rue. Mais toi, qu'est-ce que tu fais ?

Kate grommela.

— Oh, merci pour la morale à propos des enfants. Ce n'est pas toi qui te plains tout le temps auprès de Richard pour les frais de scolarité ?

Soudain, une voix masculine résonna derrière elle dans la chambre. Les deux femmes se figèrent.

— Ce n'est personne, chéri ! cria Kate, avec bon espoir.

C'était trop tard néanmoins. Caroline avait déjà reconnu les intonations si caractéristiques de son ex-mari. Cela lui fit l'effet d'un coup de poing dans le ventre. C'était donc là que se cachait ce salaud ! Pas étonnant que Caroline n'ait plus beaucoup de nouvelles de Kate.

On pouvait peut-être reprocher à Caroline beaucoup de choses, mais en aucun cas d'être lâche. Elle prit une profonde inspiration et se dressa face à l'adversité, tout comme elle l'avait appris dans son impitoyable pension.

— Oh, mais vous enchaînez les aventures tous les deux, trouva-t-elle la force de dire. J'espère que tu as mis une capote, Richard ; tu te souviens de cette fois où tu as refilé des chlamydiae à tout le monde ?

Kate pâlit et eut le souffle coupé. Caroline pivota sur ses talons. Au rez-de-chaussée, la nourrice débranchait le fer à repasser.

— Je démissionne ! cria-t-elle. *Moi être esclave de femme folle !* Je vais chercher *travail pour femme pas folle*. Au revoir ! Et arrêtez de *perdre enfant* !

Les trois enfants se mirent à hurler à tue-tête, dans leur jolie marinière Petit Bateau. De la morve fut projetée sur le papier peint luxueux. Donald laissa tomber sa brique de jus de fruits sur la moquette claire du palier. Caroline se dirigea vers la porte d'entrée.

— Et, pour une fois, fermez cette foutue porte à clé ! vociféra-t-elle par-dessus son épaule.

*

Plus tard dans la journée, Caroline contempla son œuvre. Elle avait fait une tourte pour ses enfants. Ils étaient terrifiés par sa cuisine. Habituellement, elle essayait de leur faire manger des aliments crus. Hermia surtout, sa fille, avait tendance, même à neuf ans, à se dérober au regard extrêmement critique de sa mère. Elle se consolait à l'école, en finissant les desserts copieux et bourratifs que les autres filles dédaignaient déjà à leur âge. Et cela se voyait.

Caroline ajouta du navet, du chou, des carottes et quelques morceaux de pomme pour donner du goût et versa un filet d'une huile pauvre en calories. Elle recouvrit ensuite le tout d'une pâte, afin de cacher les légumes. Caroline suggérerait à Hermia de suivre son exemple en ne mangeant pas la pâte.

Perdita s'affairait dans la cuisine et jeta un coup d'œil sceptique à la tourte, mais Caroline la fusilla du regard. Caroline envoya par ailleurs un e-mail à son avocat, afin d'exiger des dommages et intérêts supplémentaires pour la douleur et le désarroi provoqués par l'étalage de l'infidélité de Richard.

Puis, comme elle n'avait rien à faire, elle se plongea dans ses albums photo. Comme beaucoup d'autres choses dans sa vie, les albums photo de Caroline étaient impeccables. Elle choisissait uniquement les meilleurs clichés, pris dans un cadre parfait soigneusement étudié : devant la cheminée du chalet montagnard, avec des pulls assortis et une tasse fumante de chocolat chaud à la main (Achille avait pleurniché tout le séjour et refusé de toucher la neige ou de sortir ; Hermia avait été le souffre-douleur à l'école de ski et des cauchemars l'avaient tourmentée les cinq mois suivants) ; sur une île exotique (Richard était pendu presque en permanence à son téléphone pour le travail ; Caroline était devenue folle à cause des moustiques et des enfants dont elle avait dû s'occuper, en l'absence de garderie) ; en tenue élégante à l'occasion d'un mariage (Richard avait dragué une demoiselle d'honneur, Caroline avait éclaté en sanglots, et le mariage n'avait duré que six mois avant que la mariée ne prenne le large avec le traiteur). Caroline sourit tristement devant les albums coûteux et les histoires qu'ils ne racontaient pas.

Mais ils contenaient aussi d'autres histoires – des vraies, celles-là. Hermia qui accrochait un ange dans le sapin de Noël, dont une branche ployait sous le poids des décorations (Caroline l'avait joliment réarrangé aussitôt les enfants au lit). Elle jeta un coup d'œil à leur sapin de cette année. Avec ses couleurs argentée et blanche, il était raffiné et de toute beauté. Il n'y avait pas l'ange d'Hermia. Caroline se demanda où il était.

Elle tomba également sur des photographies d'Achille, dans le même genre de grenouillère que celle de Donald. Son petit garçon câlin, qui dorénavant se montrait hostile et rebelle dès que Caroline suggérait qu'il change de tee-shirt ou éteigne sa console. Il était sur les genoux de Richard, qui venait de déballer une énorme marionnette ridicule rapportée d'un voyage d'affaires. Il s'agissait d'un gros perroquet dégingandé, avec une huppe violet et rose et un sourire effrayant. Il était hideux ; Caroline l'avait donné à une œuvre de charité une fois les fêtes de Noël terminées. Sur la photo, cependant, le père et le fils riaient aux éclats et se ressemblaient soudain comme deux gouttes d'eau. C'était un beau cliché.

Caroline jura dans sa barbe. Perdita était partie, et la maison – protégée des bruits de la circulation par son double vitrage, bien entendu – parut tout à coup très silencieuse ; seul le tic-tac de la comtoise magnifiquement restaurée du vestibule venait rompre le silence. Caroline n'avait plus envie de regarder ces photographies. Elle avait envie d'avoir ses enfants auprès d'elle, de leur donner la tourte à manger, de s'excuser d'une certaine manière pour la famille qu'elle avait exposée dans les albums photo, et celle qu'ils étaient devenus.

Sur un coup de tête, elle partit les récupérer à l'école (habituellement, ils restaient aux heures d'étude, afin qu'elle profite du temps pour elle). Les autres mères au portillon lui adressèrent des sourires nerveux, sans engager la conversation. Manifestement, elles croyaient le divorce contagieux, comme les poux. Caroline les ignora. De même, elle ignora la surprise – et, pour être parfaitement honnête, l'inquiétude également – sur le visage de ses enfants lorsqu'ils sortirent tirés à quatre épingles avec leur chapeau et leur veste, escortés par un professeur qui semblait trouver suspect qu'ils manquent l'étude.

— Il y a un problème ? demanda Achille.

— Pas du tout, mon chéri, mentit Caroline. J'avais simplement envie de vous voir, c'est tout.

— Il est arrivé quelque chose à Mamie ? s'inquiéta Hermia.

— Non, mais ne vous faites pas de souci, le jour où cela arrivera, vous aurez un nouveau poney. Non, venez, on rentre à la maison.

— J'ai fabriqué une décoration ! s'exclama Achille, en brandissant un père Noël biscornu avec une tête disproportionnée.

D'ordinaire, Caroline aurait souri poliment. Ce jour-là, elle prit l'objet dans ses mains.

— C'est magnifique ! Est-ce qu'on le met dans le sapin ?

Les enfants parurent nerveux.

— Je croyais qu'on n'avait pas le droit de toucher au sapin, rétorqua Achille.

— Je ne dirais jamais une chose pareille. J'ai dit ça ? Vraiment ?

Les enfants échangèrent un regard perplexe.

— D'accord, d'accord, peu importe. Aujourd'hui, ce sera différent. Et j'ai préparé le dîner ! Une tourte !

Caroline attrapa la main d'Achille. Exceptionnellement, il ne la repoussa pas.

— Quel genre de tourte ?

— Une tourte-surprise.

Le visage des enfants se décomposa.

— Allez, racontez-moi votre journée.

À la surprise de Caroline, ils s'exécutèrent. Normalement, elle demandait à Perdita d'aller les chercher pour les conduire au karaté, à la natation, au soutien de maths ou à l'activité qu'ils étaient censés faire ce soir-là. Caroline marcha simplement avec eux, et elle fut étonnée lorsque Hermia se lança dans une longue description détaillée : Meghan, Martha, Maud et elle avaient été les meilleures amies du monde, mais elles ne pouvaient pas toutes être meilleures amies ; alors, elles avaient dit à Hermia qu'elle redeviendrait leur meilleure amie quand elles auraient suffisamment d'espace et qu'elle n'aurait plus de gros ventre. Caroline écouta attentivement le récit que sa fille lui raconta d'une voix totalement monocorde, comme si c'était tout à fait normal qu'un groupe de fillettes s'en prennent parfois à l'une d'elles et l'excluent de leur bande. Elle observa les cheveux épais et noirs d'Hermia, qu'elle tenait de Richard, et les compara, comme elle le faisait si souvent, aux mèches blondes et soyeuses des filles de ses amies. Puis elle serra fort Hermia dans ses bras.

— Est-ce que tu es impatiente d'être à Noël ?

Hermia haussa les épaules.

— J'sais pas. J'ai peur de la maison de mamie Hanford.

La mère de Richard était une vieille chouette terrifiante qui vivait au milieu de nulle part, dans une bicoque sinistre qu'elle refusait de chauffer.

— Ne t'en fais pas. Nous fêterons Noël comme il se doit le lendemain.

Lorsqu'ils arrivèrent chez eux, Achille défit son cartable. Il en sortit des montagnes de livres et de devoirs.

— Je sais de source sûre que Louis McGregor n'aura pas de devoirs avant l'âge de neuf ans, affirma Caroline. Est-ce que vous en avez autant tous les soirs ?

Achille grimaça et, soudain, le visage sur lequel Caroline percevait souvent mécontentement et entêtement lui parut simplement épuisé. Il était encore si petit. Un si petit être, qui passait des heures assis derrière un vieux bureau, était en compétition avec d'autres enfants qui, eux aussi, avaient un emploi du temps surchargé, étaient angoissés et s'efforçaient de contenter tout le monde. Caroline caressa le visage d'Achille. Si Richard cessait de payer les frais de scolarité, s'interrogea-t-elle, serait-ce réellement une si mauvaise chose ? Peut-être si ses enfants allaient à l'école de Louis, où un mois était consacré à l'histoire noire, où ils découpaient des formes dans des pommes de terre et… Non. Ce serait ridicule.

Une odeur infecte émanait de la cuisine.

— Et si on allait voir à quel point cette tourte est ratée ? suggéra Caroline. Si c'est le cas, que pensez-vous de commander une pizza ?

— Est-ce qu'on peut la manger devant la télé ? demanda Achille, profitant du moment de faiblesse de sa mère.

Entre le tapis d'Aubusson et le splendide parquet en chêne, c'était totalement interdit : nourriture, chaussures, vin, animaux n'étaient pas autorisés dans le salon de Caroline. Comme elle l'expliquait au journaliste fictif venant l'interviewer pour *Maison et Jardin* ainsi qu'elle se plaisait à l'imaginer parfois, cette pièce était son oasis – un refuge à l'écart du tumulte londonien. Elle précisait qu'elle s'en servait souvent pour méditer, bien qu'elle ait renoncé à la méditation depuis le divorce, car, dès qu'elle n'avait pas l'esprit occupé, elle se mettait à avoir des envies d'assassiner Richard.

Caroline leva les yeux au ciel.

— D'accord. Mais seulement pour cette fois. (Elle parcourut le programme télévisé.) C'est Noël. Ils doivent sûrement passer *Le Magicien d'Oz*.

C'était le cas en effet.

*

Le chant de Noël préféré d'Izzy était *Only at Christmas Time* de Sufjan Stevens. Cette chanson était si belle et elle avait l'impression de l'entendre partout en ce moment. Dans les rayons du magasin, où elle faisait d'énormes provisions pour le repas de Noël (Helena l'avait accompagnée, mais Chadani Imelda avait commencé à donner de grands coups de pied dans les chocolats de Noël, aussi Izzy les avait-elle renvoyées chez elles), le refrain la suivait : « *Pour t'apporter la paix. À Noël. Le roi des rois… Ce qui était mien autrefois.* »

Elle avait la sensation de voir le monde à travers un masque flou, ou par le gros bout de la lorgnette. Entourée de familles (elle qui n'en avait pas), d'enfants (elle n'en avait pas non plus) et de couples heureux qui pointaient le gui en riant, elle empilait dans son chariot des tonnes de choux de Bruxelles, pour la famille végétarienne d'Ashok – même s'il lui avait assuré qu'ils apporteraient leurs propres plats, elle n'allait tout de même pas recevoir des invités avec des assiettes vides et un sourire jovial.

Elle prit du pâté, de la farce, des tonnes de pommes de terre, des kilos de noix pour le rôti de noix végétarien. Elle désapprouva d'un claquement de langue les ingrédients des tourtes de Noël toutes prêtes et attrapa quatre paquets supplémentaires de papillotes. Ashok avait insisté pour prendre en charge les frais, mais comme un grand nombre de ses proches ne buvaient pas non plus d'alcool, Izzy avait estimé devoir payer les bouteilles ; ou peut-être tout le monde pouvait-il participer ? Immobile devant les rayonnages de Noël d'apéritifs, de liqueurs et autres boissons que les gens n'avaient sûrement pas envie de boire le restant de l'année, elle soupira. Elle ne savait pas comment elle se sentirait le jour J : soit son horrible humeur maussade déprimerait tout le monde et elle devrait s'enivrer légèrement pour se remonter le moral ; soit, au contraire, elle ferait bonne figure jusqu'à ce qu'elle boive quelques verres et finisse étalée sur le sol.

Une femme, plus jeune qu'elle, la heurta avec une poussette et s'excusa en grimaçant.

— Pardon. Il y a tellement de monde.

— Ne vous en faites pas, lui dit Izzy. Pas de de problème. C'est moi qui étais… plantée là sans bouger…

— Oh, vous avez vraiment de la chance. Moi, si j'arrête de bouger, il se met à hurler comme un beau diable.

Izzy lui sourit poliment. Elle ne s'estimait nullement chanceuse.

*

— Bon, on rentre à la maison ou quoi ? s'impatienta Darny.

Austin et lui étaient retournés aux *Cupcakes de New York City.* Kelly-Lee exulta lorsqu'elle s'aperçut de l'absence d'Izzy.

— Est-ce qu'elle revient bientôt ? s'enquit-elle d'un ton tranchant.

Austin s'efforça d'esquisser un sourire d'un air distrait, avant d'oublier complètement la présence de Kelly-Lee.

— Nous ne pouvons pas aller chez la mère d'Izzy, déclara Darny. Ils ne fêtent pas Noël.

Austin se mordit la lèvre. Il savait qu'Izzy n'était pas chez eux. Il avait appelé là-bas au beau milieu de la nuit, laissant le téléphone sonner dans le vide, bien qu'il soit conscient que c'était stupide et inutile. Il se douta qu'Izzy devait séjourner chez Helena, mais il n'appela pas chez elle. Il composa seulement son propre numéro et imagina Izzy, rien qu'une seconde, descendre les escaliers avec cette vieille polaire moche qu'il avait achetée lorsqu'il faisait de la plongée : elle se plaindrait des lames de plancher froides qui craquaient de partout, elle lui reprocherait, tout en se dressant de temps à autre sur la pointe des pieds, de téléphoner si tard parce qu'elle devait se lever très tôt, mais elle lui pardonnerait aussitôt.

— Non, répondit Austin. Merv nous a invités à le passer avec sa famille. Si ça nous tente. Il m'a dit qu'on serait très nombreux et que nous nous intégrerons très vite.

Darny fixa d'un air morose son muffin rassis à la pomme et à la cannelle.

— C'est faux. Nous serons les étrangers bizarres avec un drôle d'accent et tout le monde voudra nous pincer les joues.

— Je sais. Mais le truc, c'est que…

Austin se remémora l'an passé. À rigoler sous la couette. À refuser de s'habiller – ils portaient leurs « beaux pyjamas » qu'Izzy avait rangés dès le lendemain, arguant qu'ils les mettraient uniquement pour les grandes occasions. À jouer à « cap ou pas cap » avec les Quality Streets jusqu'à ce qu'il ne reste plus que les caramels. Une fois Darny couché, Izzy avait allumé des bougies et mis ses nouvelles boucles d'oreilles en diamant ; sa peau blanche rayonnait à la lueur des bougies…

Austin battit deux fois des paupières. Non. Il était temps de revenir à la réalité. D'adopter la même réaction que toujours : faire contre mauvaise fortune bon cœur. Aussi était-il temps d'annoncer la nouvelle à Darny. Il sortit la lettre de sa poche.

— Voilà le souci, Darny. Je sais que je devrais être en colère contre toi, mais je ne sais pas comment m'y prendre, parce que, même si tu es très, très agaçant, je trouve que tu t'en sors extrêmement bien.

— Lâche-moi, protesta Darny, en lisant la lettre à l'envers. (Son expression arrogante quitta son visage et il eut soudain l'air plus jeune de deux ans.) Expulsé ? Sérieusement ?

Austin haussa les épaules.

— Ne fais pas l'étonné, Darny, tu l'as bien cherché.

— C'est vrai.

— Tu y es allé vraiment fort.

— Hmm.

— Et tu détestais ce collège.

— Je détestais ce collège.

Darny eut la gorge nouée. Austin remarqua qu'il était sincèrement troublé.

— Je croyais que... J'espérais en quelque sorte que...

— Quoi ?

Le garçon donna un coup de pied dans le pied de la table.

— C'est stupide...

— Quoi ?

Darny grimaça.

— Je croyais pouvoir les faire changer d'avis... Qu'ils pourraient penser que les enfants devraient donner leur opinion.

Austin se renversa en arrière sur son siège.

— Dis-moi que ce n'est pas encore ton histoire de droit de vote des enfants ?

— Mais on devrait pouvoir voter ! Personne ne nous écoute.

— Ça vaut pour tout le monde, Darny. Oh, bon sang. Ils ressortiront ce dossier quand tu seras Premier ministre.

Darny parut subitement tout petit.

— Je ne voulais pas... Je n'ai pas pensé que ça te créerait des ennuis.

Austin prit ce qui fut peut-être la plus profonde inspiration de sa vie.

— Non. Non, tu n'y as pas pensé. Parce que tu as onze ans et que tu ne peux pas encore raisonner comme ça. Mais oh, Darny. Ce que j'aurais aimé que tu y réfléchisses…

— Est-ce que je vais devoir aller à *King's Mount* ? demanda Darny, une pointe de panique dans la voix. Austin, ils écorchent vifs les enfants là-bas. Surtout les petits. Tu te souviens de cette bande qui a marqué au fer rouge tous les sixièmes ?

— Oui, je m'en souviens, répondit Austin d'un air sombre (il était rare que *King's Mount* ne figure pas dans les pages du journal local). C'est pour cette raison, poursuivit-il en regardant autour de lui, c'est pour cette raison que je pense que nous allons rester ici, Darny. Il y a de très bons collèges, tu seras surpris, où ils aiment les libres penseurs et font toutes sortes de choses cool et incroyables. Et puis, tu auras la chance de rencontrer des gosses du monde entier. Je pense vraiment que ça va te plaire…

— On reste ? À New York ?

Darny dévisagea son frère. Ce dernier s'était attendu à des larmes, des cris, des protestations – à tout sauf cette réaction.

— D'accord ! accepta Darny, en levant les poings en l'air. Ça ne peut pas être pire que ce trou à rats. Cool ! J'aimerais que Stebson me voie là maintenant ! Je vais vivre à New York ! Ouais ! Quand est-ce qu'Izzy revient ?

— Elle… Elle ne va peut-être pas revenir. C'est difficile pour elle de quitter le *Cupcake Café*.

— Arrête ton char. Bien sûr qu'elle peut laisser le *Cupcake Café*, il y a des tas de gens là-bas.

— Ce n'est pas aussi simple. C'est son café.

Darny fixa Austin, interloqué.

— Elle ne va pas venir ?

Kelly-Lee s'approcha à cet instant.

— Est-ce que tout se passe bien ? Je suis désolée, je n'ai pas pu m'empêcher d'entendre votre conversation ; c'est vrai que vous allez rester ?

— On dirait bien, lui répondit Austin.

— Oh, c'est géniaaaal !!! Je serai votre nouvelle amie. (Kelly-Lee posa sa main sur l'épaule d'Austin.) Je vous ferai visiter. Et toi, mon chou, je suis certaine que nous allons être les meilleurs amis du monde.

Darny la regarda sans prononcer un mot et donna grossièrement un coup de pied dans la table. Il finit quelques instants plus tard par lâcher doucement :

— Je crois que c'est à cause de moi. C'est de ma faute.

Austin fronça les sourcils.

— Quoi ?

— Si Izzy ne vient pas.

— Tu penses que tu as fait fuir Izzy ?

— Je me suis mal comporté à l'école, et j'ai été méchant avec elle. (Le visage de Darny traduisait sa grande détresse.) Je ne voulais pas, Austin. Ce n'était pas mon intention. Je suis désolé. Je te demande pardon.

— Chut, chut, fit Austin, qui eut soudain envie de jurer. Non. Bien sûr que non, ce n'est pas de ta faute. Elle t'aime.

Darny fondit en larmes.

— C'est de ma faute, ajouta Austin. J'ai été idiot et égoïste. Les choses changent et évoluent et, moi, je croyais, comme un imbécile, que ça allait être génial et que je devais simplement suivre le mouvement… Et voilà où nous en sommes.

Darny n’avait plus du tout l’allure d’un préadolescent belliqueux. Mais d’un petit garçon terrifié et bouleversé.

— S’il te plaît, arrange-toi pour qu’elle revienne. S’il te plaît, Austin.

La gorge nouée, Austin fut incapable de répondre à son petit frère.

Chapitre 17

Izzy avait déballé toute la nourriture et toutes les boissons dans le sous-sol, ainsi que de multiples petits cadeaux qu'elle avait trouvés en parcourant à la hâte les rayons d'une droguerie. Au rez-de-chaussée, Maya était toujours de service, et Pearl et Caroline se chamaillaient joyeusement à propos de l'âge auquel les enfants devraient apprendre la vérité au sujet du père Noël. Selon Caroline, si les parents avaient gagné leur argent à la sueur de leur front, les enfants devraient apprécier cet effort et apprendre la valeur des choses. Pearl n'était pas d'accord. Ce samedi-là, le dernier avant Noël, Louis se confectionnait une barbe de père Noël avec de la ouate, du carton et du ruban adhésif. Il portait également un bonnet de père Noël que le Grand Louis lui avait offert. Il souriait cordialement aux autres enfants qui entraient dans la boutique.

— *Ch'uis* pas le vrai papa Noël, dit-il à une petite fille. Est-ce que tu aimerais avoir une barbe ?

La fillette hocha la tête et, en peu de temps, l'œuvre de Louis se transforma en une petite industrie florissante. Après avoir longuement étudié la boutique et pris des notes frénétiquement dans un carnet, une femme, qui était seule et n'avait commandé qu'un thé vert, se pencha au-dessus de Louis.

— Est-ce que je peux en avoir une ?

— Oui. Mais faites pas semblant d'être le papa Noël. Vous êtes pas lui.

— Je crois que personne ne me confondrait avec le père Noël.

— Ou avec un *plissier*. Vous avez pas le droit de vous déguiser en *plissier*.

Déconcertée, la femme assura à Louis qu'elle n'avait aucune intention de se faire passer pour un policier.

— Désolée, s'excusa Pearl à travers son épaisse barbe blanche. Son père l'a laissé regarder *Terminator 2* et il était mort de trouille.

— Cela ne m'étonne pas, déclara la femme. Ce film m'a fichu la trouille et, pourtant, je suis une adulte !

Louis la fixa de ses grands yeux marron bienveillants.

— C'est pas pour de vrai, madame. C'est juste un film. Vous pouvez vous rendormir.

La femme arbora un grand sourire et ferma d'un claquement son carnet de notes. Elle se tourna vers Pearl.

— Très bien. Ça suffit. J'ai assez d'éléments. C'est bientôt Noël et je suis vraiment fatiguée. (Elle s'approcha du comptoir et tendit la main.) Abigail Lester. Du *Guide du Londres très secret*. Je m'occupe de la rubrique « Déco ».

Pearl lui serra poliment la main sans avoir la moindre idée de la raison pour laquelle elle le faisait.

— Euh, bonjour.

Caroline se jeta d'un bond sur la femme.

— A-bi-gail ! cria-t-elle, comme si elles étaient des amies intimes.

La journaliste sembla perplexe.

— Hum, est-ce vous la maîtresse des lieux ?

— Non, c'est la fille qui pleurniche au sous-sol, répondit Pearl. Attendez. Izzy !!!

— La maison peut-elle vous offrir un gâteau gratuit ? Un chocolat chaud ? Un verre de vin ? Nous n'avons pas de vin à la carte, mais nous gardons toujours une bouteille pour les vendredis soir…

Caroline babillait, et Pearl ne comprenait toujours pas ce qui se passait.

— Non, non merci. À voir vos clients heureux, je me doute que tout est délicieux.

Izzy grimpa les marches d'un pas lourd. Elle avait les yeux rouges et se sentait abattue. Comme si le décalage horaire qu'elle avait rapporté des États-Unis n'avait jamais disparu, mais s'était intensifié ; comme si elle voulait se réveiller et se lever, mais en était incapable, car elle savait que si elle s'éveillait totalement, elle verrait le monde tel qu'il était : un espace où Austin se trouvait à des milliers de kilomètres de là et le resterait.

— Félicitations, disait quelqu'un.

Izzy plissa les yeux et remarqua la femme blonde à la silhouette élancée.

— Nous l'annoncerons officiellement dans le prochain numéro, mais vous avez gagné notre prix de la plus belle décoration pour un magasin indépendant.

Izzy cilla des paupières.

— C'est ce petit bonhomme qui a fait pencher la balance, expliqua Abigail en regardant Louis, qui comprit qu'il avait fait quelque chose de bien et attendait de savoir exactement quoi. Offrir des barbes de père Noël est un niveau de service client qui surpasse toute attente. Bien joué, petit bonhomme !

— *M'ci* beaucoup, dit Louis, de son propre chef.

— Nous allons faire venir un photographe… Et vous allez toucher un chèque de cinq cents livres. Félicitations !

Abigail attendait manifestement qu'Izzy s'exprime, mais celle-ci ne parvint qu'à marmonner quelques remerciements.

— Il va sans dire que toute l'idée venait de moi, affirma Caroline, en se rapprochant d'Abigail. Je peux vous parler de mes fournisseurs et de mes nombreuses sources d'inspiration dans l'univers de la décoration intérieure.

— Oui, cela me plairait. Voici ma carte. Nous vous appellerons la semaine prochaine, pendant le calme de la trêve des confiseurs. Ce sera parfait pour prendre les photos.

Caroline s'empara de la carte avant même qu'Izzy n'ait le temps de lever le bras.

— D'accord ! *Bisou, bisou !*

Une fois Abigail partie, après avoir reçu un bisou de Louis, qui n'avait pas pour autant retiré sa barbe, Caroline se tourna d'un air triomphant.

— Qu'est-ce qui vient de se passer ? demanda Izzy, lasse.

— La plus belle décoration ! Je savais qu'on pouvait gagner ! À mon avis, c'est sans doute grâce à mes guirlandes en trompe-l'œil.

— J'en suis certaine, convint Izzy, qui tenta de sourire.

Ses employées s'en étaient bien sorties sans elle en fin de compte. Ce constat lui procurait un sentiment doux-amer.

— Cinq cents livres, hein ? poursuivit-elle. Que pensez-vous de diviser la somme ? Ce serait notre prime de Noël. Je peux vous avancer l'argent si vous voulez.

— Eh bien, conceptuellement parlant, c'était mon…, commença Caroline, mais le regard d'Izzy la fit taire.

Bien que cette proposition de prime réjouisse Pearl, cette dernière n'avait nullement envie d'être injuste.

— C'est vrai que c'était l'idée de Caroline. Et c'est elle qui a inscrit la boutique au concours.

Caroline regarda Pearl, surprise par sa générosité.

— Je ne veux rien entendre, protesta Izzy. Ce sont les barbes de Louis qui nous ont fait gagner, vous avez entendu cette dame. L'argent devrait plutôt être pour lui. Et puis, c'est toi, Pearl, qui as dépoussiéré toutes ces décorations tous les jours.

Caroline ne supportait pas que l'on soit magnanime sans elle.

— Bien sûr, il ne me viendrait pas à l'idée d'accepter plus que la part qui me revient. Et, après tout, ce n'est pas comme si j'avais besoin de cet argent.

Pearl et Izzy échangèrent un sourire. En contemplant sa jolie boutique et ses clients satisfaits, Izzy se dit qu'elle devrait s'imprégner un peu de cet esprit de Noël.

— Tiens, je t'ai fait une barbe, annonça Louis d'un ton sérieux, en tendant à Izzy du coton collé sur un bout de carton, avec des boucles de ruban adhésif pour l'accrocher aux oreilles.

— Merci, Louis, dit Izzy, avant de mettre la barbe.

*

La traditionnelle caisse de vin arriva à l'appartement le jour du réveillon (de toute évidence, sa mère n'avait pas assimilé le fait qu'Izzy avait déménagé). Izzy remarqua que le vin était casher. Elle téléphona à Marian, mais celle-ci ne répondit pas. De toute façon, sa mère ne devait sûrement plus fêter Noël. D'ailleurs, l'avait-elle jamais fêté ?

Tout était prêt pour le lendemain : les plats étaient préparés et filmés, il n'y avait plus qu'à les mettre dans les grands fours professionnels du *Cupcake Café*. Avec toutes les paires de bras disponibles, ils pourraient éplucher les pommes de terre le lendemain. Izzy avait de bon gré délégué tous les petits détails, comme la sauce aux airelles et la poêlée de chou, à *Marks & Spencer*. Le vin casher rejoindrait les bouteilles de champagne de Caroline et les deux bouteilles de whisky qu'un patient reconnaissant avait offertes à Ashok.

Helena et Izzy veillèrent tard à discuter et emballer les cadeaux pour Chadani Imelda, qui ne comprenait pas ce qui se tramait mais s'en servait comme excuse pour ne pas dormir. Ashok s'occupait d'elle. Il passait de temps à autre dans le séjour, courant derrière une petite fille aux cris perçants qui brandissait une couche sale au-dessus de sa tête ; Helena et Izzy les ignoraient.

Elles évoquèrent l'avenir.

— L'appartement au-dessus du *Cupcake Café* s'est libéré, annonça Izzy. Le propriétaire hésite entre le louer et le vendre. D'après lui, il pourrait en tirer un meilleur prix à cause de l'emplacement. Donc, en gros, cet appartement est au-dessus de mes moyens par ma faute, à cause de mes gâteaux qui sentent bon.

— Demande-lui s'il peut te le louer. Il sait déjà que tu es une bonne locataire. Cela te laissera le temps de voir ce que tu veux faire par la suite.

— Hmm, peut-être…

— Et puis, nous ne resterons encore plus très longtemps ici, fit remarquer Helena. Dès que je reprendrai le travail, nous pourrons obtenir un meilleur prêt et nous déménagerons. Il nous faut un jardin pour Chadani Imelda.

La fillette faisait à présent du cheval sur le dos de son père et riait aux éclats.

— Du coup, tu pourras récupérer cet appart.

— Oui, c'est vrai, dit Izzy, en contemplant la cuisine rose et les jolis fauteuils désuets à fleurs, complètement cachés par une montagne de cadeaux. Je ne sais pas… Il est peut-être temps pour moi d'aller de l'avant.

— Je me suis inscrite dans une agence d'infirmières. Regarde, dit Helena en tendant une liasse de documents.

— Ouah ! Que leur as-tu répondu quand ils t'ont demandé pourquoi tu voulais retravailler ?

— Je leur ai dit : « Mes chéris, je peux être fabuleuse dans plusieurs domaines à la fois. »

— Comme ça ?

— Oui, exactement comme ça. Mais non, ne sois pas idiote. Je leur ai simplement rappelé la chance qu'ils avaient de m'avoir et je leur ai demandé d'arrêter leurs questions ridicules.

— Ah, d'accord !

— Maintenant, regarde ailleurs. Je dois emballer ton cadeau.

— Oh, ne dis pas de bêtises, Helena.

— Je suis sérieuse ! Tourne-toi, sinon je ne te l'offre pas.

Izzy grommela et s'éloigna jusqu'au seuil de la porte. Chadani Imelda avait désormais une culotte sur la tête. Ashok imitait un ours et lui grognait après. Izzy les observait en souriant. C'était une jolie scène. Ashok s'en rendit compte et la regarda. Il cessa ses grognements.

— Tu pourrais avoir la même chose, affirma-t-il d'un ton sérieux.

Izzy se raidit.

— Tous les deux, vous êtes de vrais idiots.

— Ashok, arrête ça tout de suite !!! lança depuis le séjour une voix qui ne tolérait aucune contestation.

— Je veux simplement qu'Isabel soit heureuse. Ce n'est pas ce que tu veux ? Tu préfères qu'elle loue un nouvel appartement et ouvre de nouvelles boutiques plutôt que de lui dire : « Isabel, c'était bien quand tu étais heureuse, parce que tes amis aussi étaient heureux, donc tout le monde était heureux. »

— Je te préviens, le mit en garde Helena.

Izzy eut la gorge nouée.

— Ce n'est pas de ma faute. Ce n'est pas moi qui suis partie.

— Est-ce que tu en es sûre ?

— Je vais m'en remettre.

Ashok prit Chadani dans ses bras et blottit son nez dans son cou délicat et hâlé.

— Isabel, je veux mieux qu'un « Je vais m'en remettre » pour toi.

Helena arriva d'un pas lourd.

— Au lit !!! Au lit, au lit, au lit. Ça vaut pour tout le monde.

Chapitre 18

Cupcakes de Noël

- 1 c. à c. de cannelle
- 1 c. à c. de gingembre
- ½ c. à c. de cardamome
- ½ c. à c. de clous de girofle moulus
- 250 g de farine
- 25 g de cacao en poudre (non sucré)
- ½ c. à c. de bicarbonate de soude
- 2 c. à c. de levure chimique
- 1 c. à c. de sel
- 100 g de beurre pommade
- 100 g de mélasse
- 50 g de sucre
- 2 œufs
- 1 c. à c. de cognac
- 1 c. à c. de vanille
- 100 ml de lait

Préchauffez le four à 170 °C (thermostat 5-6) et beurrez un moule à cupcakes.

Mélangez toutes les épices, la farine, le cacao, la levure, le bicarbonate et le sel. Tamisez la préparation, puis réservez-la.

Battez le beurre, la mélasse et le sucre à vitesse assez rapide jusqu'à obtention d'un mélange mousseux. Incorporez les œufs un par un, en mélangeant entre chaque ajout. Ajoutez ensuite la vanille et le cognac.

Incorporez la première préparation à la seconde en trois fois, en alternant avec deux ajouts de lait. Mélangez bien.

Faites cuire au four 20 à 22 minutes. Si vous le souhaitez, recouvrez les cupcakes d'un glaçage à base de beurre et de cognac.

*

— *Zoyeux* Noël !!! *Zoyeux* Noël tout le monde !!!

Louis embrassa vivement sa mère et sa grand-mère.

— Il est cinq heures et demie, se plaignit Pearl. Retourne te coucher, Louis.

— Papa Noël *a passé* !

Tout excité, Louis pointait du doigt la chaussette sous le petit sapin trapu qu'ils réutilisaient chaque année, décoré avec ses créations. Pearl avait laissé son gros cadeau au *Cupcake Café* ; il n'y avait nulle part où le cacher dans leur appartement. Mais tous ses petits cadeaux étaient là, dans leur paquet.

— Est-ce que tu peux te recoucher ? demanda Pearl, ensommeillée.

Elle était encore épuisée, et il faisait un froid glacial dans l'appartement. Elle éteignait le chauffage pour la nuit, malgré la vague de froid.

— Noonn !!!

Louis secoua la tête avec véhémence : il était hors de question qu'il se recouche. Pearl n'avait pas envie de réfléchir aux stratagèmes pour renvoyer au lit un enfant de quatre ans le matin de Noël.

— Bon, d'accord… Est-ce que tu veux ouvrir ta chaussette dans le calme…

— J'ai froid, maman.

— … dans le calme au lit ?

Louis grimpa tout content dans le lit, à côté de sa mère, et se mit à déballer très bruyamment les cadeaux que Pearl avait emballés tardivement la veille au soir.

— Maman !!! Une *brozàdents* ! cria-t-il, ravi. Et une *oranze* ! Et des *socolats* ! Et des *saussettes* ! Oh, des *saussettes*, répéta-t-il d'un ton plus ordinaire.

— Oui, mais ce sont des chaussettes avec des *monster trucks*.

Les yeux de Louis balayèrent rapidement la pièce. Il n'y avait pas – c'était impossible – un paquet suffisamment grand pour contenir un garage Monster. Il s'efforça de garder bonne contenance.

— J'me fiche du *garaze* Monster, dit-il doucement.

Pearl était à présent parfaitement réveillée, sous l'effet de l'adrénaline. Elle avait caché le garage après la fermeture du salon ; elle s'était précipitée dans un magasin de jouets aussitôt après avoir déposé le chèque d'Izzy, le cœur battant la chamade, tout excitée. Elle savait qu'elle devait mettre de côté une partie de cet argent, pour payer le chauffage et anticiper les augmentations des frais de transport, inévitables en janvier. De plus, elle devrait sincèrement, comme elle s'en rendit compte en marchant dans le vent glacial, s'acheter un nouveau manteau. D'ailleurs, la neige fondue avait transpercé sa trop fine épaisseur. Et elle adorerait avoir ces bottes en peau de mouton qui avaient l'air confortables et que toutes les femmes semblaient porter ces temps-ci. Mais non. Elle n'allait faire qu'un seul achat. Et ce jour-là uniquement.

— Avez-vous un garage Monster ? avait-elle demandé dès qu'elle était entrée dans le magasin, les yeux écarquillés.

Elle avait craint toute la journée qu'ils ne soient en rupture de stock – c'était le jouet le plus vendu de l'année. Les journaux avaient rapporté une bagarre dans une célèbre enseigne de jouets pour s'arracher le dernier modèle ; apparemment, ces garages s'échangeaient sur eBay pour des centaines de livres. Mais Pearl se devait de tenter sa chance. Il le fallait.

Le silence s'était abattu sur le magasin. Pearl s'était alors rappelé que, dans cette boutique, il fallait écrire sur un papier l'article que l'on désirait. Tout le monde la fixait. La vendeuse lui avait souri aimablement.

— Vous avez vraiment de la chance. Nous avons reçu notre dernière livraison avec du retard. Elle vient seulement d'arriver, et c'est trop tard pour la plupart des gens. Ça fait une semaine que les clients m'insultent à cause de ce garage. (La femme avait marqué une pause théâtrale.) Mais oui, nous en avons un.

Pendant que Pearl avait rempli le bordereau d'une main tremblante, elle avait entendu les gens tout autour d'elle au téléphone : « Ils en ont ! Ils ont des garages Monster » et ils s'étaient mis à passer leur commande sur les bons. Les gens avaient afflué dans le magasin, attirés par la nouvelle.

— Oh, oh, avait dit la vendeuse tandis que Pearl s'emparait de l'énorme boîte colorée. On dirait que vous avez provoqué une émeute.

Pearl avait emballé révérencieusement le paquet avec le papier cadeau argenté hors de prix qu'elle avait acheté – du pur gaspillage – ainsi qu'avec un gros nœud rouge, avant de le cacher sous le four pour le lendemain.

Elle était presque arrivée chez elle quand son téléphone avait sonné.

— Pearl, l'avait interpellée Caroline. J'ai besoin d'une partie de ta prime.

*

— Bon, dit Pearl en tentant de masquer l'excitation dans sa voix. Tu te souviens que le père Noël sait que tu es souvent au *Cupcake Café* ? Je pense qu'il a sûrement déposé des cadeaux là-bas. Tu sais, comme il y a une vraie cheminée…

— Oh oui !!! cria Louis, dont le visage s'illumina aussitôt.

Il plongea la main dans sa chaussette et en sortit un paquet d'autocollants.

— Des autocollants !!!

— Calme-toi un peu, tu veux ?

— Tu peux dire au papa Noël que j'étais pas sérieux quand j'ai dit que j'm'en fichais du garage ?

— Je suis certaine qu'il le sait déjà.

— Comme le petit Jésus.

— Exactement.

— M'ci pour les cadeaux, petit Jésus.

Pearl décida de ne pas corriger Louis pour cette fois. Avec un léger grognement, elle s'extirpa du lit pour allumer le radiateur d'appoint et se préparer une tasse de café. La journée serait longue.

*

Caroline se réveilla seule dans son lit *super king size*, dans ses draps en coton égyptien immaculés, au milieu de ses nombreux traversins, coussins, oreillers et autres babioles (c'était moins un lit qu'un havre de paix, comme elle aimait à penser). Au début, se retrouver seule le matin de Noël fit naître en elle une vive douleur.

Puis elle se remémora la journée de la veille. Malgré le grésil et le blizzard incessants, les cours de violon et l'entraînement de rugby avaient été maintenus (de nombreux parents jugeaient qu'il ne valait mieux pas accorder de vacances aux enfants, de peur qu'ils ne deviennent apathiques). Hermia et Achille s'étaient levés sans discuter et s'habillaient lorsque Caroline entra dans leur chambre.

— Bon, leur annonça-t-elle, vêtue d'une longue robe de chambre kimono. J'ai pris une décision.

Les enfants la dévisagèrent.

— Il fait un temps de chien. Qui a envie de rester à la maison toute la journée en pyjama ?

Les enfants approuvèrent d'un hurlement de joie. Alors, Caroline monta le chauffage (d'ordinaire, elle estimait qu'une maison trop chauffée était d'une affreuse banalité et que c'était mauvais pour la peau) et ils regardèrent *Mary Poppins*, avant de faire une partie de jeu de l'oie. Achille partit ensuite faire une sieste (avec son emploi du temps surchargé et les exigences de son école, il était constamment fatigué, ce qui expliquait, comme le comprit Caroline, ses pleurnicheries incessantes, alors que Louis ne se plaignait presque jamais. Jusque-là, Caroline pensait que c'était parce que Louis obtenait tout ce qu'il voulait, mais elle commençait à en douter). Pendant ce temps, Caroline laissa Hermia essayer tout son maquillage et ses vêtements. Elle l'observa dans le miroir et se rendit compte que sa jolie petite fille se transformerait, sous peu, en une magnifique jeune fille (si elle parvenait à améliorer sa posture, ne put s'empêcher de penser Caroline) ; elle devait s'y préparer.

Pour le dîner, Caroline commanda des nouilles chinoises et sortit une boîte de chocolats ; ils prirent place autour du sapin, Caroline se servit une coupe de champagne, dont elle les laissa goûter une gorgée, et les enfants ouvrirent leurs cadeaux.

Contrairement à l'année précédente, Caroline ne chercha pas à faire passer de message. Elle avait jeté à la figure de Richard qu'elle connaissait parfaitement les enfants, qu'ils étaient les siens avant tout, ou encore tout ce que son argent permettrait de leur offrir. Cette année, elle avait simplement pensé à ses enfants et leur avait acheté des cadeaux pour leur faire plaisir, sans se demander s'ils encombreraient sa décoration minimaliste ou feraient obstacle à leur entrée dans de bonnes universités.

Hermia reçut une Nintendo avec un jeu de stylisme et quelques poupées, et Achille un circuit de voiture électrique – Caroline trouva même le temps et l'énergie de l'assembler avec lui. Puisque les deux enfants bénéficiaient tout autant de l'attention de leur mère, remarqua-t-elle, ils ne se chamaillèrent pas.

Ça a l'air très facile, songea Caroline. *Peut-être devrais-je écrire un livre sur l'éducation des enfants ; je pourrais devenir une référence internationale, comme cette Française*. Elle balaya du regard le salon, qui était dans un bazar innommable. Elle eut des renvois de nouilles (elle n'aurait pas dû en manger) et se demanda si cela ennuierait Perdita de venir le jour de Noël. Elle se rendit alors compte qu'elle n'était peut-être pas de taille pour devenir une pédagogue renommée.

Mais elle pouvait faire de son mieux.

Richard arriva dans la soirée ; il s'était attendu à la litanie habituelle de plaintes amères, à des enfants renfrognés et à une extrême rancœur, le tout fermenté dans la maison impeccable dont il payait le prêt immobilier et les frais de ménage.

Or, ce soir-là, lorsqu'il passa la porte, la maison était en désordre complet et les enfants… Est-ce qu'ils riaient ? Les entendait-il tous en train de rire ? Caroline était-elle en pyjama ? Les pyjamas devaient être revenus à la mode, se dit Richard ; ils devaient être griffés Stella McCartney et lui avaient sans doute coûté les yeux de la tête.

— Papa ! s'écrièrent les enfants. Viens voir nos cadeaux ! Et ce qu'on a fait.

Richard esquissa un sourire nerveux en direction de Caroline. Il s'était avéré que Kate était aussi pénible que son ex-femme – en particulier au sujet de l'argent, de l'attention qu'elle désirait recevoir et de son attitude en général. Richard maudit, une fois de plus, son goût pour les blondes d'aérobic. Toutefois, Caroline semblait d'humeur joyeuse.

— J'ai ouvert une bouteille de champagne, lui dit-elle. Si tu veux rester cinq minutes ?

Il accepta. Ils parvinrent à s'asseoir et à discuter courtoisement, tandis que les enfants jouaient au milieu des papiers cadeau déchirés. Ils convinrent d'en terminer avec la procédure de divorce et de trouver une solution pour aller de l'avant. Caroline aurait pu mentionner qu'elle avait entendu parler du souhait de Kate d'organiser une grande fête très luxueuse pour son second mariage, rien que pour le plaisir de voir Richard blêmir, mais dans l'ensemble elle eut un comportement irréprochable et ils trinquèrent comme deux adultes.

Le matin de Noël, assise dans son lit à regarder les cadeaux que lui avaient offerts les enfants (elle les ouvrirait avec eux le soir), Caroline n'éprouva pour la première fois aucun sentiment de vengeance, de solitude ou de colère. Elle se sentait… bien.

Puis elle poussa un soupir en se souvenant du désordre épouvantable qu'elle allait devoir ranger dans la cuisine.

*

Quand Izzy se réveilla, Chadani Imelda escaladait son visage. Certes, Izzy occupait sa chambre, même si Chadani Imelda dormait depuis sa naissance avec ses parents (Ashok prétendait que cela ne le dérangeait pas ; Helena mentait éhontément à tous ceux qui l'interrogeaient à ce sujet). Izzy trouva ce petit lit bateau, avec son matelas tout neuf et ses draps blancs immaculés, assez agréable en réalité.

Le temps d'une seconde, Izzy oublia presque ses soucis.

— Gahahabagaga ! cria Chadani Imelda.

Son petit visage était à quelques centimètres seulement de celui d'Izzy, qui reçut de la bave sur le nez.

— Oh oui, approuva Izzy d'une voix forte. Ma vie est terminée et la tienne commence à peine, je sais bien. Bonjour, Chadani Imelda ! Joyeux Noël !

Izzy embrassa la fillette.

Il fallait qu'elle se lève. Elle se cramponna à sa tasse de café durant trois quarts d'heure, pendant qu'Helena, Ashok et Chadani, tous les trois vêtus de tenues rouges assorties, ouvraient leurs cadeaux. Eux aussi avaient des cadeaux pour Izzy, bien entendu, mais celle-ci prit surtout des photos de famille. Enfin, des hectares de papier cadeau furent jetés et Chadani Imelda dédaigna complètement son premier ordinateur, sa première pochette de maquillage, sa voiture miniature et son manteau en fourrure de dalmatien, pour essayer plutôt de consommer de grandes quantités de papier bulle. On sonna à la porte : c'était la famille d'Ashok. Ils avaient tous dans les bras d'énormes Tupperware remplis de plats parfumés ainsi que des cadeaux gigantesques pour Chadani. Izzy s'éclipsa pour se changer tranquillement. Elle regarda le ciel gris au-dehors. De la neige tombait ; peu, mais suffisamment pour poudrer les rues et les cheminées de Stoke Newington. Le silence régnait sur les maisonnettes en briques, les villas cossues, les quelques tours d'habitation et le grand et beau méli-mélo de Londres par ce matin calme de Noël. Izzy appuya sa tête contre la vitre.

— Tu me manques, Grampa, souffla-t-elle.

Elle enfila sa robe bleu marine, qui était élégante mais pas très festive. Peu importait de toute façon, elle porterait un tablier toute la journée. Elle contempla à nouveau la ville paisible et ne prononça pas le prénom de l'autre être qui lui manquait. L'amour n'était pas un choix. À l'inverse du travail. Elle retroussa ses manches.

— OK, tout le monde, lança-t-elle à la famille d'Ashok.

Les quatre tantes de Chadani s'extasiaient tapageusement devant leur nièce, tout en se racontant à qui mieux mieux les derniers exploits de leurs enfants. La journée allait être bruyante. Izzy n'était pas contre l'idée de s'aérer la tête durant quelques heures.

— On se retrouve au *Cupcake Café* après votre petit déjeuner.

*

Austin rêvait. Dans son rêve, il était de retour là-bas, au *Cupcake Café*. Puis il se réveilla avec un horrible sursaut, sa tête le lançait. Que s'était-il passé la nuit dernière ? *Oh oh*, se dit-il à mesure que la mémoire lui revint. Darny était chez Marian, et Merv avait emmené Austin boire quelques verres. Puis, Austin était resté en boire quelques autres tout seul, ce qui était stupide, car, visiblement, les boissons américaines se composaient d'alcool pur. En tentant de rentrer d'un pas chancelant à l'hôtel, il était tombé sur cette fille de la boutique de cupcakes, comme si elle l'avait attendu. Elle l'avait aidé à marcher, avant de le pousser dans la neige. Elle avait alors pris une expression qui se voulait sexy et essayé de l'embrasser ! Austin l'avait repoussée en lui expliquant qu'il avait une copine. Kelly-Lee avait simplement ri et rétorqué qu'elle n'avait pas l'air d'être là, avant de chercher de nouveau à l'embrasser. Austin s'était fâché contre elle et elle s'était à son tour très énervée et mise à crier sur lui : « Pourquoi jamais personne ne comprend mes problèmes ? »

Après cet épisode, les souvenirs d'Austin étaient flous, mais il avait réussi à regagner l'hôtel en un seul morceau. Ce n'était pas une soirée dont il était particulièrement fier. *Génial. Joyeux Noël.* Et voilà qu'il était éveillé à une heure indue du matin, complètement seul. *Super. Bien joué, Austin, avec ta nouvelle vie extraordinaire et ta nouvelle belle carrière. C'est une grande réussite. Bravo.*

Il ferait mieux d'aller chercher Darny, pensa-t-il. Sa secrétaire le détestait, c'était évident, mais cela lui était égal. De plus, il avait déjà demandé la mutation en urgence de Janet, dont le fils unique vivait à Buffalo, sur la côte est des États-Unis. Néanmoins, MacKenzie avait proposé à Austin d'effectuer ses achats de Noël ; apparemment, il s'agissait ici d'une tâche normale pour les assistants. Aussi lui demanda-t-il d'acheter ce qui, selon elle, plairait à un jeune garçon de quatorze ans (Darny n'avait pas encore douze ans, mais Austin estima que cela ferait sûrement l'affaire). Elle était revenue avec une pile de paquets emballés qu'elle avait déposés lourdement sur le bureau d'Austin ; il n'avait donc aucune idée des cadeaux qu'il allait offrir à son frère. Les métros circulaient toute la journée, alors il se dirigea vers le Queens pour retrouver Marian. D'un côté, cela paraissait absolument ridicule qu'il passe Noël avec la mère de son ex. De l'autre, elle lui avait assuré qu'ils ne fêtaient pas Noël, qu'ils déjeuneraient dans un restaurant chinois et qu'elle ne verrait aucun inconvénient à ce que Darny et lui passent l'après-midi en pyjama dans le canapé à regarder des films, ce qui, comparé au programme éreintant de Merv de jeux de société et de plaisanteries familiales, serait parfait. Austin se traîna hors du lit et prit un très long bain.

C'étaient des gouttelettes de vapeur qu'il sentait sur son visage, tenta-t-il de se convaincre. Oui, de la vapeur, pas des larmes.

*

« *Pour t'apporter la paix...* » La chanson passait encore à la radio. Izzy avait épluché quatre mille pommes de terre et s'apprêtait à s'attaquer aux trois mille carottes. Mais elle s'en moquait éperdument. Il y avait un côté positif à la répétition des tâches, à la bonhomie feinte de l'animateur radio, qui était sans doute seul à son travail le jour de Noël, ainsi qu'à la douce familiarité des chansons – celles qu'on aimait bien (Sufjan Stevens) et celles qu'on n'aimait pas (Izzy en avait assez de *Last Christmas* de Wham). Elle changea de station et écouta les chants de Noël d'un chœur de jeunes garçons, ce qui lui fit penser à Darny – même si Darny détestait chanter à vrai dire.

La dinde dorait peu à peu dans le four, à côté d'un beau jambon glacé. Les choux de Bruxelles étaient prêts, tout comme le chou rouge. Izzy avait des conserves de graisse d'oie pour faire rissoler les pommes de terre et elle prévoyait de confectionner une belle pavlova pour le dessert – elle aimait réussir à la perfection les meringues. Tout avançait à merveille. Délicieusement. Joliment.

À 11 heures, les invités commencèrent à se présenter les uns après les autres ; d'abord, Pearl, qui s'était levée aux aurores et qui mit aussitôt son tablier pour donner un coup de main. Izzy tenta de l'en empêcher. Louis dansait dans son sillage. Il jacassait à propos de la messe, des bonbons que le pasteur lui avait donnés, des chants de Noël, de Caroline qui était venue les chercher dans sa « *grooooosse voiture* » (« Je t'aime plus maintenant que j'ai vu ta voiture », avait-il déclaré au grand désarroi de Pearl, mais Caroline avait curieusement choisi de rire de cette remarque et ébouriffé les boucles de Louis). La famille d'Ashok était ensuite arrivée, et Izzy regretta immédiatement d'avoir préparé tous les plats végétariens – tous les plats même, en réalité –, étant donné la quantité de nourriture qu'ils apportèrent. La cuisine au sous-sol prit une odeur plus épicée inhabituelle. Caroline ouvrit la première bouteille de champagne.

Mais les invités firent les choses dans l'ordre et jouèrent des coudes pour s'approcher du sapin. Tout le monde devint très timide et se fit des politesses : « Non, toi d'abord. » Cependant, il était évident que c'était à Louis de commencer. Izzy alla chercher ses paquets.

— Tiens, c'est bizarre, fit remarquer Helena.

Ça l'était en effet : il y avait cinq gros paquets carrés, tous exactement de la même dimension. Les yeux de Louis étaient comme des soucoupes.

— Je t'avais dit que le père Noël passerait ici aussi, lui souffla Pearl en le poussant vers les cadeaux.

Il déchira le premier paquet ; c'était celui de Pearl, avec le joli papier argenté et l'énorme ruban rouge.

Après un long silence, Louis se tourna vers sa mère, les yeux écarquillés et humides, la bouche grande ouverte de surprise et de stupéfaction.

— Papa Noël m'a apporté un garage Monster !!!

Tous les regards se portèrent sur les quatre autres paquets à la forme identique et tout le monde comprit immédiatement.

L'un provenait d'Izzy, qui avait couru durant sa pause déjeuner dans un grand magasin et avait payé une fortune pour ce jouet. Il y en avait un d'Ashok et Helena, qui l'avaient commandé sur Internet des mois plus tôt. Un autre de Caroline, magnifiquement emballé. Et pour le dernier, Pearl ne savait pas du tout. Ce fut alors qu'elle devina : Doti. Elle secoua la tête, incrédule. Tout le monde adorait Louis, pensa-t-elle. Elle ne saisit pas que ce n'était pas uniquement par égard pour son fils.

— Le papa Noël a fait une erreur, expliqua-t-elle à Louis, en le serrant dans ses bras. Je suis sûre que nous pourrons rendre les autres.

Elle regarda ses amis en agitant furieusement les sourcils.

— Je crois que le père Noël échange des jouets contre d'autres, affirma Izzy d'une voix forte, en fouillant son portefeuille à la recherche de son ticket de caisse. Ce n'est pas étonnant que les magasins soient en rupture de stock.

Louis ne pipa pas un mot. Il était allongé sur le sol de la boutique, comme s'il était seul au monde, à imiter des bruits de camion et à s'adresser à chaque monstre. Bien qu'il soit complètement dans le passage, il ne dérangeait personne.

Pearl s'éclipsa pour envoyer un message à Doti. Elle ajouta à la fin : « Passe nous voir si tu es dispo. Bisous. » Au moment de l'envoyer, elle perçut du coin de l'œil un mouvement sur le trottoir. Elle leva la tête. C'était Ben. Elle ne l'avait pas revu depuis leur dispute. Il avait l'air contrit, les paumes de main ouvertes.

Pearl alla à la porte.

— Salut.

— Salut, répondit-il en fixant ses pieds. Écoute. Tu avais raison. Je n'aurais pas dû récupérer ce foutu garage. Je l'avais acheté à un type au pub.

— Ben ! fit Pearl, amèrement déçue.

— Mais je l'ai rendu, d'accord ? Je savais que c'était louche. Je suis désolé. Je bosse le soir en ce moment. Ce n'est qu'un poste de vigile, mais c'est un travail, non ? D'ailleurs, je suis encore en uniforme…

Elle le regarda. Il disait vrai.

— Il te va bien, cet uniforme.

— Oh, arrête…

Ben promena ses yeux sur les courbes de Pearl moulées dans cette vieille robe en laine – c'était le plus beau vêtement de sa garde-robe. Elle lui allait encore.

— Enfin bref, reprit-il, en tendant un paquet. Bon, ce n'est pas le garage. Mais c'est tout ce que j'ai pu acheter. En toute honnêteté.

— Viens, l'invita Pearl, qui effaça rapidement le message sur son téléphone. Entre donc.

Tout le monde salua joyeusement Ben, et Caroline lui offrit aussitôt un verre. Louis se leva d'un bond, avec le sourire jusqu'aux oreilles.

— Papa Noël m'a apporté un garage Monster ! s'écria-t-il.

— Et, moi, je t'ai apporté cela.

Louis déchira l'emballage. Le paquet contenait un pyjama, recouvert de camions et de *monster trucks*. Il était moelleux, chaud et à la bonne la taille – exactement ce dont Louis avait besoin.

— Un *pyzama* Monster !!!

Louis commença à retirer ses vêtements. Pearl s'apprêta à le stopper (il portait une jolie chemise et un nouveau pull), avant de se raviser.

— Joyeux Noël, lança-t-elle à l'assemblée, en levant son verre.

— Joyeux Noël, reprit tout le monde en chœur.

*

Ce fut ensuite la foire d'empoigne pour ouvrir les cadeaux. Caroline s'efforça de ne pas grimacer devant les bougies et les bibelots de mauvais goût qu'on lui avait offerts. Chadani Imelda parvint à avaler une étoile en bolduc. Louis ne quitta pas son garage des yeux. Izzy, qui restait à proximité de la cuisine, remarqua qu'elle n'avait reçu aucun cadeau, mais y accorda peu d'importance.

Ils avaient aligné toutes les tables pour n'en faire qu'une, avec suffisamment d'espace pour chacun. Tout en jouant des coudes dans la cuisine avec Izzy, les sœurs d'Ashok bavardaient, riaient, plaisantaient et tiraient sur le pétard des papillotes. Izzy se laissa porter par cette ambiance chaleureuse et festive. Chester, de la quincaillerie, était présent bien entendu, ainsi que Mme Hanowitz, dont les enfants vivaient en Australie. Ils formaient une très grande tablée quand ils s'installèrent pour manger, légèrement éméchés, avec des chants de Noël en musique de fond.

Le repas fut succulent. Bhajjis et curry à la betterave et au gingembre côtoyèrent la dinde parfaitement rôtie, des tonnes de saucisses et des pommes de terre au four croustillantes – tout était délicieux. Les convives firent bonne chère et burent à l'envi, à l'exception d'Izzy, qui n'en avait pas envie, et de Caroline, qui ne pouvait pas mais fit toutefois l'effort de manger du chou rouge.

À la fin du repas, Ashok se leva.

— Je voudrais vous dire quelques mots, annonça-t-il, un peu chancelant. Avant tout, merci à Izzy de nous avoir ouvert la porte du *Cupcake Café* – sa maison –, à nous, les oubliés de Noël.

Tout le monde approuva en tapant des pieds et en poussant des hourras.

— Ce fut un repas fantastique. Merci à tous ceux qui ont mis la main à la pâte…

— Bravo ! dit Caroline.

— … et merci à Caroline.

Cette boutade provoqua de grands éclats de rire et un tambourinement de fourchettes.

— Très bien, j'ai deux ordres du jour. Tout d'abord, Izzy, tu as peut-être remarqué que tu n'as reçu aucun cadeau de Noël ?

Izzy répondit par un haussement d'épaules, pour signifier que ce n'était pas grave.

— Ah, ah ! En fait, tu as un cadeau ! (Ashok brandit une enveloppe.) Voici un petit gage de notre estime. De toute notre estime. Oh, et nous avons réengagé Maya.

— Qui est Maya ? demanda Ben à Pearl.

Sa main puissante était posée sur la cuisse de Pearl sous la table.

— Personne, s'empressa-t-elle de répondre.

Les mains tremblantes, Izzy ouvrit l'enveloppe. Elle renfermait un billet aller-retour pour New York.

— Tout le monde a participé, indiqua Ashok. Parce que…

— Parce que tu es une idiote ! s'exclama Caroline. Cette fois, je ne te prête pas mon manteau.

Izzy regarda Helena, les yeux humides.

— Mais je… J'ai essayé…

— Eh bien, réessaie, espèce d'andouille, lui lança Helena. Tu es folle ? Je suis certaine qu'il est malheureux comme tout. Ta mère me l'a dit.

— Ça me fait plaisir de voir que tout le monde discute avec ma mère sauf moi… (Izzy jeta un coup d'œil à la date sur le billet.) C'est une plaisanterie ?

— Non, répondit Caroline. C'était la date la moins chère. Et puis, ça ne sert à rien de remettre les choses au lendemain. Maya sera avec nous toute la semaine.

— Mais comment je fais pour aller à l'aéroport ?

— Heureusement, j'ai soigné un chauffeur de taxi pour une insuffisance rénale, expliqua Ashok. Il m'a demandé comment il pouvait me remercier. Je lui ai dit que j'avais une amie à conduire à Heathrow le jour de Noël. Il a poussé un grand soupir, il a eu l'air vraiment ronchon, mais il ne devrait pas tarder.

— Et je t'ai préparé une valise ! précisa Helena. Des vêtements adaptés cette fois-ci, tu seras ravie de l'apprendre.

Izzy ne savait pas où poser son regard. Elle porta sa main tremblante à sa bouche.

— Allez, dit Helena. Qu'est-ce que tu as à perdre ?

Izzy se mordit la lèvre. Sa fierté ? Sa dignité ? Enfin, peut-être celles-ci n'avaient-elles pas tant d'importance. Il fallait qu'elle sache. Elle le devait.

— M… M… Merci, bredouilla-t-elle. Merci. Merci mille fois.

— Je vais te faire un sandwich pour l'avion, se proposa Pearl. Tu n'es pas en classe affaires cette fois.

Quand Caroline avait compris que Pearl avait grandement besoin de l'argent de la prime, elle était parvenue à la convaincre que tout le monde allait mettre dix livres dans la cagnotte. Pearl n'avait qu'une idée très vague du prix d'un billet d'avion et avait fait confiance à Caroline.

*

Un coup de klaxon retentit à l'extérieur.

— C'est ton taxi, déclara Ashok.

Helena tendit à Izzy son sac et son passeport. Cette dernière n'avait pas de mots. Elles se serrèrent dans les bras, avant d'être rejointes par Pearl, puis Caroline, et formèrent bientôt un petit attroupement.

— Fais-le, l'encouragea Helena. Ou règle le problème. Tout ce que tu veux. D'accord ?

Izzy eut la gorge nouée.

— D'accord. D'accord.

Les convives observèrent Izzy s'éloigner sous la neige.

— Maintenant, dit Ashok, tout ému, en sortant un petit écrin de sa poche. Hmm… Le deuxième ordre du jour…

À cet instant, Caroline poussa un cri. Sous la neige apparut la petite silhouette de Donald. Hermia et Achille couraient après lui. Le bébé se dirigea directement vers le *Cupcake Café* et tout le monde s'attroupa pour l'accueillir.

— Il s'est enfui ! s'écria Hermia.

— Et nous aussi, avoua Achille. On s'embête vraiment là-bas.

Pearl fit un clin d'œil à Caroline.

— Bon, je vais vous préparer un chocolat chaud et, ensuite, vous y retournerez, affirma Caroline.

Elle appela Richard, qui accepta que les enfants restent jouer l'après-midi. Puis il y eut un blanc.

— En fait… est-ce qu'on pourrait tous venir ? tenta Richard. On s'ennuie comme des rats morts ici.

Caroline réfléchit un instant.

— Non, répondit-elle sans méchanceté aucune. Je ne suis pas chez moi, ce n'est pas à moi de vous inviter. Mais on se reparle bientôt.

*

Pearl s'occupa de remplir le grand lave-vaisselle au sous-sol. Elle écrivit un SMS, qu'elle effaça aussitôt, avant d'en tapoter un autre et de le supprimer à son tour. Enfin, elle rédigea ces simples mots : « Merci.

Joyeux Noël » et envoya le message à Doti. Que dire d'autre ?

— Qu'est-ce que tu fais là en bas ? la questionna la voix grave de Ben.

— Rien !

— Super. Parce que j'ai en tête quelques petites choses que nous pourrions faire !

Pearl ricana et repoussa Ben. Elle sentit sa main chaude sur son visage et pensa simplement : *Joyeux Noël. Joyeux Noël.*

Chapitre 19

Galette des rois

- 30 g de pâte d'amandes
- 30 g de sucre blanc
- 3 c. à s. de beurre mou
- 1 œuf
- ¼ c. à c. d'extrait de vanille
- ¼ c. à c. d'extrait d'amande
- 2 c. à s. de farine
- 1 pincée de sel
- 1 pâte feuilletée
- 1 œuf, battu en omelette
- 1 fève (traditionnellement, un santon en porcelaine – pas en plastique !)
- Sucre glace
- 1 couronne en papier

Préchauffez le four à 220 °C (thermostat 7-8) et recouvrez une plaque à pâtisserie de papier cuisson.
Mélangez au robot la pâte d'amandes avec la moitié du sucre. Ajoutez ensuite le beurre et le restant de sucre, puis

l'œuf, les extraits de vanille et d'amande, enfin la farine et le sel.
Étalez un carré de pâte feuilletée, d'environ 20 cm. Ne pétrissez pas la pâte, ni ne l'étirez. Découpez un grand cercle. Répétez l'opération et placez les deux cercles de pâte au frais.
Ensuite, posez l'un des cercles sur une plaque à pâtisserie, puis déposez la garniture dessus. Laissez une marge assez large sur le bord. Enfoncez la fève dans la garniture. Placez le second disque de pâte sur le dessus et soudez les bords.
Badigeonnez la pâte à l'œuf et dessinez une rosace.
Enfournez 15 minutes dans le four préchauffé. N'ouvrez pas la porte, sinon la pâte ne gonflera pas correctement. Sortez la galette du four et saupoudrez-la de sucre glace. Remettez-la au four et laissez-la cuire encore 12 à 15 minutes, jusqu'à ce qu'elle soit dorée. Laissez-la ensuite refroidir sur une grille. Posez la couronne sur la galette. Vous la donnerez à celui qui trouve la fève (ou à Louis).

*

Austin arriva chez Marian avec une bouteille de kirsch, sans trop savoir pourquoi. Il se sentit immédiatement un peu différent : il était le seul homme sans barbe. Mais tout le monde avait l'air très gentil. Quatre familles devaient être présentes, et des raviolis chinois cuisaient sur le feu. Bien entendu, il n'y avait aucune décoration, ni cartes de vœux, ni télévision – rien ne laissait penser qu'il ne s'agissait pas d'un jour ordinaire, comme ça l'était pour la plupart des gens.

Darny s'entretenait allègrement avec un homme âgé dans le séjour, autour d'un petit café qui avait l'air épais.

— Nous discutons de la nature du mal, expliqua Darny. C'est passionnant.

— Est-ce que c'est du café ? l'interrogea Austin. Super. C'est exactement ce qu'il te faut. (Austin passa la tête par la porte de la cuisine.) Bonjour Mari… Miriam. Avez-vous besoin d'un coup de main ?

— Non, non, répondit Marian, qui étalait de la pâte, très maladroitement.

— D'accord. Euh, est-ce que cela vous dérange si j'offre ses cadeaux à Darny ? Je sais que ce n'est pas vraiment…

— Non, non, aucun problème. La moitié d'entre nous va recevoir des cadeaux en secret de toute façon ; on ne doit simplement pas en parler.

Marian sourit avec malice.

— Vous semblez très heureuse ici, bien intégrée.

Elle arbora un grand sourire et jeta un coup d'œil par la porte de la cuisine. Dans le séjour, un homme d'une cinquantaine d'années, avec une longue barbe et de très beaux yeux marron, leva la tête, surprit le regard de Marian et lui sourit.

— C'est parfait, déclara Marian, en rougissant. Même si tout le monde ici est trop intelligent pour moi.

— Est-ce que vous faites semblant d'être stupide ? lui demanda tendrement Austin.

— Non, c'est toi qui ferais cela, rétorqua Marian, dont le regard rappela inexorablement Izzy à Austin. Allez, va offrir ses cadeaux à ton frère. Il est persuadé qu'il ne va pas en recevoir.

— Ah bon ?

Austin retourna dans le salon, chargé de grands sacs.

— Joyeux Noël !

Darny écarquilla les yeux.

— Je croyais que je n'aurais pas de cadeaux.

— Pourquoi ? Parce que tu es devenu juif ?

Darny secoua la tête.

— Non. Parce que j'ai été infect.

Austin eut l'impression que son cœur était au bord de l'implosion.

— Darny, commença-t-il en s'agenouillant. Darny, quoi qu'il arrive… jamais je ne penserai que tu es infect. Je te trouve génial, intelligent et parfois un peu difficile…

— Et encombrant.

— Ce n'est pas de ta faute, pas vrai ?

Darny laissa tomber sa tête.

— Si… Si je n'avais pas été viré du collège, est-ce qu'on vivrait encore en Angleterre avec Izzy ?

— Ce n'est pas grave. C'est bien que nous soyons là. C'est bien, non ?

— Pour que tu gagnes beaucoup d'argent, travailles toute la journée et que je ne te voie jamais ? Mouais…

Darny s'assit pour ouvrir ses cadeaux. Austin l'observa, tout comme les autres enfants. Il fut fasciné par les achats de MacKenzie : un jeu de football américain pour Wii (Darny n'avait pas cette console), un grand tee-shirt de basket-ball qui lui arrivait jusqu'aux genoux comme une robe, une casquette de base-ball avec une hélice sur le dessus. Darny regarda Austin.

— Je ne sais pas à quoi servent tous ces machins. Tu veux faire de moi un vrai Américain ?

— Ça ne te plaît pas ?

Darny baissa les yeux, il n'avait pas envie de passer pour un ingrat. Il faisait attention à son comportement. Ce qui effrayait un peu Austin.

— Si… Enfin, il faut une console et des trucs pour pouvoir jouer… mais j'imagine que…

Il y eut un blanc.

— Merci, déclara Darny.

Un garçon plus âgé, avec un duvet noir au niveau de la moustache, attrapa le jeu de football américain.

— Je peux te montrer comment ça marche si tu veux.

— Merci, lui dit Darny, dont le visage s'égaya un peu. Cool.

Marian sortit de la cuisine et fit signe à Austin de venir.

— J'ai un cadeau pour toi.

Austin considéra d'un air interrogateur l'enveloppe qu'elle lui tendit.

— Je veux que tu ailles voir ma fille. J'insiste. Rien qu'un jour ou deux. Histoire de voir si vous pouvez trouver une solution, sans être distraits par quoi que ce soit. Nous allons garder Darny ; il s'amuse bien avec les autres gosses. Va la retrouver. Elle ne sait pas si c'est terminé. Elle ne comprend pas ce qui se passe. Je t'aime bien, Austin, mais si tu la rends malheureuse et lui fais miroiter un mirage, je vais te découper en morceaux. Est-ce que je me suis bien fait comprendre ?

Austin ouvrit l'enveloppe d'une main tremblante. Il fixa son contenu.

— Où avez-vous trouvé l'argent ?

— Oh, un ami qui a gagné pas mal d'argent dans ces trucs d'informatique... Il est mort. Un homme charmant. Enfin, parfois horrible. Mais très intelligent.

Austin haussa les sourcils. Marian et lui regardèrent la neige qui s'amoncelait dans le petit jardin. Austin reporta ses yeux sur le billet.

— L'avion décolle dans deux heures.

— Une chance que tu sois déjà dans le Queens, pas vrai ?

*

Cette fois, Izzy ne dormit pas dans l'avion. Repue du repas de Noël, elle n'eut pas le courage de recommencer. Les passagers semblaient indifférents à la gaieté du personnel de bord ; la plupart avaient l'air renfrognés, comme s'ils détestaient Noël ou si cette fête n'avait aucun sens pour eux. Izzy se cramponnait à son sac, se mordait la lèvre et essayait de ne penser à rien, si ce n'est au fait qu'elle ne pleurait pas pour la première fois depuis quinze jours. Et que, d'une façon ou d'une autre, elle serait bientôt de nouveau dans la même pièce qu'Austin. Elle refusa de laisser ses pensées s'égarer davantage et se contenta de regarder les dessins formés par la glace sur le hublot ovale et de contempler le vide.

Austin se retrouva si rapidement à bord de l'avion qu'il n'eut pas le temps de réfléchir. Il tenta de mettre de l'ordre dans ses pensées, mais le bazar y était trop important. Il but un très grand verre de whisky et tenta de trouver le sommeil. En vain.

Leurs avions se croisèrent au-dessus de Terre-Neuve : Izzy se dirigeant vers une matinée new-yorkaise, Austin vers un après-midi londonien. Les sillons de vapeur d'un blanc pur formèrent une croix dans le ciel.

*

La circulation était fluide. Austin, l'esprit en ébullition, savait exactement où trouver Izzy. Là où elle était toujours. Lorsque le chauffeur de taxi (qui raconta d'un ton animé sa récente guérison miraculeuse d'une insuffisance rénale – Austin l'écouta à peine) s'arrêta à côté de la petite impasse dans Church Street, le regard d'Austin fut attiré par les lampions accrochés à la façade du *Cupcake Café*, qui se reflétaient dans la neige sale, par les fenêtres embuées et, à l'intérieur, les silhouettes joyeuses qui s'agitaient.

Dans un éclair de lucidité, il sut immédiatement. Il reviendrait. Ils pourraient recommencer. Il essaierait quelque chose, n'importe quoi. Ils trouveraient une solution. New York était un rêve brillant de mille feux. Mais il n'était pas fait pour lui. Austin avait déjà tout abandonné une fois dans sa vie. Il pourrait le refaire. Car, au bout du sacrifice, il y avait le bonheur. Il le savait. Peu importaient l'argent qu'il gagnait, ou la réputation du collège de Darny, ils ne pouvaient pas être heureux – ni lui ni son frère – sans Izzy. C'était ainsi. Austin marqua une pause lorsque le taxi redémarra. La nuit tombait rapidement ; son long pardessus et son écharpe voletaient au vent. Il resta immobile et prit une longue inspiration pleine de bonheur, avant d'avancer, allégrement et le cœur léger, vers son avenir. Il ouvrit la porte et la clochette tinta.

Il y eut un long blanc.

— C’est quoi ce bordel ? s’écria une Pearl légèrement pompette, au moment même où Louis se jeta pour enserrer les jambes d’Austin.

— Austin !!! Où il est, Darny ? Tu m’as manqué, Austin !

L’un des cousins d’Ashok souffla dans une langue de belle-mère un son strident au milieu du silence.

*

La neige tombait encore. Izzy ne se rappelait presque rien du voyage, ni la file d’attente plus courte qu’habituellement au contrôle de l’immigration. Parfois, Londres et New York semblaient se toucher, comme si ces deux villes faisaient partie de la même métropole de taxis, restaurants, entreprises et habitants très affairés.

Le taxi déposa Izzy à l’hôtel.

— Je suis désolée, madame, dit la même jolie réceptionniste que quelques jours auparavant. Je crains que M. Tyler n’ait quitté l’hôtel.

Izzy eut la gorge nouée. Cette pensée ne lui avait pas un seul instant effleuré l’esprit. Elle n’avait pas la moindre idée de l’endroit où il pouvait être. Passait-il Noël chez son patron ? Elle ne savait pas comment le contacter. Elle avait plus ou moins espéré que… Elle se rendit compte que c’était stupide, idiot, mais elle avait plus ou moins espéré le retrouver simplement ; le voir ; voir, avec un peu de chance, son visage arborer ce grand sourire qui le caractérisait ; et puis courir dans ses bras. Elle n’avait pas imaginé devoir téléphoner, avoir une conversation étrange et passer pour une femme désespérée – ou pire encore, une folle. C'était bien mieux d'arriver à l'improviste et de s'expliquer ensuite, pensait-elle.

— Avez-vous une chambre ? demanda-t-elle à la réceptionniste.

— Il ne nous en reste plus qu'une, lui répondit la jeune femme avec un sourire courtois. Cela vous fera sept cent quatre-vingts dollars.

Izzy éloigna d'un geste réflexe sa carte bleue.

— Oh… Je crois que je ne vais pas la prendre pour le moment.

La réceptionniste afficha une mine inquiète.

— Vous savez, c'est assez difficile de trouver une chambre d'hôtel à New York en période de fêtes, l'informa-t-elle avec bienveillance.

Izzy soupira. Elle secoua la tête, dépitée devant l'échec lamentable de son expédition, malgré tout l'enthousiasme et les bonnes intentions de ses amis.

— C'est bon. Je peux dormir sur le canapé de ma mère.

— Super ! s'exclama la jeune femme, aimable.

*

Ce sera mieux, pensa Izzy. Dormir chez sa mère ce soir, appeler Austin demain où qu'il soit, se retrouver comme des adultes civilisés. *Ce sera mieux*. Elle allait pouvoir rattraper le sommeil perdu, prendre un bain, ce genre de choses. Elle soupira. Elle devrait endurer la leçon de sa mère sur les hommes et l'impossibilité de leur faire confiance, ou à qui que ce soit en réalité…

Izzy commença par errer dans les rues. C'était une journée magnifique, ensoleillée, avec le givre qui craquelait. Au soleil, on ne se rendait pas compte du froid glacial. Les gens étaient de sortie, en promenade, se saluant les uns les autres ; des touristes, qui ne savaient pas trop comment occuper leur journée de Noël, prenaient des photographies, avec leur sac à dos sur les épaules ; un grand nombre de personnes juives se retrouvaient joyeusement dans des restaurants chinois. C'était… c'était sympa.

Izzy finit par atterrir dans une petite rue familière. Les grands magasins étaient fermés, bien entendu, mais le nombre de petites boutiques ouvertes était surprenant. Même à Noël, le commerce était sacré. Elle entendit, soudain, son chant de Noël préféré par une porte entrouverte… et sentit une odeur légèrement désagréable. Elle entra. Elle se rendit compte avec un pincement au cœur qu'elle était la seule cliente. Le point positif, c'était qu'Austin n'était pas là. Le seul membre du personnel se tenait près de la caisse, les yeux rougis, et ne leva même pas la tête.

— Bonjour, dit Izzy.

Chapitre 20

Cupcakes à la vanille (avec l'aimable autorisation de la blogueuse The Caked Crusader)

Pour les cupcakes

- 125 g de beurre doux, à température ambiante
- 125 g de sucre semoule
- 2 gros œufs, à température ambiante
- 125 g de farine avec levure incorporée, tamisée
- 2 c. à c. d'extrait de vanille (NB : « *extrait* » et non « *essence* » – l'extrait est naturel, alors que l'essence, qui contient des produits chimiques, est à éviter)
- 2 c. à s. de lait (entier ou demi-écrémé, mais pas de lait écrémé, car son goût est trop prononcé)

Pour la crème au beurre

- 125 g de beurre doux, à température ambiante
- 250 g de sucre glace, tamisé
- 1 c. à c. d'extrait de vanille

- Un peu de lait (commencez par incorporer une cuillère à soupe ; si votre crème n'a pas la texture désirée, ajoutez une autre cuillerée, et ainsi de suite)

Préchauffez le four à 190 °C (thermostat 6-7, ou 170 °C pour un four à chaleur tournante).

Disposez des caissettes en papier dans un moule pour 12 cupcakes.

Fouettez le beurre et le sucre jusqu'à obtenir un mélange homogène, clair et mousseux. Plusieurs minutes seront nécessaires, même si votre beurre est mou. Ne négligez pas cette étape, car c'est à ce moment que se forment les bulles d'air dans la pâte. Libre à vous de choisir votre méthode pour fouetter les ingrédients. Quand j'ai commencé la pâtisserie, j'utilisais une cuillère en bois, puis je suis passée à un batteur électrique et, désormais, je me sers d'un robot. Le résultat sera identique ; toutefois, si vous optez pour la cuillère en bois, vous musclerez par la même occasion votre bras… Qui a dit que les gâteaux n'étaient pas bons pour la santé ?

Ajoutez les œufs, la farine, la vanille et le lait, et mélangez jusqu'à ce que ce soit homogène. Certaines recettes conseillent d'incorporer ces ingrédients séparément, mais ce n'est pas nécessaire ici. Vous devez obtenir une pâte lisse et fluide : pour tester la consistance, prenez une cuillerée de pâte et penchez doucement la cuillère, la pâte doit s'écouler. Sinon, continuez de mélanger. Si la pâte n'est toujours pas fluide, ajoutez une cuillère à soupe de lait.

Versez la pâte dans les caissettes. Nul besoin d'égaliser la surface, la chaleur du four s'en chargera pour vous. Placez le moule dans la partie supérieure du four. N'ouvrez pas la porte pendant 12 minutes, puis vérifiez la cuisson en enfonçant la lame d'un couteau au centre d'un cupcake : elle doit ressortir sèche. Vous pouvez alors ôter les gâteaux du four. Si de la pâte crue apparaît sur la lame, laissez cuire encore quelques minutes. En raison de la petite taille des cupcakes, ils peuvent très vite passer du stade « pas assez cuits » à « trop cuits », restez donc vigilant. Ne vous inquiétez pas si la cuisson est plus longue que le temps indiqué sur la recette ; cela peut varier d'un four à l'autre.

À leur sortie du four, retirez les cupcakes du moule et placez-les sur une grille. Autrement, ils continueront à cuire, car le moule est très chaud, et la caissette pourrait se détacher du gâteau, ce qui n'est pas très joli. Les cupcakes refroidiront rapidement sur la grille (environ une demi-heure).

Occupez-vous à présent de la crème au beurre. Dans un saladier, fouettez le beurre jusqu'à ce qu'il soit mousseux. Il aura un peu l'aspect d'une chantilly. C'est cette étape qui rend la crème légère et délicieuse.

Ajoutez le sucre glace et fouettez jusqu'à obtenir une préparation aérienne et mousseuse. Commencez doucement pour ne pas faire voler le sucre glace dans toute votre cuisine ! Continuez de mélanger jusqu'à ce que le beurre et le sucre soient bien homogènes. Pour vous en assurer, déposez une petite quantité de glaçage sur votre langue et appuyez-la contre votre palais. Si c'est granuleux, la préparation a encore besoin d'être fouettée. Si elle est lisse, vous pouvez passer à l'étape suivante.

Incorporez la vanille et le lait. Si la crème au beurre n'est pas aussi onctueuse que vous le souhaitez, ajoutez un peu de lait, mais attention à ce que votre crème ne devienne pas liquide.

Déposez la crème sur les cupcakes, avec une cuillère ou une poche à douille. La cuillère est plus simple et ne nécessite aucun matériel supplémentaire. Toutefois, si vous désirez de jolis cupcakes dignes d'un pâtissier professionnel, cela peut valoir la peine d'investir dans une poche et une douille en forme d'étoile. Il existe des poches jetables, ce qui réduit la quantité de vaisselle.
Ajoutez de petits décors si vous le souhaitez. Laissez libre cours à votre créativité : fleurs en sucre, perles multicolores, billes de chocolat, paillettes alimentaires, vermicelles, noix, noisettes, copeaux de chocolat… – les possibilités sont infinies.
Savourez le plaisir d'avoir réalisé vous-même ces petites merveilles.
Et dégustez !

*

C'était surprenant, ce don des humains pour la compassion, pensa Izzy. Elle n'en revenait pas d'écouter une autre femme se plaindre qu'Austin, son petit ami, ait refusé de l'embrasser.

— On s'est rencontrées, vous et moi, dit enfin Izzy. Vous saviez que j'existais.

Kelly-Lee continuait de sangloter, de grosses larmes roulaient sur son parfait petit nez retroussé.

— Mais vous êtes anglais. Alors, j'ai cru que ce n'était pas sérieux, vous voyez ce que je veux dire ?

— Non.

— Vous vivez en Europe ! Tout le monde sait que tous les hommes là-bas ont six copines.

— Tout le monde sait ça ?

— Bien sûr que oui, répondit Kelly-Lee. Et vous ne savez pas combien c'est dur. Maintenant je vais perdre mon job…

— Pour avoir essayé de séduire quelqu'un ? Zut alors, votre patron est beaucoup plus sévère que moi.

— Non… Apparemment, mes cupcakes ne sont pas bons.

— C'est vrai, confirma Izzy. Ils sont même infects à vrai dire.

— Bah, ils arrivent à moitié faits, et je suis censée m'entraîner à les préparer de A à Z, mais je n'ai jamais vraiment pris la peine de le faire.

Izzy leva les yeux au ciel. Kelly-Lee la regarda en clignant des paupières.

— Est-ce qu'il vous aime vraiment ?

— Je ne sais pas, répondit franchement Izzy.

— Peut-être que quand j'aurai votre âge, je saurai ce qu'est le véritable amour, déclara Kelly-Lee, qui geignit de plus belle.

— Oui, oui, peut-être. Vous me montrez votre cuisine ?

Kelly-Lee accepta. Le four n'était même pas chaud. Toutefois, la cuisine était formidablement bien équipée.

— Ouah, tout cet espace ! s'exclama Izzy. Je travaille dans un bunker ! Alors que vous, vous avez des fenêtres !

Kelly-Lee balaya du regard sa cuisine d'un air morne.

— Moui…

Izzy contempla l'énorme réfrigérateur ultramoderne.

— Ouah ! J'adorerais en avoir un !

— Vous n'avez pas de frigo ?

Izzy ne tint pas compte de la remarque de Kelly-Lee et sortit une douzaine d'œufs et du beurre. Elle le renifla.

— Ce beurre est très quelconque. Ça commence mal. On va faire avec.

Izzy prit également du lait, avant de se diriger vers les énormes contenants à farine et à sucre. Elle enfila ensuite un tablier. Kelly-Lee l'observait d'un air perplexe.

— Venez, lui dit Izzy. Nous n'avons pas toute la journée devant nous. Enfin si, parce que c'est Noël et qu'aucune de nous n'a de meilleur endroit où aller. Mais n'y pensons pas pour le moment.

Kelly-Lee écouta, au début sans grand enthousiasme puis attentivement, les explications patientes d'Izzy : la bonne température pour battre en crème le beurre et le sucre, l'importance de ne pas trop mélanger, la bonne hauteur pour tamiser la farine – que des choses dont Kelly-Lee n'avait jamais entendu parler.

Vingt minutes plus tard, elles enfournèrent quatre fournées et, pendant la cuisson, Izzy révéla à Kelly-Lee les secrets du glaçage au beurre.

— Attendez de voir. Vous n'en reviendrez pas de la cochonnerie que vous serviez.

Izzy fouetta le glaçage pour obtenir une préparation très aérienne et la fit goûter à Kelly-Lee.

— Impossible de savoir ce que vous faites si vous ne goûtez pas. Vous devez tout le temps goûter vos préparations.

— Mais je ne vais plus rentrer dans mes jeans !

— Si vous ne goûtez pas, vous n'aurez plus de travail et vous ne pourrez plus vous acheter de jeans.

L'odeur – pour une fois divine, à la différence de celle de la levure – s'éleva de la cuisine et, instantanément, Izzy se sentit calme et plus détendue. Elle était là. Il était là, quelque part. Tout irait bien. Elle attrapa son téléphone pour appeler sa mère.

— C'est quoi ce bordel ? s'exclama Marian.

*

Izzy arriva dans le Queens avec deux douzaines de cupcakes – enfin, de « petits gâteaux », comme disait Marian.

— Darny ! dit Izzy, tandis qu'il se jetait dans ses bras.

Elle ne s'y attendait pas du tout.

— Je suis désolé, marmonna-t-il. Je suis désolé. Je râlais quand j'étais avec toi et tu es partie.

— Non. J'ai été autoritaire, je me suis comportée comme si j'étais ta mère, je n'aurais pas dû et je t'ai blessé. C'est moi qui suis désolée.

Darny murmura quelque chose. Izzy se baissa pour pouvoir l'entendre.

— J'aimerais que tu sois ma mère.

Izzy ne répondit rien et se contenta de le serrer dans ses bras. Elle se souvint tout à coup de quelque chose.

— Tu sais pourquoi mon sac est aussi lourd ?

Darny fit non de la tête.

— Parce que je t'ai apporté un cadeau !

Elle avait eu cette idée à la dernière minute – une idée stupide qu'elle avait dû trimballer. Elle pourrait offrir un autre cadeau à Louis.

Les yeux de Darny s'écarquillèrent dès qu'il aperçut l'objet.

— Ouah !!!

Tous les autres enfants s'agglutinèrent autour du cadeau.

— Un garage Monster !

Izzy adressa un sourire à sa mère.

— Il est si petit, chuchota-t-elle.

— C'est vrai, concéda Marian. Bon, c'est le bazar.

Izzy s'installa avec un grand verre de vin rouge casher – elle commençait sérieusement à y prendre goût. Elle secoua la tête.

— Non, ce n'est pas le bazar, dit-elle d'un air songeur. Pas du tout. Je n'en reviens pas… qu'il ait tout laissé tomber. Qu'il ait fait ce voyage. Oh, ce que j'aimerais être là-bas en ce moment même. Si seulement…

Son téléphone sonna à cet instant.

— Ne dis rien, ordonna une voix familière pleine d'assurance et d'humour. Je vais t'envoyer un message.

— D'accord… Je… Je…

Mais il avait déjà raccroché.

Chapitre 21

Izzy avait reçu un SMS avec une simple adresse : énigmatique, mais allant droit au but. Quand elle arriva, très tôt le matin du 26, c'était calme, même si quelques personnes commençaient à faire la queue. Il n'était pas là. Mais si elle avait appris une chose, se dit Izzy, c'était qu'elle ne pouvait plus attendre Austin. Ni qui que ce soit.

— Une paire, s'il vous plaît, demanda-t-elle poliment.

Elle trouva sa pointure de patins américaine et laça les bottines noires. Après quelques pas hésitants, elle se lança sur la glace. Son Grampa adorait le patin à glace : une patinoire municipale avait été construite à Manchester dans les années cinquante, il aimait y patiner, d'un air insouciant avec ses mains dans le dos – un spectacle original avec son costume sombre élégant. Izzy l'accompagnait de temps à autre, et il la prenait par la main et la faisait tournoyer. Elle adorait cela.

Lentement, elle faisait des tours de patinoire : le soleil se reflétait sur les cristaux de glace, le Rockefeller Center se dressait au-dessus d'elle (déjà, des gens s'y précipitaient pour reprendre leur travail après Noël). Izzy admira autour d'elle la lumière rose qui se réfléchissait sur les gratte-ciel. C'était spectaculaire, songea-t-elle. Merveilleux. New York et elle avaient connu des débuts difficiles, mais dorénavant… Perdue dans ses pensées, elle tenta une petite pirouette, échoua et trébucha. Quelqu'un lui tendit la main pour l'aider à se relever.

— Ça va ?

Izzy leva la tête. Une fraction de seconde, le soleil était si vif qu'elle fut éblouie. Elle parvint tout de même à distinguer sa silhouette, là, dans ce long manteau, avec à son cou l'écharpe verte qu'elle lui avait offerte – celle qui était assortie à sa robe verte.

— Oh.

Ce fut tout ce qu'elle put prononcer. Maintenant qu'elle n'était plus aveuglée, elle remarqua qu'il avait l'air très fatigué. Hormis ce détail, il semblait heureux comme un pape.

— Oh.

Après avoir trouvé l'équilibre sur leurs patins, ils se prirent dans les bras et Izzy eut le sentiment de voler, comme une patineuse virevoltant dans les flocons de neige, ou comme si elle dévalait une pente enneigée et traversait l'air frais plus vite qu'un avion à réaction.

— Mon amour, disait Austin, en la couvrant de baisers. Je me suis vraiment comporté comme un imbécile. Un parfait imbécile.

— J'ai été têtue de mon côté aussi. Je n'ai pas réfléchi à ce que tu vivais. C'était vraiment injuste de ma part.

— Non ! Pas du tout.

Ils se regardèrent.

— Ne disons plus rien, suggéra Izzy.

Et ils restèrent l'un contre l'autre au milieu de la patinoire, tandis que des patineurs perplexes, mais indulgents, tournoyaient autour d'eux et que le soleil faisait fondre la glace, tombant par gouttes des gratte-ciel tel du cristal.

*

Ils retournèrent à l'hôtel, où ils séjournèrent quelques jours. Puis, ils tentèrent de se faire pardonner auprès de Darny en l'emmenant visiter la ville, voir des expositions, ou en lui offrant des cadeaux, jusqu'à ce qu'il les supplie d'arrêter. Le troisième jour, Izzy reçut un appel et revint vers Austin avec une expression très étrange.

— C'était Kelly-Lee.

En apercevant une once de culpabilité sur le visage d'Austin, Izzy se rendit compte qu'elle ne lui avait pas parlé du moment qu'elles avaient passé ensemble. Elle décida de taire ce que Kelly-Lee lui avait raconté.

— Je suis tombée sur elle et je l'ai aidée à préparer des cupcakes… c'est tout. Bref, apparemment, son patron est venu et a été stupéfait ; il veut l'envoyer en Californie pour ouvrir une nouvelle boutique. Kelly-Lee pense que la Californie lui conviendrait beaucoup mieux.

— Je crois aussi, déclara Austin.

— Du coup, son poste de responsable à la boutique de New York est libre, alors si ça me tente…

Austin ne s'était pas entretenu avec Merv. Il dévisagea attentivement Izzy.

— Hmm. Mais nous allons retourner à Londres.

— Il pleut à Londres, non ? rétorqua prudemment Izzy. Et on gagnerait sans doute un peu de sous si on louait ta maison. Et mon appart, quand Ashok et Helena déménageront. À moins qu'il ne lui fasse un nouveau bébé, auquel cas elle va le tuer et, seulement après, elle rompra avec lui.

Le visage d'Austin resta totalement impassible.

— Ce serait sympa, poursuivit Izzy, d'offrir un travail à temps plein à Maya. Sa mission à la poste est terminée, et elle travaille très bien. Et maintenant que Pearl et Caroline s'entendent à merveille…

Cette remarque fit tousser Austin.

— Comparé à ce que c'était…

Izzy avait beaucoup réfléchi ces derniers jours, maintenant qu'elle était enfin reposée. Énormément réfléchi.

Austin l'observa. Elle était allongée sur le lit blanc, elle était belle et pulpeuse avec sa peau claire. Il n'avait jamais rien aimé au monde plus qu'elle.

— Hmm, fit-il.

Izzy le regarda sans ciller.

— Bon, j'imagine que… un an ou deux dans la plus grande ville du monde, avec Darny dans le meilleur collège du monde… ça ne doit pas être aussi terrible que cela…

Austin écarquilla les yeux.

— Rien ne nous y oblige. Je suis prêt à rentrer. Enfin, je m'en moque. Tout ce que je veux, c'est être avec toi.

Izzy ferma les yeux. Elle imaginait tout dans sa tête. Le *Cupcake Café*. Elle entendait le tintement de la clochette, et le rire de gorge de Pearl quand elle s'emparait de la serpillière le matin. Elle pensait au visage crispé de Caroline qui se plaignait du coût des vacances de ski. Elle se vit danser au son de la radio et sentir les bras chauds de Louis autour de ses genoux, quand elle arrivait d'un pas pressé avec un nouveau tableau pour le mur du fond. Elle se rappelait le visage de tant de ses clients ; le jour où elle avait découvert les menus fraîchement sortis des rotatives. Ce qui avait commencé comme un rêve était devenu réalité. Son *Cupcake Café.*

Or, c'était bel et bien réel. Ce n'était pas un rêve. Il ne disparaîtrait pas si elle cessait de le voir. Il ne s'évanouirait pas dans un nuage de fumée. Pearl était prête – plus que prête – à enfiler la casquette de responsable, et l'entraînement effréné de Maya et son souci obsessionnel du détail étaient de bon augure pour les recettes d'Izzy. Quant à Caroline, elle serait fidèle à elle-même, se dit Izzy. Elle ne pouvait pas changer son caractère. Izzy pouvait s'en aller désormais, avec l'assurance que son café tournerait sans elle. Peut-être pourrait-elle aider l'homme qu'elle aimait dans la nouvelle vie qu'il entreprenait. Le *Cupcake Café*, espérait-elle ardemment, ne changerait jamais. Mais eux oui.

— J'ai envie d'être ici, affirma Izzy. L'endroit qui sera le meilleur pour Darny. Et près de ma mère. Mais surtout… pour nous deux, Austin. Il n'y a pas de nous sans toi. C'est une occasion géniale pour nous. Et pour moi aussi. J'en suis convaincue. C'est tout décidé. Je rentrerai une fois par mois à peu près, pour tout vérifier, m'assurer que les filles ne se sont pas entre-tuées. Ce n'est que l'histoire d'un an ou deux… Nous serions fous de ne pas tenter l'aventure. J'ai déjà changé de vie une fois. Je pense que j'y ai pris goût.

Austin enlaça Izzy.

— Je consacrerai toute ma vie à rendre la tienne formidable.

— Tu n'es pas obligé, lui répondit Izzy, en jetant un coup d'œil par la fenêtre, vers les lumières, l'agitation, les rues nerveuses, brillantes et bruyantes. Ma vie est déjà formidable.

Austin se tut et réfléchit. Intensément.

— Tu sais, reprit-il. Tu ne pourras pas travailler ici sans *green card*.

Ce fut au tour d'Izzy d'être surprise.

— Ah bon ? Je croyais que pour bosser dans un café…

— Non. Et en règle générale, c'est assez difficile de l'obtenir.

— Ah ?

— À moins d'être… avec quelqu'un qui en a une. (Austin enfouit son nez dans le cou d'Izzy.) Tu sais, avec toute cette folie, je ne t'ai jamais offert ton cadeau de Noël.

— Ah oui, c'est vrai ! J'ai oublié. Je veux mon cadeau !

— Tu sais ce qui se vend beaucoup à New York ?

— Des rêves ? Des patins à glace ? Des bretzels ?

Austin la regarda d'un air pensif.

— Vise plus haut.

Izzy fixa Austin sans mot dire, et ses doigts se glissèrent inconsciemment jusqu'à ses petites boucles d'oreilles en diamant.

— C'est ça, déclara Austin. Il te faut quelque chose pour aller avec ces boucles. Carrément. Mais peut-être plutôt… à ton doigt ?

Sur ces mots, ils s'habillèrent chaudement et sortirent main dans la main, vers l'avenir excitant et lumineux d'une matinée new-yorkaise ponctuée de coups de klaxon.

*

À Londres, Pearl observa les nombreux clients de l'après-midi pointer allègrement du doigt la gamme de cupcakes à la pomme et aux raisins pour la nouvelle année ; à la fleur de rose pour l'arrivée du printemps ; au pain d'épices (remisés) pour les derniers aficionados de Noël, tous délicieusement préparés par Maya. Pearl sourit.

— Le cappuccino est prêt ! cria-t-elle.

Remerciements

Je tiens tout d'abord à remercier tous ceux qui ont lu *Rendez-vous au Cupcake Café* et ont eu la gentillesse de me faire part de leur avis positif, ou de laisser leur critique sur Internet et de parler de ce roman autour d'eux. Je ne saurai jamais assez vous remercier. J'adore avoir des échos des lecteurs, surtout quand ils testent les recettes ! Vous pouvez me contacter sur Twitter (@jennycolgan) ou sur ma page Facebook.

Un merci particulier à Sufjan Stevens et Lowell Brams pour avoir fait de leur mieux pour créer un petit miracle de Noël… « *Tout ce qui est perdu sera retrouvé.* »

Un grand merci également à Kate Webster pour m'avoir permis de reproduire sa merveilleuse recette de cupcakes chocolat-cola (chapitre 15). Consultez son blog pour découvrir ses autres recettes délicieuses : thelittleloaf.com.

Un énorme merci à Ali Gunn, Rebecca Saunders, Jo Dickinson, Manpreet Grewal, David Shelley, Ursula MacKenzie, Emma Williams, Jo Wickham, Camilla Ferrier, Sarah McFadden, Emma Graves, Wallace

Beaton, à toute l'équipe de Little, de Brown, de Board et à tous nos amis et proches. De gros câlins et plein de bisous de Noël à M. B. et à mes trois petites abeilles ; je souhaite tellement que vos souvenirs de Noël soient magiques. Même de celui où nous n'avons pas réussi à faire fonctionner le circuit de voiture électrique !

Quelques conseils pour réussir vos premiers cupcakes

(par la blogueuse The Caked Crusader)

Ce roman vous a donné envie de faire des cupcakes ? Vous êtes prêt à vous lancer ? Félicitations ! Vous vous embarquez dans une aventure qui vous procurera du plaisir… et de délicieux gâteaux !

Pour commencer, je vais vous confier un petit secret qu'aucun vendeur de cupcakes n'aimerait que je révèle : faire des cupcakes est facile, rapide et coûte trois fois rien. Les cupcakes maison – que vous réussirez dès votre premier essai, je vous le garantis – sont plus savoureux et plus jolis que ceux du commerce.

L'un des avantages des cupcakes est le peu de matériel nécessaire à leur préparation. Vous possédez peut-être déjà un moule pour douze cupcakes ou muffins. Sinon, vous pouvez en acheter un au supermarché pour quelques euros. Dernier accessoire indispensable : un lot de caissettes en papier (vous en trouverez également au supermarché).

Avant toute chose, je tiens à vous présenter ce que sont, d'après moi, les quatre principes fondamentaux de la pâtisserie (cela peut paraître un peu pompeux, mais c'est très simple).

— *Placer les ingrédients (en particulier, le beurre) à température ambiante avant de commencer.* Non seulement les cupcakes en seront meilleurs, mais vous pourrez aussi travailler beaucoup plus facilement les ingrédients. Alors pourquoi ne pas vous simplifier la vie ?

— *Préchauffer le four.* Cela implique de l'allumer 20 à 30 minutes avant d'enfourner la préparation. De la sorte, la pâte sera directement à la température adéquate et tous les processus chimiques s'initieront, permettant d'obtenir un gâteau moelleux et léger. Heureusement, il n'est pas nécessaire de connaître tous ces processus chimiques pour concocter de bons cupcakes !

— *Peser rigoureusement les ingrédients et vérifier de n'avoir rien oublié.* La pâtisserie est différente des autres types de cuisine : on ne peut pas s'attendre à réussir une recette si l'on estime les proportions à vue de nez ou que l'on effectue des substitutions. Si vous préparez un ragoût et qu'au lieu de deux carottes, vous décidez d'en mettre trois, il y a de fortes chances pour que le résultat soit tout aussi bon (avec un goût de carotte plus prononcé). En revanche, si vous mettez trois œufs dans votre pâte à gâteau au lieu de deux, vous obtiendrez un gâteau dense, et non aérien. Cela peut paraître contraignant, mais en réalité, c'est génial : tout a déjà été pensé pour vous dans la recette !

— *Choisir des ingrédients de qualité.* Vous tartinez bien votre pain de beurre, alors pourquoi mettre de la margarine dans un gâteau ? Vous mangez un bon carré de chocolat, alors pourquoi utiliser du chocolat moins fin en pâtisserie ? Le goût d'un gâteau dépend de la qualité des ingrédients qui le composent.

Imprimé en France par

MAURY IMPRIMEUR
à Malesherbes (Loiret)
en octobre 2019

N° d'impression : 240232
S29260/01